學林追遠錄

王宁 著

人民文学出版社

图书在版编目（CIP）数据

学林追远录 / 王宁著. -- 北京：人民文学出版社，2024. -- ISBN 978-7-02-018931-1

Ⅰ. I267

中国国家版本馆 CIP 数据核字第 2024HW7384 号

责任编辑　杜广学
装帧设计　李思安
责任印制　张　娜

出版发行　人民文学出版社
社　　址　北京市朝内大街166号
邮政编码　100705

印　　刷　侨友印刷（河北）有限公司
经　　销　全国新华书店等

字　　数　260千字
开　　本　880毫米×1230毫米　1/32
印　　张　11.25　插页7
印　　数　1—6000
版　　次　2024年10月北京第1版
印　　次　2024年10月第1次印刷

书　　号　978-7-02-018931-1
定　　价　59.00元

如有印装质量问题，请与本社图书销售中心调换。电话：010-65233595

2021年，王宁

1963年，北京师范大学中文系古汉语研究班毕业合影（摄于北海公园）
左起：王宁、余国庆、黄宝生、杨逢春、谢栋元、张之强、陆宗达、萧璋、钱超尘、傅毓钤、张凤瑞

陆宗达先生清晨四点开始他的研究工作

1986年，纪念黄侃先生诞生100周年，在武汉与陆宗达先生及章念驰（后排左一）、谢栋元（后排右一）合影

1989年，香港大学章、黄国际学术研讨会，部分章、黄后学合影
左起：姚荣松、傅武光、王宁、赵振铎、于靖嘉、陈新雄、左松超、
　　　黄坤尧、许嘉璐

1991年，在兰州举办"舞蹈生态学学习班"时与资华筠（后右）、资民筠（前）合影

1997年,启功《汉语现象论丛》研讨会,三代师生合影
左起:邹晓丽、启功、钟敬文、王宁、伍铁平、童庆炳

2000年，钟、启二老与王宁

目 录

自序 ……001

走近章太炎 ……001
既往对未来的召唤 ……017
今世再无朱季海 ……024
纪念我的老师陆宗达先生 ……038
  附：善教者，使人继其志 ……048
忠贞不畏死　节义不负心
  ——林尹教授传奇的一生 ……058
仁心、学心、公心交汇的人格
  ——《李格非传》序 ……067
答谢恨晚
  ——怀念我的老师周秉钧先生 ……072

百川学海　丘陵望山

　　——纪念钟敬文先生诞辰120周年……077

用学习和理解来纪念启功先生……086

　附：汉语现象和汉语语言学……098

我的老师萧璋先生……116

为师忧道不忧贫

　　——纪念刘乃和先生诞辰100周年、逝世20周年……129

我的老师俞敏先生……136

郭预衡先生的幸运与不幸……141

面对五洲风云的百年智慧

　　——贺周有光先生百岁诞辰……148

古代汉语学科教学体系重要的奠基人

　　——纪念王力先生诞生120周年……154

魏建功先生与20世纪上半叶的汉字研究……158

吕叔湘先生与训诂学……165

他的工作泽及中外的汉语学习者

　　——纪念丁声树先生诞生100周年……172

两代人的执着与情怀

　　——《古代方言词语考释资料集成》序……176

他在不断地思考中与世界告别

　　——纪念张志公先生逝世一周年……189

一位满怀责任心的语言学家
　　——纪念胡明扬先生逝世10周年 ……197
人虽远去　德馨犹存
　　——怀念曹先擢先生 ……206
尹斌庸先生为什么令我尊敬 ……211

一贫一贱交情见 ……215
　　附：从依山到面海 ……221
琐语杂言忆晓丽 ……223
　　附：邹晓丽《基础汉字形义释源》序 ……235
我们的情谊
　　——和华筠、民筠在一起的日子 ……239
忆栋元
　　——《谢栋元文集》序 ……270
他是沟通文理两支大军的桥梁
　　——张普《应用语言学论文集》序 ……280
唯有青山远送君
　　——纪念永培逝世三周年 ……284
自尊自强的庞月光老师 ……295

宝芬先生和我的数学梦
　　——纪念李宝芬先生逝世三周年 ……300

早岁已知世事艰

  ——读良玉老师《犁妮的童年》……310

谁为含愁独不见

  ——郭良蕙和她笔下的女性人生……317

启璪同志的微笑……324

知命之年的轻盈起飞

  ——写在胡筠若《瞧！我不怕晚》书前……329

锁儿……334

后记……350

自　序

"慎终追远，民德归厚矣"，这是宗法社会的道德准则。那个时代已经遥远，血统已经不是维系人际关系唯一的纽带，但人生总有摆不脱也忘不掉的关系，是由相聚的缘分维系着的。在新的时代，"追远"褪去了宗法的外衣，却增加了纪念亡人深厚情谊的涵义。我把这一部分纪念文章集在一起，书名以"追远"称之，是因为文中我纪念的和介绍的人，都已辞世远去。这些旧文，有些是他们离开后我的悼念，也有些发表时他们还曾亲自读过。现在，往事都已成追忆，他们的人生也都盖棺论定了。

书名冠以"学林"为定语，是因为我是一个生活圈子非常狭小的人，一辈子的职业几乎没有离开过高等学校，永远的身份不是学生就是老师。但是，这几十年，世界和国家的风云变幻，让我这样一个本该在书斋里平安度日的人出离了静谧，面对着许多不期而至的抉择和考验，经受了太多的起伏与动荡，很少有安静的时候。因为生存和进取的不易，便使我十分感念知遇者的恩情，珍惜前行者的指引，敬重纯正者的初心，钦佩利他者的胸怀。

这些已经离去的人大多是我的老师，少数是我的学友和年龄相差不多的早期的学生，应当算同辈吧。我和他们近距离相处时，曾有一个相对宽松的学术环境。我的前辈、同辈两代学人，是这个时代人文科学发展的践行者和见证者。我此生有幸遇到他们，是他们在我入门时引领我，在我迷茫时启发我，在我畏难时鼓励我，在我盲目时警示我。

我的很多师辈学者已是名人，不需要我来为他们立传，对于他们，我之所见仅是一斑，记下在我眼中的他们，不过是一份实在和真诚。我纪念他们，不仅因为他们对于我的恩情难以忘怀，更重要的是，他们让我看到一个世纪以来从事文科教学和研究的老一辈学者在职场上跌宕起伏的人生，和对学术与教育忠贞不贰的情怀。在这个领域里，蒙受厄运的人太多了。时代改变了他们仅仅与书山学海为伴的单纯生活，让满腹经纶的他们应对了许多新的问题。因为他们是名人，受到关注，也容易被误议与涂抹，我愿用自己的眼光从一些小小的侧面写出一种理解和尊敬。对比今天的学界，我觉得他们是我心里的桃花源，让我常能透过落英缤纷的丛林看见那散着一束光亮的小孔。我记下他们对我的恩惠与启示，除了抒发因他们远去而产生的伤感之外，也想诉说一种得以与他们此生相遇的幸福感觉。记下他们，其实是在回看自己的来路。

那些先我而去的同辈人，都曾与我并肩而行，却不幸早早离我而去。每当进入曾和他们同在的环境，我常常为他们的早逝扼腕叹息。可以共语的同代人渐渐稀少，是注定会一天比一天寂寞的。

追远对我的意义应当是深远的，我会带着那些远去者的鞭策和激励度过余年。

2023年元月

走近章太炎[①]

一

  1979年，是中国社会的一次大转折。从这一年起，学坛开始复苏，教育开始振兴，也使我献身传统文化教育事业的夙愿得以实现。1980年初到1981年5月这一年多的时间，我因借调到文化部而来到北京，能够继续在陆宗达先生身边学习，并帮他整理书稿、陪他到其他单位做讲座。到1983年，我正式调回北师大到老师身边做助手，要做的事肯定是弘扬章黄之学，也就是学习和传承中国传统语言文字学。对这件事，从研究生学习开始，我已经有了很多感性认识和实际体验。但当时初入门槛，打好基本功的任务重如千钧，既不知学术为何物，相信的只是自己的老师，功夫花在太炎的三部语言文字学代表作《文始》《新方言》和《小学答问》上。二十来年在青海很特别的环境下抢着读了一部分经史和《说文》，对传统语言文字学的价值和传承的意义已经有了进一步的认识。

---

① 本文是我的一篇长文《我与中国传统语言文字学（扩展版）》第四部分"对章黄之学深入学习后的决心和信念"的节录。

《章太炎全集》，上海人民出版社，2022年，王仲荦、姜亮夫、徐复、章念驰、王宁、马勇等整理

  20世纪80年代初，媒体对章太炎的评价很多是负面的，在以辛亥革命为背景的影剧里，他甚至会以反面人物的形象出现。至于被看作太炎学术继承人的黄季刚先生，在一些传播文人逸事的文章里，也常常被污名化。那时"文革"刚刚结束，不仅是章黄，在学术史的研究中，乾嘉学派被梁启超定位为"考据学"之后，也在文学史上被批判为"毫无思想地在故纸堆里梳爬"。理论界多数人仍认为"晚清至民国的国粹运动"是"复古主义""文化保守主义"和"狭隘民族主义"。同时，语言学的西化程度一天比一天加深，传统语言文字学被冷落的状况一直未能解除，"取消训诂学"还是很强大的声音。这些问题是我必须面对的。怎样全面评价章太炎先生的历史地位？太炎的思想涉及面极其广泛，为什么今世的章黄之学集中在语言文字学上？我需要有一个理性的认识，需要深度思考章黄之学的内在涵义和现代意义，而不是仅仅基于感情上的弟子之谊而去传承它。于是，走近章太炎，便成为我十分强烈的愿望。

回京后，几次章黄纪念会见到了朱季海、黄焯、殷孟伦、周秉钧、徐复等门内的诸多老师，几次去台湾也见到潘重规先生和高明先生，他们都告诉我很多在章黄门下学习和传播国学特别是"小学"的经历。在颖民师口授下，代笔写《黄季刚诗文集》等几本书的序言和为老师记录口述史，听老师谈及太炎的为学与为人机会更多，也使我对章黄先师有了更多的了解。我还有幸比其他人更早读了《黄侃日记》的片段，更早在老师那里看到了季刚先生的《手批广雅疏证》《手批十三经》《手批说文解字》等珍贵典籍。在这种有利条件下，我开始执行长达十年深入了解章黄思想的专书阅读计划。

太炎的思想独立而深邃，唯愿此生能在一二之处渐渐走近。

二

1995年去南京，两次拜访徐复先生。初访时，徐复先生从桌上的书堆里抽出我刚刚出版的《训诂学原理》。他说："你这本书用白话讲解太炎和季刚的训诂学，正是今天需要的。你一定听颖民说过，季刚先生曾对他说：'以后是要用白话文交流的，一定要学会写雅致的白话文，既让人懂，又不失文雅。'我仔细看了你讲汉语词源的那几篇文章，比沈兼士讲的又清楚了一步，你用现代语言学的义素分析法讲，比'最小公倍数'更能被语言学界接受。你的白话文大部分写得简洁典雅，但也有过于'从俗'需要改进的地方。"我当时没有明白，为什么我第一次见徐复老，他对我说的，竟然是语言应用问题。

第二次我在离开南京的时候前去辞行，徐复老向我提出了一个问题，是我终身谨记的。他说："太炎为什么写文章坚持用《说文》正字、经典话语，论著都用文言文？'五四'提倡白话文，太炎反其道而行之，他的文章不好懂，难道是不想让人懂吗？这是为什么？你跟着颖民学习，已经进入了专业层面，你回去一定要好好想一想。"回校后我重读了《訄书·订文》。太炎曾在文章里说："农牧所言，言之粉地也。而世欲更文籍以从鄙语，冀人人可以理解，则文化易流，斯则左矣。"用什么语言来传播中国厚重的文化？这里蕴藏着一个很重要的思想。所谓"粉底"，太炎用的是《论语》"绘事后素"的典故——先有素白的绢帛作底子，才会显现色彩斑斓的图画。底层民众的口语是基础。太炎的演讲集，他在国学班讲课用的就是白话，他当然是想让人懂的。但他担心的是文化的低俗化，失去文化高峰时期的深度。他希望几千年记载在典籍中的高层文化不要流失，在专业层面，文言文是不可废的。雅俗共赏，是让俗能逐渐脱俗而求进，终能接受雅，不是让雅放弃精深而迁就俗。要知道古奥不是太炎所求，深意、真意才是他最重视的。

"五四"提倡白话文，提倡平民教育，从太炎的"粉底"之说和他的平等观来看，在文化普及的层面，太炎是关心底层文化普及的。1908年，巴黎的中国留学生主办的刊物《新世纪》第四号，发表了吴稚晖的《评前行君之"中国新语凡例"》一文，鼓吹中国应废除汉文汉语，改用"万国新语"（Esperanto，即世界语）。太炎发表了万言长文《驳中国用万国新语说》，对汉字的优劣和是否能够废除的问题，进行了针锋相对的论争。在这篇长文中，太炎的观点可以归纳为三点:(1)汉字繁难,无表音机制,难与语音沟通,对普及教育很有妨碍,需要制定一套标音符号来辅助扫盲和初等教育。(2)汉字适合于汉语,并与中国历史文化产生了难以分割的关系。汉字与拼音文字比较,特点各异,优劣互补。汉字是不能废除的。(3)在强调便于扫盲教育与初等教育时,还必须考虑到高等教育与高深的文化历史学习。对于后者来说,汉字的功能仍是无法取代的。与此同时,太炎运用《说文》部首,制定了三十六声母、二十二韵母的切音方案。这个方案就是注音字母的前身。他在汉字问题上的见解,堪称远见卓识。

在"西学东渐"偏颇到"全盘西化"的境地,保护中国的文脉,也就是保留中国高端文化的精华,应当是学者特别是历史文化专业学者的历史使命,但真正能担起的能有几人?有些末流文人专门求古奥来张扬自己的名气,站在维护文化垄断的立场上来反对白话文,完全背离了太炎的意思。这就是章黄国学和复古派意旨上的根本区别。社会潮流与自然界的江海之潮一样,是一股清浊不分的浑水,正确的思想被卷在其中,难以辨其理,无以示其清,只有头脑清醒、意志坚定而不为个人所图去逐潮的人,才能够不被时潮裹挟。直至如今,研究中国各类古代历史的博士有些要读古代典籍的白话翻译本,不少高中老师要靠着错误满篇的"语文参考书"才能讲完一篇浅显的文言诗文。太炎在《小学略说》里说:"今人喜据钟鼎驳《说文》,此风起于同、光间,至今约六七十年。"他万万没有想到,又过了几十年,至今已经一个世纪,弄不懂《说文》的特质用钟鼎、甲骨甚至简帛驳《说文》之风仍然不绝,可叹"小学"之失落至此。潮流之汹涌时间或长或短，待到历史见证了真实，挽回何其难也！

三

我早就关注民国之前就言论颇丰、民国时期主张更为明确的"国粹派"人物，除太炎和季刚两位先生之外，另一位学者黄节引起我的关注。黄节先生是陆宗达先生在北大学习宋词的老师，我对这位前辈的景仰是缘于陆先生的书房里一直挂着的一副楹帖：

> 海棠如醉（陆放翁《水龙吟》）又是黄昏（柳耆卿《诉衷情》）更能消几番风雨（辛稼轩《摸鱼儿》）
> 辽鹤归来（周美成《点绛唇》）都无人管（辛幼安《祝英台近》）最可惜一片江山（姜石帚《八归》）
> 颖民学弟属书楹帖集宋人词句。甲戌中秋前十日（按：九一八事变前夕）黄节书于北平。

这副充满爱国忧国情绪的对联，曾对我有过极大的影响，每次看到都使我心里产生强烈的共鸣。1983年回京，我在正式工作之余，专门去图书馆，在旧档案过期期刊《政艺通报》二十二期上，读到了黄节1902年发表的著名文章《国粹保存主义》。在这篇文章里，黄节把"国粹"定义为"国家特别之精神"，他说："夫执一名一论一事一物一法一令，而界别之曰我国之粹，非国粹也。发现于国体,输入于国界,蕴藏于国民之原质,具一种独立之思想者,国粹也。……是故本我国之所有而适宜焉者,国粹也。取外国之宜于我国而吾足以行焉者,亦国粹也。"这个定义,既有对自己民族文化的自信和对国情适应性的考虑,也有对传统文化进行优选的抉择和理智;更有立足本民族吸收国外先进文化的开放思想。这段话有力地驳斥了认为"国粹派""保守复古"和是"狭隘民族主义"的曲解。

用世界的眼光看中国的美国学者费正清,在他的《美国与中国》一书里,把20世纪初在中国兴起的这种国粹保存的思潮称为"文化民族主义",他肯定了"民族主义"的意义和价值,并且认为这种思潮在中国的兴起,将使东方文化走向现代并加深对世界的影响。他似乎看到了中国传统文化的现代转型,并且指出,这种思潮显示了中国知识阶层精神人格塑造的进步,这种精神对学术研究也将会有重要影响。他的预测让我们对坚持国粹保护的少数人"保种、爱国、存学"的爱国情怀,和他们在社会激烈变革中维护民族独立、坚守文化自信的纯正人格有了更深刻的认识。可惜他的预测过于乐观,在此之后,中国人文学科知识界思想的主流仍然大幅度走向西化,甚至在不少人的心里,连太炎所说的不可取之域外的言文和历史领域,很多文章都在用西方理论包装。把西化等同于国际化的认识几乎成为一部分人"默认"的"真理",他们忘记或根本不知道中国是从怎样的社会走到今天的。

北师大当时保留了之前辅仁大学的学术资料,我当年同年级的大师兄严景旭在为之编目。他对我说:"这些文章早已经收入现代有关文集，你不用那么辛苦每天来坐冷板凳。"我对他说："你不明白我的心理，我是要在那些泛黄的旧刊物上感受当时的历史真实。我只是希望走近自己的前辈师长，产生和他们近距离对话的感觉。"在国家图书馆，我看到1905年11月26日创刊于日本东京中国同盟会机关报《民报》，张继、章炳麟、陶成章相继为主编，共出二十六期。看到了1911年武昌起义后才停刊的《国粹学报》，共有八十二期，其中有章炳麟、黄节、陈去病、黄侃、马叙伦等人的文章。还看到了后来的章氏国学讲习会会刊《制言》半月刊，前期出至第四十七期；苏州沦陷，被迫停刊，1939年1月在上海复刊，续至六十三期。这三种代表不同时代的刊物，可以看到太炎在20世纪初叶的思想与行动。

　　太炎从不依傍他人之说来充当己说，也不盲从于一家之言来作出结论，更不会把臆测当作立论的依据。他遍览群书，几乎通读了中国古代特别是文化高峰时期的经史和诸子以及成就昭著的小学专书，用独到眼光来理解和认识中国的历史情实。我在学习他的《诸子略说》时有很多感慨。太炎在文章一开始说："讲论诸子，当先分疏诸子流别。论诸子流别者，《庄子·天下篇》、《淮南·要略训》、太史公《论六家要旨》及《汉书·艺文志》是已。此四篇中，《艺文志》所述最备，而《庄子》所论多与后三家不同，今且比较而说明之。"但是读下去才知道，太炎的认识完全超越了他所依据的四种典籍，梳理流别重在区别来源和内容的相异之处，这方面太炎的材料十分翔实，他不是笼统地概括整个派别的特点，而是具体到各派的不同时期的发展。更重要的是，他并不只着眼在彼此的区别，还特别说明不同派别在不同时期相同和相通之处，以便梳理出百家争鸣当时各派思想分化和融通两个方面。可以看出，太炎一直寻求适合中国的统一认识，而不是偏颇于哪一家，这就是太炎的学风。他对中国传统文化的认识并非只把眼光放在中国国内，还特别关注了世界文化高峰时期和当时高端的西方科学和文化。在太炎的著作里，可以看到大量的世界各国文化与思想论著的信息，但他无不结合中国典籍的记载来陈说、对比、论证，不用说人文社会科学部分，即使是西方的自然科学，他的论著里也是不乏见到的。只举一个例子吧：1899年，太炎在《儒术真论》的解说性附文《视天论》里，直面星体系统等天文问题，阐述介绍了牛顿万有引力定律，但他也同时引用了《晋书·天文志》的说法来对照，又暗含了《墨子》之说。在另一篇附文《菌说》中，太炎论及进化论思想，文中涉及当时很新的生物科学定律，并且引用了《宝积》《楞严》《涅槃》等印度佛教经典。在批判佛教"有神论"时，他同时着重批判了谭嗣同的《仁学》……我相信，不只是现在，就是在当时，如此悉心积累而形成自己见解的学者，太炎之外是不会有第二人的。

太炎有时会讥讽某些挪用西方之说却一知半解，食洋不化，又因并不通达中国历史而鄙薄中国文化的人见识浅陋，因此被某些舆论抹黑，说他"狂傲""怪癖"等等。我相信，只要真正读过太炎文章的一小部分，甚至浏览过《章太炎全集》目录，并看懂了那些标题的人，应当会知道抹黑太炎的那些舆论的无知和浅薄。在那个时代，当一个从中国古代典籍中了解了中国，又具有当时世界文化高端多学科知识的学者，一个积累如此广博、意境如此宏达、思想如此高远的学者，站在那些一知半解只会喊口号，甚至连文言文都无法读懂而盲目反对国学的人面前，有些话说得刻薄一点，是不算过分的。

四

怎样评价辛亥革命中的章太炎？那些对太炎的负面评价和不恰当的历史定位是怎样形成的？为此，需要进一步获得辛亥革命史的知识。我选择了华中师范大学章开沅教授等人主编的《辛亥革命史》(上中下三册)，以及配合这套书的《辛亥革命史资料新编》(全八册)，作为主要阅读的材料。《辛亥革命史》及其参考资料中涉及太炎的有关史料和文献，集中在前期。作者肯定了太炎作为辛亥革命思想先行者和行动引领者之一的地位；但是，他们对于太炎参加革命的立场和追求，并没有准确地解释。1902年暮春，章炳麟、秦力山等倡议于4月26日举行"支那亡国二百四十二周年纪念会"。这里所谓的"亡国"，指的是1661年南明永历帝的覆灭，1902年适为此事二百四十二个年头。太炎起草了《纪念会书》，以典雅而激奋的文辞倾诉了对于清朝统治的悲愤抗议，其中有这样的话语："愿吾滇人，无忘李定国！愿吾闽人，无忘郑成功！愿吾越人，无忘张煌言！愿吾桂人，无忘瞿式耜！愿吾楚人，无忘何腾蛟！愿吾辽人，无忘李成梁！"举出这些明末抗清的将领，不过是革命初期的宣传策略。清王朝在文化上启用汉臣，乾、嘉以后更对明代著名学者的后代给予安抚。这个纪念会本来是为了发动群众特别是知识阶层进一步揭露清王朝的本质，评论界却认为是"出于传统的以汉族为正统的一种偏见"，之后的评论也常据此以太炎当时的动机为狭隘民族主义的"排满"。1903年太炎与邹容因《革命军》被捕，邹容病死狱中，太炎1906年出狱后再次避难日本。太炎与孙中山自1907年思想开始分歧，后来组织上决裂，行动上自然也无法一致。近代史以孙中山领导的起义为辛亥革命的"主线"和"正统"，以此为唯一标准来衡量所有人的是非功过，才有了后来关于太炎的诸多史论与评价。评价一个历史人物，这种做法未免失于偏颇。

其实，只要客观地梳理这段历史，以时间顺序分别阅读太炎的论著和孙中山的革命主张，可以看到，两位领袖都是在中国为消灭几千年帝制贡献卓绝的伟大人物，都有着令人记怀的人格魅力。但是，他们对革命终结点的认识是不同的。从孙中山的《建国方略》《建国大纲》和《第一次全国代表大会宣言》看，他在武装夺取政权后想建设的民主国家，基本上还是参考西方模式；而太炎则在特别了解中国历史文化发展的前提下，深入思考一个适合中国也更为长远的国家模式。辛亥革命的种种曲折，使太炎对中国的制度问题和国家衰弱、人民贫苦的现实充满忧患。太炎关于中国前途的思考集中在他的哲学论著中。有些文章把他的这些论著等同于毫无针对性的泛论玄学，其实是没有读懂他。太炎曾在《文录》里提出了"治经"的六条原则："审名实，一也；重左证，二也；戒妄牵，三也；守凡例，四也；断情感，五也；汰华辞，六也。"他最佩服的清代学者是顾炎武。这样的章太炎，是不会脱离实际只做空泛哲理之论的。太炎对西方列强宣扬的"民主"与"平等"，是不信任的，或者可以说是否定的。他在《官制索隐》里,就已经提出了"光复论"。在《齐物论释》中,他阐释了自己的平等观。他对优胜略汰、适者生存的进化论,持否定态度,在《俱分进化论》里,他又用辩证的观点来阐明自己的社会观——如果真如进化论所言,社会不只是好的、善的、乐的东西会进化,坏的、恶的、苦的东西也会进化,总体来看,社会是否真的进化?他学习和借鉴西方的学说,更为重视欧洲古代文化高峰时期哲人的思想;而对侵略弱小民族的现代西方列强,他更是采取批判态度。他特别着力研究3—7世纪印度大乘佛教已经相当成熟的"唯识论",因为大乘佛教是面向大众的。在《菿汉微言》中,他结合老庄和孔孟等诸子学说,希望找出这种思想体系是否可以在中国有所融合和吸取。但他是反对有神论的,在他心里,只有振奋人的自强精神,才能免除被奴役的命运……他的很多国学论著,都带有对国家建设和社会治理、制度改革的深入思考。一篇一篇读懂他的文章,追溯他当时的所思所想,理解他振兴中华文化、恢复民族自信心的理想,明白他想在中国的历史记载和诸家思想中研究国家未来制度的迫切心理和在军事行动之外考虑文化建设和社会发展等问题所花的心思,太炎的人格跃然纸上。

　　太炎与孙中山的携手,是基于根本制度的改革方向,他们都是要推翻封建帝制的人,而不是为个人或一部分人夺取政权。有一个十分突出的例子说明这一点。在辛亥革命过程中,太炎曾有很短时期考虑与袁世凯合作,但在袁世凯复辟称帝时,他反对和抗议的激烈行为无人能及。他的思想不是像有些书上所说的仅仅是狭隘的"反满",而是要在直达民众的精神层面彻底的反侵略、反封建。

五

19、20世纪之交,中国的民族民主革命家众多,太炎是辛亥革命的先驱人物,也曾居于革命的领导地位,但是,与其他民主革命的领导者相比,他的贡献有自身的特点。作为一个思想家和学问家,他以史为鉴,极为深刻地了解中国的国情;他在更深的层面上,关注着民族精神的振兴和社会文化的变革,对建设中国的新文化和新道德,一直有着深入的思考。他在反对帝国主义强权侵略的同时,更否定了中国走全盘西化的道路,希望走出一条不模仿西方又彻底杜绝封建专制制度复辟的新路,对这一点有着系统的理论和全面的设想。太炎的很多论述,至今仍让我们心有戚戚。读《俱分进化论》时,有一段话让我久久回味。他说:"彼不悟进化之所以为进化者,非由一方直进,而必由双方并进,专举一方,惟言智识进化可尔。若以道德言,则善亦进化,恶亦进化;若以生计言,则乐亦进化,苦亦进化。双方并进,如影之随形,如罔两之逐影。非有他也,智识愈高,虽欲举一废一而不可得。曩时之善恶为小,而今之善恶为大;曩时之苦乐为小,而今之苦乐为大。然则以求善、求乐为目的者,果以进化为最幸耶?其抑以进化为最不幸耶?进化之实不可非,而进化之用无所取,自标吾论曰《俱分进化论》。"观今之事,知太炎非言之不预也。

辛亥革命胜利后,太炎远离了之后的政治权力中心。他关于中国社会发展的思考,大多来自历代典籍,反映在学术研究上,而他晚期流亡日本的主要行动和回到中国后全力投入的工作是文化普及与国学教育。他参考欧洲文化高峰时期的哲学和科学、凭借对中国典籍全面熟读与深刻领悟的能力，考虑最多的是一个国家建设的精神文化层面。他国学教育的目标，集中在唤起民众特别是知识界对数千年辉煌历史文化的了解，并使国人由此产生强烈的自豪与自信。

很多评论都说，章太炎是"有学问的革命家"，其实，这个说法并不完全准确。"革命"与"学问"如今都已经被定义，依照今天之定义，如果在"革命家"与"学问家"这两个身份中加以权重，太炎"学问家""思想家"的成分，应当是远远胜过"革命家"的。

太炎从中国几千年的传世文献中形成了他对中国问题独到的见解，但太炎在辛亥革命后并未从政。一个多世纪以来，太炎的入室弟子和再传弟子中，没有哪一位是走入权力中心的。最能说明这一点的是林尹先生，他在抗日战争民族危亡之际投笔从戎，立下不世之功后立返讲台，对为官的拒受已经了然。太炎十分器重的两位学者，被称为"北吴南黄"两大经学家，一位是吴承仕先生，辛亥革命后曾任司法部佥事，很快离开政界进入教育界。他也曾在中国共产党领导下参加过秘密的抗日工作，以致在艰苦危险的环境下过早病逝。他因精通经学特别是礼学及"小学"中的音韵学而知名。我们对他感到亲切，是因为他也是陆宗达先生的老师，所著《经籍旧音辩证》，我们做研究生时抄录并钻研过。1984年，北师大召开纪念吴承仕诞辰100周年纪念会，我陪同颖民师去参加，知道研究生时读过的《章太炎先生所著书》中的《菿汉微言》，正是吴承仕先生记录整理，再由太炎审定的。他与太炎师生思想默契、情谊深厚，反映在二人的通信集里。另一位是公认太炎学术继承人的黄季刚先生，以及季刚的再传弟子陆宗达先生等，都曾在革命的艰苦时期奋力报国，而在胜利后无一谋官。太炎独到的见解，经过辛亥革命曲折的历程和复杂的环境，当会促使他更加直面人生和近代中国的现实；太炎恢弘的系统思想在文化变革和思想道德建设上的建树，也对革命后中国的文化发展有很重要的启示，但他的思想并未与权力结合，而是通过学术来传播的。当今之际，太炎学术多产期已经离我们百年以上，以历史而言，这是一个很尴尬的时间距离，中国社会已有两次巨大变化，而人际关系尚有诸多牵连。太炎头脑里存储的中国古代历史文化的信息来源于典籍，学界已读、能读、读懂者已非多人，以只言片语和人云亦云来评价太炎的思想终难全面，何谈准确、深入！也许我们首先要做的，是多读一点他的论著，正确理解他从大量的典籍中解读中国历史文化独到的思想方法和严密的思维逻辑，不论赞成还是反对，都不可片面，更要避免歪曲。

一个时代有一个时代的学术。文化的发展、学术的赓续不是孤立的，它与世界局势的发展、国家政治的状态有着密切的关系。紧紧追随太炎先生的黄季刚先生，已经把太炎的思想完全落实到维护中国独有的语言文字研究上。他这样做，将弘扬中华文化的行为限制在学术和科学的领域，是沿着太炎"求根"和"固本"思想而抉择的。语言文字是文化的基石，是数代哲人光辉思想的载体，要有一些专业的人来承担这个光复历史的使命。太炎把古代的"小学"提升到"中国语言文字学"的高度，既包含了语言文字是认识历史的工具，又包含了语言文字不可取自域外的独有性带来的民族独立、文化自主的思想。太炎之后，已经有几代人选择了深入研究和发展中国传统语言文字学，这个选择是与太炎一代学者"保种、爱国、存学"的精神紧密相关的。太炎关于"保种、爱国"的说法是："用国粹激动种性，增进爱国的热肠。"关于"存学"的说法是："中国之小学及历史，此二者，中国独有之学，非共同之学。""凡在心在物之学，体自周圆，无间方国，独于言文、历史，其体则方，自以己国为典型，而不能取之域外。"太炎强调了解中国历史和正确对待语言文字的必要："饴豉酒酪，其味不同而皆可于口，今中国之不可委心远西，犹远西之不可委心中国也。"在太炎的"小学"里，有着十分明确的民族大义，有着先进的和已被证实的科学方法论和对汉字汉语内在特点深刻的理念。回想六十年前研究生时代读过的太炎语言文字学三大代表作，尤其是《文始》，颖民师在《说文》学的课程中，一直把给学生辅导《文始》的任务交给我。我也曾自以为读懂，现在才明白，仅仅是为了得学位、评职称而拆解式的读书与教学，而没有对太炎思想的来源和理论体系有所领悟，是无法从根本上得其要领的。

这漫长岁月的阅读，把我带进一种境界，希望能够走近太炎的一二所想，也正是初步懂得章黄之学的价值，几十年困苦地守在这个阵地上不曾离开，也决不言悔。虽然时光荏苒，余年有限，也还是希望在语言文字学领域里，实现前辈师长所想的哪怕一厘一毫。

既往对未来的召唤①

黄季刚（侃）先生和他的老师章太炎先生，是中国近现代史上杰出的国学家和国学教育家。他们是19、20世纪之交推动中国文化延续和发展的名人和伟人。季刚先生以五十岁寿龄而终，他只在多灾多难的中国建业和奋斗了三十多年。但是，他成功地衔接了两个时代的中国文化，在逆境中坚守着民族文化的立场，为一个世纪的学者们作出了不媚俗、不媚权、不阿贵、不阿众、不逐潮、不逐势的典型中国文人崇高的榜样。他几易其地，寻找合适的土壤，为后一个世纪培养了许多具有丰厚国学功底的学者和教师，靠着自己的学生，把中国传统文化植根在新的世纪。直至今日，南北方许多高校传统语言学、文献学老一辈的名师，大都是他的学生。中国的传统语言学曾有过半世纪的断裂，然而到了70年代末学术的黄金时代到来时，仍如雨后春笋、风拂春草，一时间又蓬勃生长了。这不

---

① 本文是1995年在武汉大学纪念黄季刚先生（1886年4月3日—1935年10月8日）诞辰110周年、逝世60周年大会上的闭幕词，经过增改后发表在《古汉语研究》1996年第2期上。时过二十年，纪念太老师的情怀更加深沉。重温旧言，文章做了少量修改。

1918年，北京大学文科国文门第四次毕业摄影，前排左起：朱希祖、钱玄同、蔡元培、陈独秀、黄侃

能不说是章、黄及他们同时代的国学教育家的一种成功。

在文化战线上，季刚先生曾是一个有争议的人物。他曾是政治上激进的革命派，十八岁在文普通学堂开始"反满"，二十岁东渡日本参加同盟会，二十二岁追随太炎先生在《民报》上发表激烈而富有煽动性的文章，二十三岁二次潜走日本继续追随革命，二十六岁组织孝义会、领导鄂东南起义。他以一腔爱国爱种的热血，走在民主革命的前列。但是，在辛亥革命成功后，他并没有再去为当权的一席之地而奋争，从1912年起，便在社会上和历史中重新寻找自己奋斗的道路和献身的途径。他选择了国学，以从幼小就培养得十分丰厚的国学功底，走入教育界，摆开了一个似乎是不合时宜的维护国学的疆场。尤其是在五四新文化运动中，他面对"打倒文言文"的呼号却在课堂上讲"三礼"和"选学";面对"打倒汉字"的激昂宣言仍开设《说文》《尔雅》课。当许多同行、同道纷纷在思想上与国学决裂的时候,他遍读中国的经、史、子、集,搜集金文、甲骨,潜心批注群书,坚定了"量力守故辙"的信念,将一部系统、丰富、准确、深刻的中国国学通史和通论,完整地贮存在自己的头脑中。虽然他在自己预定的写书之年的前夕故去,但他的成就已为世人公认并为后学者传扬。他忧国伤时,形成了严词讥讽、不留情面的"坏脾气",也因此留给一些尽管内心敬畏却难以宽容的共事者忘不了的"坏印象"。于是,在前辈学者中,他被目为"保守"甚至"复古倒退"。他提倡的传统语言学一度被全盘否定,大有被逐出学坛之势。甚至他的一些学生,在学术上也未能得到公允的评价。

但是这些都将逐渐成为过去。正确认识一个人、评价一个人——一个在历史上有过不可磨灭的功绩又绝顶聪明而富有个性的并非完人的伟人,不但要在冷却了派别的成见、淡化了实用的利害、让时间冲刷掉枝枝蔓蔓非本质现象之后才能做到;而且还需要经过深入细致的探讨,领悟他的内心,理解他的个性才能做好。在季刚先生逝世六十年之后,在又一个世纪之交到来的时候,在他已成为历史人物而远离了今日学坛的时候,将会有更多的人认识他,敢于并乐于去承认他的价值,在他的成就面前交口称赞。尤其是站在季刚先生未竟事业的领域里的人,回想起前一世纪的种种成败,便时时感受到一种既往的先行者对未来的召唤,这召唤使我们不断反思历史的经验和教训,不敢忘记今日的责任。

1995年是黄季刚先生诞辰110周年和逝世60周年的纪念之年，纪念这位国学家和国学教育家，让我们想到许多不能不思考的问题。

　　我们应当带着崇高的使命感来弘扬中华民族的文化。许多人把考据和整理国故看成是"没有灵魂的学术"，是"脱离现实的复古"，以章、黄坚持振兴国学为保守、消沉、避世，只有深深理解他们胸怀的人才能懂得，自顾炎武、戴震起，国学便与爱国救种相联系。一个国家，一个民族，固然要求经济的发达，然而失去自己的文化，精神便无所依托，这才是真正失去灵魂。任何一个民族都不能忘记自己的过去，因为现代永远寓于历史的积淀之中。扬弃一种糟粕和吸收一种精华，是必然在经过撷取和研究历史之后的。总要有一些具有国学基础的人去从事历史的撷取和研究工作，然后才能把历史教给民众。然而历史常常受到时潮的冲击，被现代所冷落。季刚先生是可敬的，因为他虽被时代所冷落，却不逐潮，不媚俗，义无反顾，坚守疆场，背负着"保守""落伍"的十字架而终身不悔。带着与先辈同样强烈的使命感来从事国学研究和国学教育，我们的精神将永远是振奋的。

　　我们应当努力为世界、为中国创造学术的精品。季刚先生是被中国文化的精华所塑造的学人，他自己又在不断地创造传统文化的精品。在"新学""西学"发展到极端时，连汉字都被宣告了死刑。而由于一代国学大师的存在，免去了一种偏颇，在吸收西方科学与民主的同时，中华文化瑰丽的精华得以存留，这是一个多么大的功绩！在新文化的强烈冲击下，不是精品，不可能保存下来；不是精品，也不可能最终与新文化并存并被新文化吸收。季刚先生正是执着于精品的创造，才立誓在五十岁前不写书。他不幸又有幸地生活在那个新旧交替的时代，因而能受到新文化的冲击，也受到新文化的选择，终于为后代留下一片精心浇灌了的传统文化的绿茵。我们有幸又不幸地生活在一个暂时的传统文化"热"的年代，传统文化不再被称作"封资修"之一端，研究国学不再被视为"牛鬼蛇神"之一例；然而，经、史、子、集被阉割式的删节，经过粗糙的注译和飞速的校对后，精装成礼品书，提供给附庸风雅者去补壁；古代饱学之士以为虚浮、粗俗而不取的陋文鄙谈，却被新星们拿来示众以为创新；虐杀儿童天性、炫耀帝王富贵的一些糟粕，被当成"珍品"发掘出来以"飨"今人；一套套耗资千万的"大古全"汇集，内容互相重叠地在不同地方竞相编选……与此同时，就青少年和全社会的素养而言，文言文阅读能力逐步下降，历史观念在娱乐的冲击下渐渐淡化，分辨精华与糟粕的标准犹疑、模糊甚至混乱……可以预测，"热"与"滥"时常并行，而"滥"与"衰"终会相继。不论在哪个时代，属于历史继承的学科绝不能没有，又经常是冷门、是少数，这是正常现象。历史的继承需要高声呐喊而推导至今日，忘记过去而重踏失败的覆辙当称愚蠢；而用历史去掩盖现代，在房价高昂、多少人蜗居斗室被称为"蚁族"的时候，耗资千万去表演假仪式、拼凑假庙堂，难道不是放弃民生的复古？从专业领域看，唯其是少数，便一定要精；从普及领域看，以飨大众的成品更要绝对真实。不精、不实，在鼓噪起来的"热"以后，也还是要被淘汰的。摒弃个人的名利，振作爱国的精神，用耐得了冷落的韧性不断创造精品，同时把精品认真地解读去向社会普及，从而得到一切优秀者的理解和重视，收到提高全民素质的效果，我们的事业才能在冷落的同时具有内在的生命力。

我们还应当特别重视为国学培养新的继承人。在上一个世纪之交，一批对祖国传统文化素养高、理解深、功底厚的青年人，成为国学的继承者；半个世纪以后，他们成长为国学与国学教育的中坚人物。正是因为有了他们，不论在祖国大陆还是在台湾，经学与"小学"得以传衍。在发现人才方面，季刚先生有极高的标准和锐利的眼光；在培养人才方面，季刚先生有自己独特的方式和成功的范例。我们在师辈对季刚先生的回忆录中，可以深刻感受到那一代学者笃厚、诚挚的师生关系。危难出知交，那种在巨大压力下走到一起来的师生、友朋之情，使人感动，催人深省。历史文化是一门艰深而需要积累的学科，这方面的人才既需要聪颖、敏锐，又需要刻苦、扎实；既要热爱和崇敬前代的历史，又要有新思想和时代精神；成才的周期长，淘汰的比例高；再加上半个世纪的"断档"，总体的素质和功底受到很大的影响。站在国学教育前沿的学人必须充分估计到它的难度而又要知难而上。国学的希望在人才，祖国历史文化传播的契机也在于人才。一想到季刚先生在那样巨大的压力下还培养了如此优秀的我们的师辈；我们在接受了师辈的教育之后，难道不应当做好人梯，让自己的学生踏着肩膀攀上学术的高峰吗？

黄季刚先生的研究领域非常广泛，文学、史学、经学、"小学"无所不包，但他引为一切学问的基础因而最着力传播的是"小学"——章太炎先生定为"中国语言文字学"。在"小学"的研究中，黄季刚先生胸中装着浩瀚而经过深加工的第一手材料，遵照朴学求实的精神来务学。但他从不被材料淹没，不为错综复杂的语言文学现象而感到迷茫。他一再强调"得其法而明其理"，把规律和思想作为治学的追求目标。而现在却有些人，把"小学"当成材料的堆积，误将烦琐视为丰富，借口"求实"而轻视理论。更有些人，奢谈概念而追求虚玄，热衷于空泛的推理而不务实证。这些都是与科学的研究方法相违背的。我们应当沿着"得其法而明其理"的道路，力争做一个重视材料又重视理论的学者和教师。

又一个世纪之交的关键时刻来到了，中国人企盼携带着先进的科技、发展的经济跨入21世纪；同时也企盼携带着丰富的精神、光辉的文化跨入21世纪。应当深信，前辈的努力绝不会没有收效，弘扬祖国优秀传统文化的事业，永远会充满光明。

今世再无朱季海

2011年11月27日，由中华书局和北京师范大学章太炎黄侃研究中心共同举办的"朱季海文集首发式和学术研讨会"在苏州东吴饭店举行。到会人数不多，即使是官方人士，也都是了解朱先生的知己和关注过他的朋友。这是一个真正的民间聚会，却充满了浓烈的人文色彩和学术气氛。已经很久不能正常进食的朱季海先生由女儿陪同，坐在轮椅上亲自来了。听完几位会议发起人的相关讲话，他面对窗外明媚的阳光高声地说："阳光这样灿烂，以后还会有问题吗！"之后，他从中华书局顾青副总和俞国林主任手上接过稿费交给女儿，就由年轻人送回家了。估计为了这个最后夙愿的完成，那天中午，他也许会去吃一次西湖醋鱼，但也不过是嚼嚼就吐出来了——因为他已经难于吞咽了。

朱季海先生文集由中华书局出版。我国最有影响也最具质量的古籍出版社，出版具有最高古籍整理水平的书，彼此都十分相宜。赶在朱先生九十六岁身体又欠佳的时候完成出版任务，中华书局为中国文化和学术做了一件极有意义也极有魄力的好事。我内心希望朱先生一高兴，身体会有好转，也担心他多年夙愿得偿，没有心思

1982年11月，中国训诂研究会第二次年会代表访问章太炎先生故居留影，前排右四陆宗达、右二徐复、右一朱季海，后排右一周秉钧

了，不再等待了。朱先生没有照顾我们的期望，却使我们的担心成了现实。12月22日，不到一个月的时间，从苏州传来了朱季海先生逝世的消息，在意料中，却也悲痛难耐。

我最早认识朱季海先生也是在苏州。三十年前，我跟从陆宗达先生到苏州开第二届训诂学年会，老师带我去见朱季海先生，但嘱咐我不要跟他一起进屋。老师对我说："朱先生是太炎先生的弟子，年龄比我小，辈分却比我高，我是要磕头的。你进去，我不好行礼。"颖民师进屋，我听朱先生说："都什么年代了，不要行大礼了。"老师说："恭敬不如从命，让我学生进来拜见您吧！"估计朱先生点了头，老师才让我进去。朱先生对我说："坐下吧。"语气很温和。那一次只是礼节性拜访，没有说过多的话。回北京的路上，颖民师对我说："朱季海先生幼承家学，青年时代追随太炎先生弘扬国学，上个世纪他是太炎先生年龄最小的弟子，但很有见识，成就很高。我曾对你们说，太炎不是全面抵制西方的学问，他只是认为西方的文化高峰在古代。这一点，看朱季海先生就知道。太炎先生对西方文化高峰时代的古文明多有解绎吸收，季海先生会几门外语，尤其通过英、法语研究欧洲古代哲学和美术，十分精熟。只是脾气有点怪，不轻易出来工作，难以请动他！"

也是在那次会上，颖民师带我见了徐复先生，老师和徐复先生谈起请季海先生出山的事，我站在一边，才知道传说的那件事是真的。那一年，非常崇敬太炎和季刚先生的南京大学校长匡亚明，十分诚恳地亲自登门，力邀朱先生到南京大学任教。朱季海先生提出三个条件："第一，上什么课由我定，不由学校排课表，每堂只讲二十分钟。有学生问问题，值得回答，时间可以不限。第二，薪水多少由我定，多给了我不要，少给了你们也不好意思。第三，任何教学之外的学习与活动，不参加也不需请假。"当时形势下，匡老怕校务委员会难以通过，只好作罢。之后十年，因为匡老请朱先生出山的事流传开来，苏、杭、沪高校和文史馆多次去请他，他都提出类似的条件，于是说法很多，当时的小报上有很多传闻，比如说朱先生待人冷淡、对他人的照顾无理挑剔、领导登门摆架子等，很多夸张、调侃，无非是把这位在国学上造诣很深又不愿在体制内任职任教的学者怪异化。我出于对老师那一辈学人有较深的理解，又因为有陆先生关键性的介绍，即使对那些流传的事实不能否认，也是有自己解释的。不过，我也没有想到，能在朱季海先生的晚年，与他结下了不解的学术缘分。

1983年，第三届训诂学年会在长春召开，秘书处没有邀请朱先生，他很恼怒，又写信又发电报给陆先生，索要邀请函并要路费。那时，离会议召开的时间已经不到一星期了，我问陆宗达先生怎么办，老师说："他对现代学术的事不了解，高估了咱们的作用。他没有单位，也就没有经费，会又不是咱们主办，连我也不能随意到会。可是跟他老人家也说不明白，他会以为咱们不尽心帮他。"商量来，商量去，想了一个主意：我和陆先生都有邀请函，拿我的邀请函申请参会，经费让他用，苏州到北京那段火车票我们就自己垫付了。于是，我发了电报也寄了钱去，把他接到北京，等飞机尚需两天的工夫，陆先生让师弟宋永培来接待，住在当时的博士生公寓，三餐我们从教工食堂备好，再从家里补充一点，给他送去。他在学校两天，我和永培得到请教的机会，朱先生也谈兴很高。永培跟陆先生说："老先生吃的是食堂级别的饭，却让我们享用了很多学术大餐。"没想到，从长春回来没有人给他买票，他在机场打电报来求援，陆先生对办会的人很恼火，让我直接找栋元师弟把他送上飞机，到北京后又由我们直接买票送回苏州。这件事让我心里很不舒服，那种待人用身份地位来决定态度的庸俗作风在学会里居然也如此！

1986年，章太炎先生纪念会和学术研讨会在浙江召开，会议

1986年4月在章太炎先生纪念会上，左起：王宁、朱季海、谢栋元

分两个部分——纪念大会在杭州开，学术研讨会在我老家海宁开。我师弟杨逢春当时是全国人大代表联络局局长，正在苏州，和朱先生联系去接他一起赴会。朱先生问逢春："我不管你现在做什么工作，只问你是不是陆门弟子？"逢春说："是的，我和王宁、谢栋元是同门同届的师兄弟。"朱先生说："那我就不跟你客气了，我不坐你的小车，我坐火车，安全。"后来是我和师弟栋元一起从火车站把朱先生和陪同他的杨逢春接到会上。当天晚上，我们几个师兄弟陪朱先生吃饭，朱先生对逢春说："你不愧是颖民的学生，舍了小汽车陪我坐火车。陆门弟子确实与众不同。"这就是朱先生的脾气，他认师承，不认官职，看来不近人情，其实极重旧情谊。那天晚上他很兴奋，大家问他的问题一一回答。说起匡老请他出山的事，他说："我说上课二十五分钟就够了，不一定非要五十分钟，这并不苛刻！太炎很多讲演很少超过二十五分钟，句句是警世恒言。有些人一'侃'就是一小时，废话连篇，学生一无所获，究竟哪样划算？再说我还有备注嘛：'有学生问问题，值得回答，时间

可以不限'，是他们不相信我会传授真东西呀！"

这两次会前后，朱先生就跟我们结下了学术缘分。我们给他写信、寄书，他都是不出两天就回信。不久，他就记住了我们好几位师兄弟的名字，信中每每问及"陆门弟子"——谢栋元、钱超尘、杨逢春、宋永培……十分亲切。读过陆先生的《说文解字通论》、陆先生和我写的《训诂方法论》、我写的《训诂学原理》，他都会直接提出一些意见。有微观，也有总体；有夸奖，也有批评。我印象最深的是他住到北师大研究生公寓的那一次，他翻开一篇文章，文中提到《说文·毛部》新附字的"氍毹"二字，《释名》说："施大床之前小榻之上，所以登床也。"我解释做放在床前踩着上床的小凳子，来证明"凳"得名于"登"。季海先生把我叫过去，指着这里很严厉地对我说："你训诂学怎么学的？用资料可以采用孤证、断章取义吗？你有没有看到《玉篇》说'氍毹'是'席毹'，《一切经音义》说它还可以称作'氍壁'，是'毛席'，可以'施之于壁'？可见它是一片毛毡，怎么会是凳子？"我吃了一惊，回去查验，发现了季海先生指出的两则书证，惭愧不已，同时也非常宾服他材料的纯熟，他看到文章当时就批评了我，并没有翻任何书。也是在那一次，他对我和师弟宋永培讲起《说文解字叙》中提到的"分理别异"四个字，提醒我们要对'理'和'异'两个字深入理解，一讲就是一个多小时，引书全凭记忆，从《易经》开始，大约涉及十多种古书。我当时就想，真叫他讲课，他会只讲二十五分钟吗？为了维护自己的尊严，防止学术被亵渎，他有自己试探别人态度的特殊做法，有人把这种看来反常的做法界定为"怪异"，甚至肆意夸大、丑化，是为不善解也！

　　季海先生是见过学术高峰的人，他十六岁师从国学大师章太炎先生，1935年他还不到二十岁，不但听了太炎在国学讲习所所讲的全部课程，与老师有近距离的接触，而且自己也已经奉师命在章氏国学讲习所讲课。三十岁，他进入南京国史馆工作，只任过两年半公职，就因痛恨官场不正之风，愤然辞职。一个人有过高端的学术经历，对现代文科学界存在的虚浮作伪、浅薄空泛作风的不适应以致厌恶，是完全可以理解的。如在其中，只能无奈和忍受，干脆不进入，才能置之度外。

　　有人说他"极端傲慢，连自己大师兄黄季刚都看不起"，季海先生绝口否认。他说："季刚是真学问家，他大量批注、梳理经史古籍，五十岁以前不写空泛之书，我很是赞成。遗憾不得见呐！"他经常提起鲁迅在《关于太炎先生二三事》一文里说太炎教他的《说文解字》都忘了这件事，摇头说："这是矫情的话。"1983年第一次开纪念太炎的会，章念驰先生把鲁迅整理的太炎讲《说文》的笔记影印出版，季海先生拿着那本书对我们说："怎么样？真忘了吗？太炎一个字一个字地讲，他也是一个字一个字记下来的。说'忘了'，是不是矫情？"1990年，季海先生知道章念驰把钱玄同所记太炎在日本讲《说文》的笔记复印件交给了我，频频来信询问。我多次对他汇报整理情况，并告诉他在鲁迅博物馆找到了朱希祖的笔记。他总是说想看看原稿或复印稿，但原件珍贵，卷宗浩瀚，担心遗失，难以携带又无法奉寄。当我告诉他采用了完全按原文逐条照抄的体例时，他说："好，他们记录不敢离开太炎的意思，你们整

-030-

理不敢离开记录本文,这我就放心了!"从此他不再索要原件或复印件,更没有怪罪我不把文件奉上。2008年《章太炎说文解字授课笔记》在中华书局正式出版,我带了书去见他,他说:"原件和复印件都不要丢掉,很珍贵呀!"现在倒是我后悔极了,如果当初费点力气把整理前的复印件给朱先生看看,他一定会给整理提出我们意想不到的更好办法。如果事先把我写的前言交给朱先生看,他更会帮助指教,可惜什么事都是急急忙忙,没有来得及做,成为我的无可挽回的遗憾了。

小报上提起朱季海先生总是说,他不肯痛快接受别人的馈赠。曾有两个机构想给他一个名义,给他装修办公室让他去上班,还有些别的优待,但他左也不是,右也不是,让馈赠者很为难。朱先生由于处境的不善,常常有独立不群的表现,有时不为世人理解。他对请他出山的方式十分计较,提出一些看来很苛刻的条件。条条框框带来的浅薄与无知使世人最难容忍个性,最不懂得去体验内在的精神;加上物欲带来的"势利眼"作风,使朱季海先生融入现代学术队伍遇到太多的困难,这实在是一种误人误事的悲剧。

其实,朱季海先生是会接受真心的、富有人情的关怀的。他的一位学生曾组织我们几个以他为师的朋友,每隔三个月,有一个人给朱先生寄一点"零花钱",时间确定但钱数任意,这件事我们一直坚持着,发起人也一直关注着。他的目的很单纯:朱先生的子女很孝顺,虽然生活不算富裕,但对他的起居十分体贴。只是他喜欢淘旧书,习惯坐在双塔喝茶,中午进一点简单的小吃,口袋里有点零钱方便一些。朱先生欣然接受,也从未说过"谢谢"。还有一件事也是让我难忘的。有一年秋天,我去苏州双塔看望他,想到他一直坐在廊下,江南虽比北方暖和,但冬天室外也是冷的。我问他:"要不要在北方给您买一件暖点的大衣?"他说:"的确需要。"回到北京,很快收到他的一封信,他说:"如买大衣,务必浅蓝色。"我和老倪满市街找不到合乎朱先生尺寸的浅蓝色长羽绒服或棉大衣,跑了两天,很幸运买到一件人造羔皮的,试穿了一下很暖,就寄给他了。邮寄还闹了一点小误会。老倪填邮寄单子时,写了"大衣乙件",朱先生写信来问:"说2件为何只一件? 有否问题? 赶快查,一件足矣,找到立即退掉一件。"后来他知道是把"一件"写成"乙件",我再次去看他时他笑了半天,说:"倪先生这是民国写法,'一'字太容易改,所以写成'乙'。他以为我这年纪还保留这个习惯? 其实我早就现代化了。"这些家人一般的温馨关系,和他谈起学问来的严肃指教,深深刻在我的心里。看看网络和小报上对朱先生为人做派方面的逸事的描述,是那样不真实,不可理解,那是我们认识的朱季海先生吗?

  朱先生逝世前,已是章黄之学辈分最高、成就卓著、年龄最大的学者了。他不司公职,无须学位,靠着自己永不离开学术的执着和胆识,获得学术晚辈的崇敬、信任与爱戴。他在弘扬国故,承续师说,以纯粹的中国之学丰富现代文化的道路上,艰难前行,作出贡献,他一直是我们弘扬国学的一个精神支柱。20、21世纪之交,西化和中国文化的冲突,在某种程度上更甚于19、20世纪之交。上个世纪,中国在推翻帝制以后还很衰弱,而今天,中国在政治、经济上已独立强盛。如果在现代中国失去太炎先生所说的"灵魂"，国家将何去何从，我们是可以想见的。在这个爱国学者们对文化发展充满忧患的时代，出版朱季海先生这样一个沟通两个世纪的学者的文集的意义，估价再高也是不过分的。

党的十七届六中全会关于文化大发展、大繁荣的决议，提出了树立"文化自觉，文化自信"的问题，我觉得，朱季海先生的一生，是可以够得上"自觉"和"自信"这两个词语的。他的自觉和自信，表现在他对以章太炎先生为代表的，用全力维护中国学术精华的几代学人的追求，从未放弃。由于坚持文人的特立独行，他在相当长的生涯中，并未被组织到现行的学术行列里，但他一直在关心学术的发展，观察学界的动态，用正确的文化观来发扬学术，在写作难、发表难、与会难、融入更难的处境下，他始终坚信弘扬中国学术精华的正确方向。朱季海先生最懂得什么是纯粹的真正的国学，在社会上对"国学"二字任意曲解、妄加注释的时候，他能以独特的方式来批判谬说，坚守正道；在我们邀请他、护送他去参加会议和与他交谈的过程中，处处都可以看到、听到他的真知灼见，虽片言只语，却发人深省。他对章太炎先生关于文化的思想，对中国传统还原与继承的态度，在文集中随处可见。

我自己才疏学浅，没有资格来评价季海先生的学术，但学习过程中，有许多收获，感受到朱季海先生的学术有他自己明显的特点。

他受到章太炎先生文化思想熏陶的同时，通过自己的实践，有极为纯熟的乾嘉、章黄的学术素养：经、史、子互通，以"小学"通经而不事空谈，学风务实、文风简约，当代少有。有人说他的《楚辞解故》是"天书"，怎么会呢？《楚辞解故》顾名思义，是对前人故训所做的再梳理，每一条前人有多个说法的，他都有分辨，也不过是用材料说话。例如"离骚"，"离"历来有三种解释：解为"别"用的是"离"的本义也是常用义；解为"叛"，是"离"的引申义；解为"遭"，是以"离"为"罹"的借字。朱先生梳理后，根据多种故训，确定为最后一种解释。由于证据充足，将这个语义考证做成确案。这在训诂界一看就懂，何称"天书"？只是，他的解故所取证据时代偏早，一般人难以有此积累而已。

他因博览群书，积累丰厚，对古文献的语言、思想有高度的敏锐判断能力，甚至可以说是鉴赏力。是非真伪在他的短短数言中表述清晰，极具说服力，胜过许多洋洋巨文。朱季海先生善于"校"，但不是死板的核对，他的功夫在"理"，清理和释理，虽说"述而不作"，实为"述而能作"，一般的人达不到这样的"不掺水"的功夫。

他对传统与现代的关系有清晰的认识，能够立足现代来弘扬传统，严守文人将古训传世的使命，不越雷池来妄谈世风，看似迂阔而实为清醒。每次见他，他都会对我说："千万不要听那些认为章黄是'复古'的谰言。太炎怎么会复古？他处处立足当代。有些人把'还原历史'解释做'回到历史'。怎么回得去？现代是真的，历史也应当是真的，'还原'不过是求真，懂得'小学'才能求真！这就是'朴学'。"

他的学问是有根的，从根上解读古籍。现在的有些学者连书都不好好看，材料习惯从网上"调用"，观点习惯从第二手、三手甚至多手转用的文章中"抄用"，这么做学问，怎么能看懂朱先生的书？就是很用功的人，时间不到，也难以企及朱先生的根底。在当前这种浮躁之风盛行的情况下，读他的书、文令人感慨。现在的评论善于炒作，号称"新闻效应"，是无法正确解读朱先生的学问的。

片面理解"国际化"是我们这个时代评价人才的常事，在一个改革的时代，人们会认为未出国门就不懂西方，是一种大缺欠，却不以与历史隔绝、胸中无师承祖训为可悲。朱季海先生从师太炎，十分重视从阅读中获得世界知识，尤其重视处在文化高潮时代的世界古文明。一个人了解自己民族的文化应当千百倍多于了解其他民族的文化，这才是找对立足点的"自信"；而我们对只了解国外完全不懂中国的学人总是高看三分，反而把直接熟知中国、间接了解国外的学人视为保守，难道这也叫合理的评价人的标准吗！

我在朱季海先生去世后，总会想起他在苏州双塔曾经问过我一个问题。他问我："你是海宁人，可知道有一位张次仲先生？"我说："知道但知之不详。张家与我家先祖有通家之好。父辈们曾说起，只因时代太遥远了，我印象已经不深。"我因有此一问，事后便更加注意这位学者。80年代我去海宁图书馆和嘉兴图书馆，都在《海宁州志》和《浙江通志》上看到关于张次仲的记载。这位明代天启辛酉的举人，明代覆灭时就回到家乡，1676年去世时，已经在海宁住了十六年，专心研究经史，于《易经》《诗经》《左传》《史记》等有六十万字的论著。他晚年自定室名"待轩",自号"浙氾遗农"。他的大量经史研究成果都在清代,而入清后,他既无功名,亦无官位,不过是一个乡居老人。但是对明代著述十分挑剔并且动辄删改的《四库全书》收了他不止一帙的经史论著,清代朱尊彝的《明诗综》收了他的七首诗,《海宁州志》和《浙江通志》都收了他的事迹。为此,我明白了朱季海先生向我提及张次仲的原因。在他身上,我看到文化赓续与学术传承的超时代力量。我更加知道太炎和季刚远离了权势地位精心传衍民族文化的意义,也明白朱季海先生不肯出山的抉择。不论是顺境还是逆境,他们总是忠实继承中国传统学术,致力传播朴学精神,为中国传统文化的继承发展而不言放弃。

在朱季海文集首发式和学术研讨会上,我曾代表北师大章太炎黄侃学术研究中心的全体师生,表达对朱季海先生的敬意和谢意。我说:"在您的文集出版后,您的学术和理想将会被更多人理解、关注。您会看到几代学人为之努力弘扬中华文化精华的理想一步步实现。愿您为这个事业而保持自己的健康,这是我们大家的愿望,请不要让我们失望。"但是,在不到一个月的时间里,朱季海先生还是去了!

朱季海先生去了,他是特例,今世应当不会再有第二个朱季海。学界的虚浮之风、空谈之举很难完全消除,成为时潮,趋之若鹜者有之,避之不怠者亦有之;名利的诱惑时而能改变人的心性,堕心秽举者有之,清醒抗拒者亦有之,全靠个人的选择吧。然而解决世道的问题,个人是无能为力的。朱季海先生不放弃赓续中国传统文化的初心，却因出世而能独善其身！我们如也守正自律而不出世，还要有所进取，艰难将比他更甚。这是我送他离开不得不想的问题。

  写于2011年朱季海先生逝世当日，2023年修改

纪念我的老师陆宗达先生

1989年元月13日,是我的老师陆宗达(颖民)先生逝世一周年的纪念日;一个月后的2月13日,又是他的八十四岁诞辰。那一天,由北京政协张寿康先生出面,邀请了一些陆先生生前最亲密的朋友、学生和亲属,在中山堂一个小会议室开了追思会。那次的会由关世雄先生主持,到会的虽不到二十人,但大家倾吐了怀念陆先生的真心话,表达了对已故老师的诚挚心意。1994年老师逝世五周年的时候,张寿康先生也已不在人世,我们一众师兄弟在山西教育出版社任社长的师妹张凤瑞的主持下,把1980—1988年间陆先生带我所写的训诂与训诂学的论著结集成《训诂与训诂学》出版,来纪念我们的老师。进入21世纪,我们把纪念陆宗达先生的活动,和弘扬章黄"小学"、发展中国传统语言学紧密地联系在一起,做到了每隔五年开一次纪念会和学术研讨会,二十年来从未中断。这首先是因为,陆宗达先生对中国传统语言学发展所做的贡献,是应当写入现代学术史的;其次,是我们学科对中国传统语言学现代转型的推动工作,也应当定期去汇报、去检阅。

20世纪是中国国学劫难最深的时期,国学多次经历被否定、被

1985年筹备第一届章太炎先生纪念会与学术研讨会，左起：杨克平（黄侃先生孙女婿）、陆宗达、高戈（北京政协主席）、章念驰（章太炎先生之孙）

排斥、被歪曲的命运，削败、辍裂甚至泯灭的程度，一度达到极点。如果说，在20世纪初，逆潮流而动，以清醒的头脑站在保卫国学前列的勇士首推乾嘉学者的殿军章太炎先生和黄侃先生，那么，在20世纪中晚期，真正用实际行动为国学的振兴和传播的学者中，陆宗达先生是其中具有特色又贡献卓著的一位。他在困境中继承和延续国学的主要方式，是从国学的根底"小学"入手，用纯粹而科学的方法培养"小学"人才，为"小学"的振兴储备了后继者和生力军。

50年代和60年代正处于训诂学的断裂时期，关于训诂学的教学与研究几成空白，只有陆宗达先生以他的《谈谈训诂学》和《训诂浅谈》向现代读者介绍了这门学科，并且培养出了一批以学习传统文字训诂学为重点的研究生。70年代末与80年代初，中国传统文化的黄金季节到来的时候，又是陆先生的《说文解字通论》和《训诂简论》最早宣告了训诂学在当代的复生。

1961—1964年我做陆宗达先生的研究生，然后回青海工作。十五年后，从1979年到陆先生逝世这一段时间，我先是在北师大进修，以后帮陆先生写书，再以后调入北师大做陆先生的助手，前后大约十二年在陆先生亲自指导下学习和工作。我从陆先生那里接近了丰富的中国古代文献语言文字材料，并在他的启发下对传统文字训诂学的理论和方法进行了思考。

　　陆先生是一位重视继承、严守师说的学者，他对自己的老师章太炎、黄季刚两位先生的每一部书都读得很熟、讲得很透彻。他是顺着章黄的思路去研究清代乾嘉"小学"的。章黄是乾嘉"小学"向现代语言文字学过渡的承上启下人物，他们的起点要高于乾嘉的"小学"家，这就使陆先生的学术思想更接近现代。陆先生在60年代就告诫我们，要"先接受师承，再广泛吸收；先弄懂前人，再加以评判"。有两件事给我非常深刻的印象。有一次，一位崇拜黄季刚先生的老师在会上发言批评王力先生的音韵学，之后，他征求陆先生的意见，以为陆先生会支持他。但陆先生却说："你的发言里有好几个地方把王力先生的古韵学观点讲错了，你还没理解王力先生，怎么可以去批评！"还有一次，一位年轻人发言批判汉代的声训，态度十分激昂。散会后陆先生问我："他讲刘熙《释名》那一段，你听懂了吗？"我说："大部分没听懂。"陆先生说："一个人讲的东西连同行都听不懂，多半是他自己还没懂，自己真懂了就一定能把别人讲懂。《释名》都没看懂的人就批判汉代的声训，不太'玄'点了吗？"在陆先生影响下，我们不论读古代的注疏，还是读前人的论著，都非常重视这个"懂"字，而且习惯于把能不能给别人讲懂作为自己是否真懂的检验。拿《说文解字》来说，自钟鼎之学与甲骨之学兴起后，就有人否定它了，有一段时间，批判《说文》几乎成为一件时髦的事。但陆先生总是说，《说文》不能一个字一个字来评判是非，要看整体，它的构形和意义都是成系统的，要先弄清楚许慎为什么这样说，再考虑他说得对不对、有没有合理的地方。因此，我们从一接触《说文》起，就先把大、小徐本对校一遍，然后一个字一个字地作《说文》形义系联。系联作完后，很多看法的确起了变化。再拿章太炎先生的《文始》来说，50年代就有人全盘否定了它，但我们始终怀疑，轻易否定一本书的人，是否真读过这本书并把它看懂了。因此，我们硬是在陆先生指导下读了几遍，直到大致懂了，才开始评判其中的是非，并且给学生讲。从具体的材料看，《文始》中的个别同源系联确为太炎先生即兴而发，似乎还处在感觉的阶段，是很难说服人的，但从总体看，却正是这部书奠定了我们对传统字源学的基本认识。读《文始》，成为我们学习《说文》学的一个新的起点。我们从自己切身的体会中认识到，对中国的传统语言学，先要认真读懂，才有可能继承；也只有在读懂基础上的批判，才可能分寸适当而不是轻率地全盘否定。或许正是这种认识，使我们始终没有动摇对训诂学的信念。当认为训诂学是"封建学术"这一说法十分盛行的时候，我们没有受到影响；当有人讲"训诂学不是学""先秦文献语言已没有研究必要"的时候，我们也没有放弃对训诂学的研究。这正是我们在陆先生指导下对这门学科有比较深入理解的缘故。

陆先生对学术地位之类的事一向比较恬淡,他自己从不争当"泰斗",不以自己的名字能否进入某些"录"或"书"为意,但他却有强烈的学术自尊与自信,一丝不苟地教自己的书,发表自己真正弄懂了的学术见解,并以冷静的态度、不带成见地维护自己的师说。只要回想一下,就可以知道训诂学在过去半个世纪以至当代承受着多么大的压力。如果没有陆先生这样的自尊与自信,恐怕即使在七八十年代这个传统文化的黄金季节,它也会再次被扼杀的。

不论在五六十年代还是在七八十年代,陆先生教自己的学生都严格遵照传统的"为实"学风:先大量阅读第一手材料,通读《说文》段注并对大徐本全书作系联,同时选几部先秦的经书、子书连注疏一起通读。他很重视一字一词的考据,并且重视在考据时纵横联系。在给学生讲书的时候,往往讲一个字要联系十几个字,涉及十几部文献和注疏,再加上他论证十分严谨,一环套着一环,所以刚刚入学的研究生往往感到"吃不消",大约要到半年后才能适应。陆先生多次对我说:"弄通一个字、一个词、一个意义,绝不能是孤立的,不要简单化,不要怕'烦琐'。"到了80年代,他经过认真地反思,对自己的教学方法有所改变。他认识到,大量的语料是必需的,而充分的说理也不可缺少,不但要讲是什么,还得讲为什么。他接受了自己学生的意见,认为要想真正救活训诂学,必须从原始的材料中提炼出基础理论和可供操作的方法。《训诂方法论》出版后,他又接受了我们的另一个意见:介绍训诂学要注重用一般人能懂的语料来阐明理论方法,因而,用常用词而不是生僻词作实例,尽量把原理讲透、方法说清，便成为这一阶段我们写训诂学文章的努力目标。

曾经有好几次，语言学学界的朋友们友好地问我："陆宗达先生在传统语言学里最精通的是什么？"我按照自己的体会回答他们说："中国传统的'小学'是以研究意义为中心的。形和音（文字、音韵）都只是工具，意义是研究的出发点，又是研究的落脚点。陆先生精通的是意义之学，他是一个研究意义方面的专家。"我现在仍然这样看。几十年来，我们从陆先生那里得益最多的是他讲解汉语词汇意义的熟练和透彻。由于对古代文献语言和注疏材料掌握得十分丰富而纯熟，加之他接受了章黄不孤立研究一字、一词、一义的系统论思想，因此，他胸中似装着一个先秦古汉语词义的网络，并且对词义关系的沟通、词义的比较、词义的类聚与分析、词义的探求与解释，都有一套行之有效的方法，这套方法里含有许多规律。正是因为他对古代汉语词义的整体把握得比较准确和熟练，所以，在利用音韵学成果探求词义时，他既能遵循音韵学的音理，又敢于打破带有一定假说性质总结出的声系、韵部及其拟音。在利用汉字字形探求词义时，他既信《说文》，又能从《说文》全书的构形系统整体出发来纠正《说文》。遗憾的是中国的汉语语言文字学体系过去受西方影响太深，对意义这一部分特别是其中的规律重视太少，因而，有些人对陆先生的研究理解是很不够的。其实，语言的意义实际上控制着语音形式和书写形式，其中蕴积着几千年民族文化的内涵，本身又有许多饶有趣味的发展规律，实在太值得深入研究了。我想，这也正是陆先生的学术对他的学生有着强大的吸引力并能形

陆宗达先生难得一日的清闲

成一股不绝的凝聚力的原因吧！

　　这里，我还想说一说陆先生的为人。我和我的师兄弟都很崇敬自己的老师。他从不具有自己是"万能语言学家"的那种感觉，即使在自己专门研究的领域里，他也绝不认为自己什么都懂。不论是作文还是发言，他从不菲薄别人的学术而伤害同行与晚辈。对于自己涉猎甚少的领域，他绝不妄加评论，而总是采取信任和尊重的态度。比如，他总是说自己不懂甲骨钟鼎，却竭力主张自己的学生去学习甲骨钟鼎；他常说自己对西欧语言学知之甚少，却非常尊重从事外国语言理论研究的专家；他一直坚持采用黄季刚先生的音韵分部，教学生熟悉二十八部与十九纽，但他时常探讨各派音韵学家的分部与归部，不反对自己的学生采用其他人的学术成果。他是一位平易的学者，写书作文时，除非万不得已，他从不用古奥的生僻词语和难懂的引文去有意表现自己的渊博；对读者的意见，即使是外行人的意见，只要不是无理取闹与胡搅蛮缠，他都耐心听取与解答；他还十分体谅各个领域研究者的甘苦，特别感到青年人发展自己的不易，每当他有一点学术评议权时，总是在不违背学术原则的前提下，尽量去发掘、介绍别人的长处。有好几次，陆先生的老学生们背着人劝他："您太随和了，也许会有人因此反而说您没学问。"他也总是笑一笑说："由他们说去吧，咱们只能说真话，无须用摆架子去抬高自己的威信。"这种朴实平易的作风，给他的学生做了极好的榜样，留下了深刻的印象。而经常跟从陆先生的人都知道，他的浅显是以渊博作后盾的，而平易反映的正是他真正的透彻。

颖民师和太炎先生、季刚先生一样，有着追求革命与追求国学交织在一起的传奇人生。在一般人看来，革命和国学似乎是背道而驰的两件事，但是，在19、20世纪之交的那些志在挽救民族危亡的正直学者心里，是那样融洽地统一在一个目标下。做颖民师助手后，我有幸为老师代笔写过两次自传和七篇书序，这些工作，使我有机会聆听先生有关自己人生经历的自述，章、黄、陆三代师生虽然生活在不同的时代，但他们革命与国学交织在一起的人生经历却有极多相似之处。

1926年李大钊同志牺牲后，颖民师受同宿舍同学胡廷芳等人的影响参加共产党，当时北京地下党用飞行集会等许多危险工作考验党员，他都抱着理想多次经受了考验。也是在这一年，他通过林损、吴承仕等人认识黄季刚先生，登堂入室，正式拜师。发生在同一年的这两件事，奠定了老师追随革命和探究国学的一生。1927年10月，与颖民师单线联系的北京大学党总支书记彭树群被捕牺牲，颖民师因此中断了与党的联系。同时，季刚先生不再受聘北京大学的教职，师生二人同去东北大学，之后又同去了南京。这段时间，直至1935年季刚先生去世，这段时间是颖民师受教于季刚先生并深刻领会章黄学术思想的重要时期。抗日战争中，颖民师不愿给日本人占领的学校教书，专门任职辅仁大学和中国大学。他接受地下党的安排，并未恢复党籍，而在进步势力十分强大的中国大学担任了训导长的职务，以保护地下党和外围组织成员的安全。1947年后，颖民师先后将四个子女送到解放区，他前青厂的家，成为地下党的联络地点；直通另处隐蔽的后门，成为革命者躲避追捕的通道。他多次遇到危险而毫不动摇，最危险的一次是1948年，组织送颖民师和吴晗同志去石家庄开华北人民代表大会，绕道静海县，遇见中国大学的特务，他被认出，为了确保大会的安全，他历经险境，中途返回。

  颖民师经受革命考验的坚定，与他在学术上追寻国学的执着，同样出于一种相信国家民族终会走向发展与进步的信念。老师在高等学校任教半个世纪有余，出于为中国传统语言文字学培养继承者的高度责任心，始终信守季刚先生"刻苦为人，殷勤传学"的劝勉，憎恶"无耻的钻营、善于诈伪、空言不实"的恶习。他在50年代振衰起弊，奋臂倡始《说文》学与训诂学，80年代学坛复苏后，更是承继师说，贯通古今，为中国语言文字学的自主创新不懈努力。老师的人格给我的启示十分深刻：学者的追求与动机，也就是他的"初心"，只有两种是纯净无瑕的：一种是被仁心所激发的利国利民的信念，一种是为兴趣所吸引的探究真谛的献身。只有这种无功利的动机，能使人心无杂念，一直追寻下去，把"初心"发展成专业或者事业。老师的为人自然坦荡、宠辱不惊,为学务实求真、不事空论,永远是我们的榜样。

说起尊师,几十年所见令人感慨。人事多变,升沉无定,师生关系有时也变得不纯洁起来,常使我想起老师所写的《古代尊师之礼——释菜》这篇文章最后的一段话。这段话当时是我的师弟谢栋元和我与颖民师一起,在师生促膝谈话之时加上去的。现在,我把这段话抄录在下面,来代表我五六十年代的师兄弟们共同的尊师情谊。这段话说:"至今岭南梅县地区,仍有学生将蔬菜置于老师门外以示敬意的风俗,这应该是古代'释菜'之礼的孑遗罢。这种古朴的民俗,常使我们想起颜回'释菜'的故事,并使我们永远记得这一值得继承的为学、为人的准则——即使老师暂处逆境,只要他未穷于道,做学生的,便应当一如既往地尊崇老师。愿那种师权势、师富贵、师名位的势利恶俗永远绝迹,愿天下学子皆如颜回,敬师于困厄之际,'释菜'于危难之间。因术业而尊师,因科学而尊师,为真理而尊师,其礼可薄于'释菜',其情则重于泰山。在建设社会主义精神文明的今天,这恐怕仍是我们应当提倡的良好风尚吧!"

师生之谊重在学术的传承,更重在人格的延续,唯愿章黄之学的传人都能懂得这段话的深意!

附：

善教者，使人继其志

—— 陆宗达先生与20世纪中国传统语言文字学的传播

今年是我的老师 —— 训诂学与《说文》学的著名专家、中国传统语言文字学的继承人陆宗达先生逝世25周年的年份，在深切缅怀和纪念陆宗达先生的时候，我们不能不想起中国国学在20世纪的曲折经历。

20世纪中晚期，在真正用实际行动振兴和传播国学的学者中，陆宗达先生是极具特色又贡献卓著的一位。他在困境中继承和延续国学的主要方式，是从国学的根底"小学"入手，用纯粹而科学的方法培养语言文字学的人才，为国学的振兴储备了后继者和生力军。

理　念

什么是国学，怎样从实质上来认识国学，这本来是不成问题的问题，但在当代已经随着真正国学的一度断裂和被肆意歪曲而不为人知，又被许多官封、自封的"国学大师"称号所搅乱而使人知而不确。在许多领域，人们已经忘记，国学是在典籍中传播的中国文化的精髓；国学是中国历代典籍中积淀的历史经验与教训；国学起始于经学及"小学"，后来扩展出中国本土的史学、哲学，再后来扩展出以文章学为重点的本土文学与文论。国学不能中断的原因是一个强盛的国家不能没有历史，一个希冀胜利的国家不能抛弃自己的特点去一味依从他国。

国学是储藏在典籍中的，所以它的根基是"小学"和"章句之学"，有了这个功底，才能读懂典籍，还原历史；还原了历史，才能懂得历史，才能凭借历史了解自己国家的特点，从而了解今天，为今天决策。培养国学的继承人，基础的一步，也是最艰巨的一步，就是首先造就一批具有"小学"功底，能够通过解读典籍来准确还原历史的后继者。陆宗达先生是我国传统语言文字学研究造诣深湛的学者，正是基于他对国学深入准确的了解，他才能奋臂倡始、复兴《说文》学与训诂学，在中国传统语言文字学领域励志图新，成为乾嘉之学与章黄之学在当代的重要继承人之一。

志　向

1926年，黄季刚（侃）先生在北大任教的时候，陆宗达先生通过林损（公铎）、吴承仕（检斋）认识他。那时，黄季刚先生在北大的处境并不很好，他坚持国学、抵制"西化"的初衷不被理解，在民族文化受到多种思潮激烈撞击的形势下，季刚先生逆潮流而动，对一些因为不懂国学闹出的笑话加以嘲讽，言行表现得比较偏激。但是，由于中国文人对民族文化深厚感情的驱动，加之中国本土文、史、哲自身的魅力，有些青年人不怕巨大时潮的压力，甚至冒着被开除的风险，执着地跟从季刚弘扬国学和"小学"。1926

年陆宗达先生登堂入室，拜黄季刚先生为师，到他家中去跟他学习。

1927年，北大不请黄季刚先生任教了，陆先生遂与黄季刚先生一起去了东北大学。最令他们师生兴奋的是见到了曾运乾先生，验证了季刚先生二十八部十九纽的想法。他们在沈阳待了半年后，因北方太冷，季刚先生又不惯睡炕，1928年5月决定南下。1928年6月，师生二人经上海到了南京。

几年的时间，陆先生与黄季刚先生日夜相随，季刚先生用十分独特的办法教给他《说文》学、音韵学，传授古代文献。陆先生曾经回忆他的这段学习："季刚先生讲书的方法是谈话式的，以吃饭的时候谈得最多，不但我去，有时他兴之所至，也到我那儿来。他的方法是先让你看，看完了他才讲。那一年，他让我点《文选》和《十三经》，子书也读，还记得有一次他让我看《盐铁论》，只给两天的时间，让你一时一刻也不敢歇。他等我点完了，才拿出他的批校来，《十三经白文》的手批本就是那时他给我的。学唐诗时，他先让我看，并让我评论。我说完了他再说，然后他选出佳句来拟作。他拟作的诗羼在唐人诗里刻意挑都挑不出来。他教我学诗先要模仿，模仿后再自己作。他用工整小楷抄了一本佳句选，还有他自己拟作的唐诗，亲自写了跋，其中谈到：'古人云，不把金针度于人，亦何偏也，我与陆生谈诗是度金针耳……' 季刚先生教别人读书时，他认为你还没到一定程度，还不该懂，就不给你讲，你问他他也不告诉你。他还常告诫我：'你跟先生学习，得自己选择先生的话来吸收，不能凡是老师的话都听，要听他用心所谈，不要听他兴之所至随便说的话。'"

陆先生跟从季刚先生学习的那几年，正是章黄之学产生诸多原创性结论的时期，也是中国国学的守护者突破"西化"的潮流为本土的学术开辟出一块传承地域的艰苦奋斗时期，南京就是国学继承与发展的一个重要地域。这一段跟从季刚先生的学习，打下了陆宗达先生坚实的国学基础，使他亲身感受了纯正的传统"小学"、文学和典籍学习的方法，坚定了他毕生为国学而奋斗的不移的信念。从那时起，他成为继承中国纯正国学的中坚力量。

陆宗达先生对他的老师永生怀着无限的崇拜，经常跟随他的人都知道，他讲课是"言必称章黄"的，老师的教导永远烂熟于心；很多疑难问题，他总是首先让学生查黄季刚先生是否说过。他的信念来自师承，可见其一斑。

行　动

陆宗达先生求学的北京大学，当时是五四运动后以新派为主流的大学。黄季刚先生在北大任教的时候，正是蔡元培校长力主新学、国学、各流、各派"兼容并包"的时期，蔡元培校长辞职后，国学的力量就十分削弱了。1928年秋天，陆宗达先生拿到北大毕业证书，国文系主任马裕藻聘请他回到北大去教预科，同时兼任本科的训诂学，还兼国学门研究所的编辑，接任一个叫戴明扬的人的工作，编写慧琳的《一切经音义》索引。以后还在北大本科讲过汉魏六朝诗。1930年整理王念孙的《韵谱》《合韵谱》。1931年后，先后在北京大学、辅仁大学、冯庸大学、女子文理学院、中国大学等处任教。

1937年抗日战争爆发，他不愿给日本人占领的学校教书，便专门在中国大学和辅仁大学教书。1947年后，他专一在北师大教学。在这些大学里，他把国学的各个门类搬上讲堂，直到新中国成立初期文字、音韵、训诂学在大学的课堂上取消。

国学被作为封建文化的同义语受到冷落、受到排斥，是极"左"思潮在文化教育上的反映。这种思潮使几代人没有了阅读文言文的能力，无法接触古代典籍，无由了解中国历史，其实，他们是生活在半明半暗的世界里。陆宗达先生在这种时代，从来没有放弃呼唤国学的复生。在训诂学领域里，他有过五个"第一"：

第一个在那个时代公开呼唤训诂学的复生。1956年，在训诂学已经在教育领域销声匿迹后，他在《中国语文》上发表了《谈谈训诂学》。一年后，他把这篇文章扩充为《训诂浅谈》收入吴晗主编的"语文小丛书"。1980年，他又把这本书扩充为《训诂简论》再次出版。这本介绍训诂学的书，一次比一次充实、具体，但却始终以它通俗的语言、准确的阐释，认真严肃又轻松地把没有接触过训诂的青年一代，带入这门古老而有用的学科的殿堂。在训诂学遭受挫折、已经被现代人遗忘了的时候，如果没有使中国国学复生的信念，如果没有对传统"小学"深刻的认识，如果没有不怕批判的勇气，在那个时代，是不会一而再、再而三地坚持把这门学科推向社会的。

第一个为国学的传播开设家庭课堂。当文字训诂学从高校取消后，陆宗达先生采用在家中传学的办法，将有志学习国学的中青年聚集在家中传学。在我的记忆里，这种家庭课堂除了"文化大革命"

时期不得不停止外，60年代初、70年代末，大约开设过六次，最长的一期是1979年讲《说文》和章太炎先生的《文始》，整整持续了八个月。这种从黄季刚先生处学习到的教学形式，跨越了时代，使几乎中断了的国学能够在民间传播。

第一个采取纯正的国学教学方式培养文字训诂学研究生。1961年教育部决定招收文科研究生，我们九个人进入陆宗达先生名下求学，走进陆宗达先生文字训诂学的课堂。第一年点读段玉裁《说文解字注》，同时用大徐本作《说文》系联。这工作就是把《说文》甲条中与乙、丙、丁……诸条有关的各种形、音、义材料，全部抄到乙、丙、丁……诸条下，九千多条一一如此处理，毫无例外。段注的后面，明明印着一个《六书音均表》，但陆先生不让看，要我们自己把《说文》的非形声字（包括象形、指事、会意）按黄季刚先生的二十八部十九纽全部填入韵表，再把所从之字系联上去，九千来个字也无一例外。半年以后，陆先生开始讲《论语》《孟子》《左传》，老师讲的篇目并不多，可要求我们自己连白文加注疏一起点读。本来，《论语》《孟子》的白文不少人都是通读过的，可陆先生指定的书是刘宝楠的《论语正义》和焦循的《孟子正义》，这两部书引证经、史、子书的广博，当时实在令人吃不消。我记得初读时光查、记引文的书名、篇名，就整折腾了一两个月，这才不至于把人名、官名、书名、篇名当生词给讲到文儿里去。那时候，一天十几个小时就干这么一件事，那点"坐功"就是这么练出来的。《说文》学与文献阅读关过了，才开始进入通论学习。后来我知道，陆先生跟黄季刚先生念书的时候，季刚先生就是这么教他的。这种教学方法，就是章黄特别注重的、打好"小学"根底、培养不事空谈的国学人才的纯正方法。1985年，陆先生开始招收文字训诂学博士，更严格地采取了这种方法。现在，陆门弟子与再传弟子成为很多学校传统语言文字学、文献学、词源学、《说文》学的教学骨干，章黄的注重根底的教学方法，也一代一代地传了下来。

第一个在成立训诂学会时任开创期会长。1981年在武汉成立训诂学会，促进了80年代以后的高校训诂学教学与人才培养。章（太炎）黄（季刚）在三四十年代亲自传授的弟子们成为这时的导师，在80年代振兴训诂学的时期，较好地解决了训诂学人才匮乏的问题。

第一个创建了以《说文》学为中心、以打好传统"小学"根底为主要目标又具有现代意义的博士授予学科点。陆宗达先生作为第一届国务院学位委员会学科评议组成员，在1980年第一次研究生学科评审委员会上亲自提出创建这个学科点，定名为"汉语文字学"学科点。这个点首次建立在北京师范大学中文系。这是一个对发展国学意义重大的举措，因为，它使培养以国学继承为主的传统语言文字学高级人才有了"学位"做保证。

这五个"第一"，足以说明陆宗达先生在20世纪国学传播中的贡献和地位。

人　格

陆宗达先生出生在20世纪初，祖国正在经受民主革命后外患内忧的考验，已经沦为半殖民地的中国，民族文化遭受到极大的压抑和摧残。陆宗达先生受到时代的感召和老师章太炎、黄侃等国学大家的深刻影响，将自己的满腔爱国热情，灌注在追求革命与追求国学的实际行动中。革命和国学，今天看来似乎是背道而驰的两件事，但是，在19、20世纪之交的那些志在挽救民族危亡的正直学者心里，是那样融洽地统一在一个目标下，紧密地交织在一起。因为这种崇高的追求，陆宗达先生的一生充满动荡与惊险，但他都能凭借内心的安定与平静化险为夷。他几次被追捕而因镇定终于脱险；李大钊被捕后，他与地下党的上线失去联系而脱党，之后为了工作需要，接受了上级指示没有恢复党籍，以灰色的身份担任了中国大学的训导长；他的前青厂的家曾经是革命者的接头地点；40年代，他也曾把自己三个女儿和独子送到解放区。但是在新中国成立后，陆先生对自己这些突出的贡献并不放在心上，有时向晚辈说起来，常常轻松幽默述说那些"走麦城"又侥幸脱险的"运气"，似乎在诉说别人的故事。

因为国学和"小学"的艰深和冷僻，又是"封资修"的批判对象，他在学界跟那些留学欧美的和新派的学者比起来地位并不显赫，但他毫不在意，不卑不亢。在古代文献意义的解释上，他多次发言，语惊四座，作为他的学生，我们常常听到前辈学者说起这一点来满口夸赞，却没有听到他本人有过一次夸口，听到的只是他时常说起其他学者的长处。

从陆先生的出身看，他身居20世纪初叶的富贵之家，又是30年代以后的大学著名教授。但他早年的革命工作经历和他潇洒自由的性格使他的自我感觉永远普通而平易。他待人永远平等，和校工、司机、花匠、仆佣以及各种劳动者都是很好的朋友，常常在节日送给他们烟酒、礼品，和他们交谈融洽。他对学生要求严格，但执教轻松随意，讲课幽默动人，追求深入浅出，许多学识往往在闲谈、进食、行路中巧妙托出。他做北京市政协副主席期间，常常为许多人的事情奔跑，有些在台面上看来不值一提的小事，只要别人以为重要，他都不遗余力地去帮忙，但他没有利用这个身份为自己办过任何私事。他讲究饮食，但日常生活从不铺张，只是春天的家常饼、冬天的炖白菜等等家常饭食烹制十分精致而已。他喜欢请学生和朋友吃饭，懂得哪里的菜肴精美可口有特色，被称为"美食家"，但绝不排场，永远求雅而不摆阔。了解陆宗达先生的人共同的看法是：他不求做伟人，只求做真人。

我走入中国传统语言文字学的教学与研究领域，已经半个多世纪，从对这门学问知之甚少并怀有戒备，到下定决心愿意终身为之献身，每一步都是在陆宗达先生的带领下跨出的。我前后在陆先生身边学习和工作了五次，累积到一起的实数是整整的十二年——1954年本科跟陆宗达先生学习现代汉语，1961—1964年做陆宗达先生的研究生，1979年做陆先生的高级访问学者并协助先生上研究生的课，1980年在陆先生指导下写书，1983年正式调进北师大做陆先生的助手，直到他1988年去世——我一生的学习、教书和研究，都受益于自己的老师。

《礼记·学记》有两句话说："善歌者，使人继其声；善教者，使人继其志。"这两句话解释了章太炎先生、黄季刚先生对陆先生的影响，也解释了陆先生对我们几代人的影响。陆宗达先生在中国传统语言文字学的继承和发展上坚定的信念，对继承师说的执着与忠诚，在治学和为人上的敦厚与睿智，以及他的人格和学术双重的魅力对后学产生的巨大吸引力，永远是我们终身向往又难以企及的高峰。

忠贞不畏死　节义不负心
―― 林尹教授传奇的一生

1961年，我拜入陆颖民（宗达）先生门下做研究生，学习中国传统语言学，也就是文字、训诂、声韵学，从此进入章黄门下。从颖民师那里陆陆续续知道了章太炎先生、黄季刚先生亲传的弟子中的各位学界前辈。翻阅期刊，发现章黄门下有三位经常并提、被誉为"国学三导师"的学者林尹、高明、潘重规，都在台湾高校传播章黄以"小学"为主的国学。颖民师在说起自己求学和任教的掌故里，也常有这三位的身影。1989年，由潘重规先生的女婿杨克平发起并赞助，在香港召开了"海峡两岸章黄学术思想研讨会"，潘重规先生和高明先生都去了。师长们青年时代因追随季刚先生曾有不同时期的短暂相聚，几十年隔绝后再度重逢，回忆往事，百感交集。我们站在他们身后，见他们执手相对、唏嘘慨叹的情景，也已是热泪盈眶。那时，和台湾的同门尚不熟识，我悄悄问组织会议的杨克平先生："林尹先生为什么没有来？"他迟疑许久，没有回答，我再三询问，才知道多年祈盼一见的林尹先生不久前仙逝，永不能再见了。

我最早知道林尹（景伊）先生是上世纪60年代读研究生的时候，那时我每半个月去陆宗达先生前青厂的家里一次。有一次去，刚好一件香港的邮件辗转寄到。陆先生打开略看后就递给我说："林尹先生写的《训诂学概要》从香港寄来了。季刚在台湾的三位弟子中，林尹知名度最高。因为他曾投笔从戎，是抗日战争中很有名望

林尹先生

的爱国将领，战后又重返讲台教授国学。这本《训诂学概要》刚刚出版，看来台湾的训诂学一直没有被取消。你先拿回去看吧！"这是我第一次通读台湾高校的训诂学教材，对比颖民师的课堂讲解，感受到章黄之学一脉相承的精华所在。从那时起，我便时时关注和积累林尹教授生平和学术的信息。

香港纪念会上，我得到了一本《章炳麟跋黄季刚〈登高〉绝笔遗墨》的影印书册。其中影印了黄季刚先生给林尹先生及其叔父林损（公铎）的亲笔信九帧，更可贵的是，其中有季刚先生《登高》绝笔的遗墨，还有太炎先生手记："此季刚绝笔也，意兴未衰而诗句已成预谶，真不知所以致此！观其笔迹洒落，犹不见病气也。景伊善藏之。"（原文繁体，标点后加）其后还有林尹先生的手记，说明了季刚

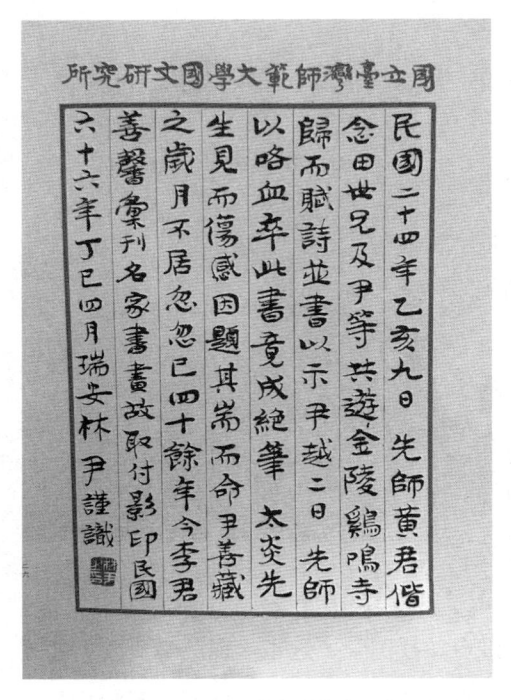

先生临终前两天，带儿子念田和他一起游金陵鸡鸣寺，回来写了这首诗给他。两日后季刚先生咯血去世。我在这本影印书册中看到他们师生三代人深厚的情谊，想起季刚先生手不释卷的生活习惯，逝世前床边尚有翻开的书卷。也想起太炎先生因反对袁世凯称帝被拘禁在钱粮胡同时，季刚先生只身前去陪伴。更想到季刚先生绝笔第二年抗日战争爆发，景伊先生愤然投笔从戎，九死一生后，当即重返讲台……

林尹先生题跋黄季刚先生绝笔

没有想到，生前无法见面的林尹先生，又与我有了一次十分偶然的交集。2012年，我去上海出差，顺便去看望在青海时的至交潘达钧。达钧调到上海政法大学后，和小儿子黄晨一起住在上海奥林匹克小区。见面不久，黄晨便问我认不认识林尹。我回答他"认识"，但心中奇怪他们家与林尹先生怎会有相关之处？黄晨很神秘地对我说，要我见一位相知而从未谋面的朋友。他带来了林尹先生的公子林安曾（子闳），安曾带来林公铎和林景伊叔侄二人的六部著作赠送给我。当我看到那六本书中熟读过的《训诂学概要》时,不禁心跳不已。我要向他介绍自己和章黄的学术渊源,但他说:"王老师,不用再介绍,我们家里对您已经非常熟悉,更知道您的学术地位。您在颖民先生身边多年,从章黄之学说起来,您对我们无比亲切。"他还说:"先父家属在大陆的只有我们一家。我表姐凌亦文想在台北开一个父亲的纪念会,一直想请您过去,正要通过黄晨联系您,没有想到竟然在这里见面。"这时我才知道,安曾世兄是黄晨公司的客户,也是他的忘年好友,更是同住一个小区的邻居。有一次他们谈起十年浩劫的遭遇,提起我与达钧是好朋友,并且是陆宗达先生的助手,才将这些关系沟通。这是一个令人难忘的时间点,从此刻起,景伊先生一生的光辉历史,在我心里渐渐清晰,呈现出一幅壮美的图画。

　　林姓为比干之后,封于林而得姓氏。南宋高宗时期,家族由福建迁至浙江瑞安,遂为瑞安之望族。林尹祖父湛深经学,父亲去世较早,叔父林公铎(损)对他极其钟爱,将他带在身边。在叔父的引领下,他十六岁毕业于北京大学国学系,复入北大国学门研究所做研究生。其时正是北京大学蔡元培校长主张学术上"兼容并包"的时代,叔父林公铎与黄季刚、黄节等国学家都在北大任教,而且彼此交好。林尹从小就受到国故派经学、"小学"及浙东爱国史学的影响,并登堂入室,受业于黄季刚先生门下。他幼承家学,受业名师,博极群书,才华出众,18—21岁任教于南开、河大、金陵女大、北平师大等多所高校,担任"中国音韵学""老庄哲学""汉魏六朝文"等多门文史哲课程。十年中,又先后出版了

《中国声韵学通论》《清代学术思想》《群经略说》等很有分量的专著。林尹虽年少成名，学界已有相当名望，但季刚先生辞世后第二年，抗日战争爆发，他却以一腔忧民爱国之情，放弃学界大好前途，愤然投笔从戎，参加救亡运动。北平沦陷后曾在太行山打游击，之后成为正面战场上的指挥将领。1941年汉口危殆，他临危受命，奋勇抗敌，出师常胜，致使敌伪费尽心机追捕，于当年4月5日，在汉口市特一区（旧德租界）将其拘获，由汉口转至南京。汪精卫亲自劝降，许以高官厚禄，欲其加入伪府工作。他严词拒绝，又三次绑赴刑场以执行枪决进行威胁。林尹以死自誓，终不屈服。考虑到他的声望，不敢贸然处死，又由南京转至上海，囚禁上海愚园路864号。他的坚贞感动了伪特务首领李世群，为他传递消息，千难万险始被营救。

我在抗战胜利后的资料里看到了由李世群送出的信，那是他知道外面正在设法营救他的消息后，自觉出狱无望，表示自己"忠不顾死，义不负心"的决心。其中更有"感天地之正气，念先叔父之遗言，临危受命，古著明训，杀身成仁，必有后起。故自被执，生死以之，钳口结舌，忍受刑毒，慷慨激昂，惟求速死"这样大义凛然决绝之语。后来，我又在他只存片段的自传里读到他被捕时的绝命诗：

此心同日月，此志宁冰雪。日月常光辉，冰雪终皎洁。昔思李郭功，今洒文山血。忠义分所安，慷慨成壮烈。家国遭屯蹇，中原遍荆棘。生死宁足论，忧时心恻恻。但惟后来者，勿忘灭虏贼。

看到这一段经历，我内心十分震撼，景伊先生勇武的一面，他的血性，他的气节，深植我的心中。我不禁疑惑：这与原来我了解的那个著书立说、弘扬民族文化、具有学者风度的林尹，是同一个人吗？

接到景伊先生的外甥女凌亦文的信。"景伊文化艺术基金会"和台湾师范大学文学系在台北举办的"纪念林尹教授国际学术研讨会"，要在2012年5月召开。我被邀请与会去做一个主题报告。那时，我已经大致读过了景伊先生主要的学术著作，包括他后期在四川大学和台湾师范大学任教时出版的《庄子通译》《文字学概说》《训诂学概要》《周礼今译》等，在台湾，也看到还在发行的他主编的《中文大辞典》《大学字典》《国民字典》。那时在我眼前呈现的，是一位著作等身、以"小学"为根柢的国学家和国学教育家。我在所做的主题报告《林尹先生的学术成就与章黄之学的继承发展》里，以自己的浅识，试着归纳了景伊先生的学术成就和教育思想：他把"小学"当成中国独有学问来确立，对汉字与汉语的关系有深入探索，更在音韵学上有极高的成就。他精于追根系流的词源考辨，比之《文始》《说文同文》的词源学理念更有延伸。他具有黄侃提倡的"明其理，得其法"的现代学术素养，突破了清代末流文人烦琐的考据，以追求"所以然"的科学精神，把中国传统语言文字学引向理论的探讨。在教学里，他继承传统"小学"家重视第一手材料的求实作风，引领学生明其条例，贯其会通，要其义理，探其根本，强调以纯熟、通透的文献根底来支撑理论研究。他提倡弘扬国学精华，要首先研读"根底之书"，重视原典解读，先专后博。他尊师承而不拘，重传统而出新，博取众说，提炼菁纯。章黄治"小学"的特点，无一不在景伊先生的治学中全面体现。

　　景伊先生与我的老师陆颖民先生在大致相同的时间同在北京大学学习，同因崇拜季刚先生的志向与学识而成为季刚先生的入室弟子。资料显示，由于当时的社会主流是新文化，北大又是五四运动的发祥地，在时潮的推动下，北大的学术思想主流仍是新学，国学并不占上风，主张"兼容并包"的蔡元培校长辞职后，国学的力量就更为薄弱。太炎先生亲自担任主编的章氏国学讲习会会刊《制言》发行并不顺利，其他新文化和文学刊物不但数量众多，而且声势浩大。当时的主流报刊对倾向国学的学者的报道偏重负面，也有学生因为只选季刚先生等人的课而被开除的。那时，黄季刚先生在北大的处境并不十分好，他坚持国学、弘扬民族文化的初衷不被理解，心情是郁闷的。但是，由于中国文人对民族文化深刻理解和深厚感情的驱动，加之中国本土文史哲自身的魅力，仍有少数青年人不受巨大时潮的冲击，执着地跟从黄季刚先生学习，也有虽被开除仍执着地拜季刚先生为师的先例。景伊先生正是在这种情况下成为黄季刚先生的入室弟子。跟从季刚先生学习，确定了他一生学术发展的方向，使他成为章黄之学的重要继承人之一。1976年春天，他在专著《国学略说》的跋里，讲述了继承章黄之学的志向，复述初见季刚先生时老师对他说的话："文章乃明学术之具,学术乃为经世之本,三者一以贯之,不可偏废。近世士子,或竞逐浮声,自诩华辞;或诡论怪异,自谓博学;或颠顸治本,妄言政理。此皆一曲之徒,不足以语大道也。"又讲述了老师如何娓娓不倦地指导他打下"小学"和经史、文学的基础。他详细回忆了季刚先生绝笔的《九日登高诗》和太炎先生嘱咐他善藏遗作时教诲他"毋忘师志,毋隳师学"的情境。这篇跋,我每读一次皆心潮逐浪,联想到自己的求学过程,体验到章黄之学中的民族大义和前辈师长传承学脉的苦心。景伊先生绝命书中所说的"感天地之正气,念先叔父之遗言",表明他所受的传统教育,铸就了他忠贞节义的人格,不论是危难中面对强敌,还是逆境中寻求师承,都需要毅力和勇气,需要胸有成竹的信念,需要坚守故庐的反潮流精神。他所说的"忠不畏死,义不负心",涵盖了在战场上和在书斋里林尹的两个角色,而两种忠义出于一心,其实是重合在一起。我对自己的师辈们传承和振兴民族文化的初衷心有戚戚,愈加一层感佩。更使我钦敬的,是景伊先生亦文亦武角色转换的能力,他在少年得志、风头正盛的时候绝无顾盼地走向战场,他又在立下奇功、备受赏识的时候远离官场,回归三尺讲台,足见他纯洁的动机、刚正的性格、博远的胸怀。

　　景伊先生在台湾培养了大量优秀的国学学者,为民族文化传统的延续做出了卓绝的贡献。后来,我认识了景伊先生的弟子陈新雄教授。新雄学长在景伊先生家中受习声韵训诂之学二十七年,而自身担任训诂学课程教学亦逾二十载,他是台湾传统"小学"最富影响力的第二代教育家。他去世后有人统计,他在台湾、香港和大陆高等学校担任"小学"、义理（哲学）、文学教席的学生就有一百一十一位。我们与新雄学长师生两代人有过很多近距离的交往，知道他们很多是音韵训诂精通、诗词歌赋畅达、治学宏远、执教严谨的学者。台湾师大的李鍌教授是景伊先生的大弟子，当年他主持了我的学术报告，在我的发言结束后介绍了颖民师和景伊先生的同门关系，并且说："王宁教授此次讲演用意至为明显，希望两岸学者共同努力，使章黄之学发扬光大。"五年后，我和李鍌教授曾共同主持研制《说文》小篆国际编码，在信息时代，将《说文》学发展到数字化和国际化的高端。

现在，师辈先贤皆已作古，李鍌教授和陈新雄教授已经离世，我的同辈学长许多也已经先我而去。我们早已离开学术第一线。尽管一定还会有人仍在继承章黄"小学"、坚持中国语言文字学自主创新的路上奔走，然而一代人有一代人的际遇，一代人有一代人的希求，一代人也会有一代人对学术和对师承的态度，这条路将会如何延伸？且待历史再书写我们已无法看到的新一页吧！

仁心、学心、公心交汇的人格
——《李格非传》序

今年10月,世妹李山拿来邵江天先生为格非先生写的传记,希望我在传记前写点什么。我多次读了这本传记,每每陷于难以平静的情绪中,有千言万语却不知从何说起。这里说的话,难以表达自己的所想,只能说明自己纪念格非先生的一点真诚。

读完传记,首先是那些点点滴滴的往事涌入我的心头。

我第一次见到李格非先生是在1986年,那一年,黄耀先(焯)先生去世后,他的第一位博士丁忱完成了论文,决定在北师大由陆宗达先生主持答辩。时任系主任的格非先生亲自带人来到北师大。我当时刚从青海调来北师大做陆宗达先生的助手,奉师命协助武汉大学来的答辩委员会秘书布置会场、起草决议、做好会议前后的准备和收尾工作。但是在答辩会的前夕,陆先生忽然提出来,要把我补进答辩委员会做答辩委员。那时已经是下午五点多钟,我对陆先生说,不要麻烦了,会场上总有些事要料理,我跑来跑去方便一些,再说,都是老师辈的专家,我也不够资格。先生见我这样说,也就同意了。可是到了晚上七点钟,格非先生忽然亲自到我家里来,通

1986年在丁忱博士论文答辩会上，左起：曹述敬、周大璞、俞敏、陆宗达、王宁、李格非

知我"明天要参加答辩委员会"，他说："陆先生的意见提醒了我们，是我们想得不周到，你明天除了读其他外审专家的评议书，一定要发表自己的评论意见。"八点多钟，他又派丁忱师弟来我家，千叮咛万嘱咐，要我准备好发言。那时博士生答辩是一件特别隆重的事，我觉得自己还是一个没有走入学术殿堂的小学生，和很多师辈坐在一起，十分紧张。答辩结束后，我把整理好的全部材料交给格非先生，很想对他的提携表示感谢，不料他却连连感谢陆先生帮了武汉大学的忙，也连连感谢我，说我安排会议如何紧凑，处理事情如何细致，材料整理如何有水平……我要说的话一句也没有说出口。

第二次见格非先生是在《汉语大字典》征求各位顾问意见的会上，陆先生要我和他一起去参会。因为第一次见格非先生的印象太深刻了，我很想再和格非先生说点什么，没有料到仅在门口见到格非先生两面，直到开会，他才出现在会场上。此前，他一直在门口迎接各位老先生来，饭后，他又一直站在门口送各位老先生走。那种场合，本来轮不到我说话，可是格非先生来去跟陆先生说完话后，都主动跟我打招呼，要我招呼好陆先生，好好帮陆先生整理文章。回来的路上，陆先生对我说："李格非是个礼数特别周到的人，其实学问很好，只是人过于谦虚，一点都不张扬，他是个不矜功的君子。"

陆先生的话，在此后我与格非先生的接触中，不断得到证实。我到武汉开会时两次去拜访格非先生，一次在珞珈山上，一次在离武汉大学较远的他女儿家里，两次都是他身体不太好的时候，但每次我告辞时他都坚持要送出来，一再劝止也不肯停步。1996年在武汉大学开纪念黄季刚先生学术研讨会，大会决定由格非先生致开幕词，我作闭幕词。我到的那天早上，格非先生就打电话到招待所我住的房间，告诉我他要说些什么，说要听听我的意见。他的这个电话让我很是惭愧，论理我是晚辈，应当想到主动与格非先生请教和沟通，但居然没有想到是先生先来找了我。还有一次，格非先生来北京，一定让人陪着来看我，当时他走路已经不太稳当，我坚持不让他来，要自己过去，但他执意不肯，不告诉我住处，还是自己来了。那一次，格非先生送给我一枚小巧的图章籽料，现在，这枚籽料已经成为珍贵的永久的纪念了！

在没有读过《李格非传》的时候，格非先生的经历我们知之无多，仅仅知道他在上世纪40年代就是刘博平先生的弟子，曾经在苏联全面讲授章黄之学的"小学"、文学和经学，是把中国国学传到苏联去的重要学者。50年代对苏联的向往，80年代对章黄的崇敬，已经使我们对格非先生的经历和学识十分钦佩。几次见面后，感受了他的谦虚、平易和对人的关怀，当然更加深了印象。待到读了格非先生的传记，知道了很多鲜为人知的事情，对格非先生的人格才有了更深的了解，知道他为人为学的所有表现都不是偶然的。他是那种属于仁人君子类型的长者，在今天，这样的人已经不多见了。那种解救朋友于危难之中和资助弱者的无私，近于迂阔；对无意给过自己巨大伤害的人的谅解、宽容，看似愚钝；对教书育人的责任和对后学的提携，甚至让人感到有失身份……但是，格非先生的言行几十年如一日，完全成了习惯，毫无做作；那些从心底流露出的情真意切的诗词磊落透明，不须任何矫饰。他的确常常想着别人而忘记自己，他不是"伟人"，但是"真人"。

《李格非传》多次提到，格非先生的论著不多，但是，传记中提到的那些学术见解，深入浅出，鞭辟入里，很多自己独到的体会，那种文风，是今天那些故弄玄虚、标新立异的"高手"永远难以企及的。汉语词源学大约在20世纪80年代后期才有了一点理论，但格非先生在50年代就已经讲得比较透彻了。音韵学与方言学的结合，到2006年还有人视为一种创新，格非先生在80年代就已经说明了这种方法的操作要领，并且指出音韵研究与文字、词汇研究不能脱节。粘、拗、救是诗词格律中难以把握的概念，格非先生讲起来轻松自如，几句话就说明白了。他的学问里没有故作高深，有的只是平易近人，让人明白……什么叫学问？什么是有学问？不同时代不同的人，答案是如此不同！

《李格非传》是一部别开生面的传记，没有太多的加工与修饰，也没有夸饰之弊与吹捧之嫌，有的只是一件件的真事，让人——特别是我们这些与格非先生认识和交往过的人——看了，聚成了一种由衷的敬佩和深切的忆念，也从心底检讨自己的不足。

读完《李格非传》，我总是想起《荀子·正名》的几句话："以仁心说，以学心听，以公心辨。"我觉得，这三句话，应当是格非先生为人与为学的写照。

言有尽而意难终，前面我说过，今天已经很少见到格非先生这样的人了，但他的精神会感染后人，激励人洗涤自私与虚荣，求真，求实，严于律己，宽以待人！

2006年11月1日于北京师范大学

答谢恨晚

——怀念我的老师周秉钧先生

接到周秉钧先生逝世的讣电,我两夜未能阖眼。悲伤与叹惋自不必说,一种深切的遗憾与自责使我不得安宁。

1981年,训诂学教学研讨会在北师大召开,我当时正在北京与陆宗达先生一起写书,以青海师大训诂学老师的身份参加了这个会。会议中的一天,陆先生让北师大中文系办公室的一位老师通知我,要我陪周秉钧先生去前青厂他的家里一晤。我见到周先生时,他已准备出门,夹了一个小小的纸包,我替他拿着,一起去挤公共汽车。下了车还有一段路,周先生问我,什么时候跟陆先生读的书。我说是1961年到1964年。周先生又问:"十三经读了几部?"我说:"除了《论语》《孟子》以外,《尔雅》不算,正经读完了六部半,现在刚开始读孙诒让的《周礼正义》。"周先生问:"那半部是什么?"我说是《尚书》,在青海读过十六篇,觉得很难,未能卒读。这时已经到了陆先生家门口。两位老师落座后先是相互问候,接着周先生就打开那个小纸包,拿出一本《说文》。周先生非常恭敬地翻出两个地方来和陆先生讨论,两个人越谈越兴奋。天晚了,周先生又

1987年3月，周秉钧先生在讲学

不肯在陆先生那里吃饭，坚持要回招待所。回到招待所，晚饭已过，他是就着一杯茶吃了半袋饼干垫饥的。

　　两天后，周先生应陆先生邀请在北师大讲了一次学，他讲的题目就是《尚书·西伯戡黎》。我不知道周先生是否因为我说过只读了半部《尚书》而选了这个题目，但我永难忘记，在那短短的两节课里，佶屈聱牙的《尚书》一下子变得那么流畅亲切。讲书过程中，周先生时时加注式地说明《尚书》的读法，句句都像是对我而言。更想不到的是，讲完课后，周先生让人找到我，问我还有什么问题。又用了将近一个小时的时间，细细给我说明读《尚书》要注意什么，并给我介绍了参考书：除了《尚书注疏》外，他还让我参考蔡沈《书集传》、孙星衍《尚书今古文注疏》和王先谦《尚书孔传参正》。听周先生讲完，我正想向他表示诚挚的谢意，但他却抢着说："你写的《谈比较互证的训诂方法》很好，希望你以后多写点文章！"他的话，反把我表示谢意的话挡了回去。

我正是从那次会议后开始读《尚书》的。那正是我生活十分狼狈的时候，北师大连两元的交通费也没发给我，青海师大又只发给我基本工资。每天我坐在北京图书馆，中午嚼着四个包子休息片刻。终于把一部《尚书注疏》读完了。直到我确实参考了周先生介绍给我的那三部书，我才明白，他是提醒我，要从训诂、历史文化和文献辨伪这三个方面来读懂《尚书》。这期间，周秉钧先生给我回过两封信，解答了十几个问题。有些现在看来仅仅属于入门的问题，他都耐心地回答了我。

我因为很少参加学术会议，和周先生见面的机会也就很少。曾经有两次我已到了长沙或长沙附近，却因时间不够而匆匆离开。直到十年后，在河南漯河开许慎与《说文解字》国际学术研讨会的时候，我才得以再次与周先生倾谈。我对周先生说，他1984年出版的《尚书易解》，我已认真读过了，使我感佩的是那个"易"字。《尚书》是难读的，只有听真正透彻的人讲书，才会最终感受到"易"字——少走弯路而"易"，得其要领而"易"。我陈述自己有幸得周先生指迷而少走的弯路，"感谢"二字已经到了嘴边，周先生却接过话头说："你跟着颖民先生，哪里需要我来'指迷'！不过是一起讨论讨论，彼此得益罢了！"他真诚的谦虚，又一次使我把一个"谢"字咽了回去——虽然我内心谢意无比充溢，但似乎只要一说出来，就会因为这个字太同于一般的套话而失去了分量。

研讨会开会期间，正赶上八月十五中秋节，我怕热闹，躲到兰天宾馆院子里去望月，秉钧先生与汤可敬先生也从联欢会上出来了。我们几个人陪周先生在淡淡的月光下散步。就是在那次，周先生告诉我他正和汤可敬先生在作一部《说文今注》。我请周先生赐我一部他新出的《白话尚书》，他就在当天晚上签了名送给我，我也就在当天晚上夜阑时读了这部书的"前言"。"前言"中的许多话，正是周先生在十年前向我说过的，而在"前言"里他提到的那四部旧注本，也正是我十年前按他的指导坐在北京图书馆借阅过的。我当然也不会忘记重温周先生十年前曾讲过的那篇《西伯戡黎》。

我是提前一天由漯河返回北京的，向周先生辞行时，我问他有没有可能到北京来讲几天学，也重新游一游北京的名胜，更重要的，是让我们的学生直接得到我十年前得到的教益。周先生说，他有的是时候，只怕要麻烦我们，不敢当。没有想到，这次辞行，竟是我与周先生的永别。

1992年，在张家界开训诂学会，我照例没有参加。听说周先生去了，我便向与会回来的老师打听他的健康状况，知道他身体不错，还爬了山。于是我去信和周先生商量请他来讲学的事，没有回音。我曾向周先生多要了一本《白话尚书》，想收进我主编的《评析本白话十三经》里去，后来因为版权没有办成。我的师妹邹晓丽讲甲骨文，正在读《尚书》，请我代她向周先生要一本书，我写信去，请求把我手上的那本代送晓丽，也没有回音。这时我已隐约听说周先生因病住院，颇为焦虑。突然，1993年元月，周先生在收到我的新年贺卡时回我一信。回答我的第一个问题说："近来贱躯不适，已入医院治疗，幸有好转。北国风光，无缘领略，辜负盛意，中心歉然。"回答我的第二个问题说："读《尚书》者日少，今得邹君，喜出望外。请以拙作一册相赠，以报知音。"不久，我又看到他为李运富君来我这里考博士所写的推荐书。于是放下心来，等待他身体康复。但等来的却是一纸讣电。

十年来，我几次接触《尚书》，都得周先生的教益。周先生与我的见面，自《尚书》始，又至《尚书》终，是我终身铭记的。但我始终自责：在有限的几次可去拜望他的时候，为什么我没有抓紧时间去看他一次。我始终遗憾：十年来，我竟未能找到一个机会，向他表示作为一个学生深深的谢意！现在，我再也无法去看望这位永远值得我尊重的老师！再说千句万句谢他的话，也太晚太晚了。

我的感谢会融进作为一个教师的责任：面对一个晚辈的问题和困难，绝不要放弃对他的帮助。学识就在这帮助中传承，文化就在这帮助中留给后代。我惭愧自己书读得很不扎实，为了报答周先生和许多前辈对我们的殷切期望，我还会继续努力，在教与学的频繁往返中，为中国传统文化的复兴与发展，多做一点事情。

百川学海　丘陵望山

—— 纪念钟敬文先生诞辰120周年

2002年的年初，钟敬文先生走了。他进入了自己年寿的第100个年头，却没有等到百岁生日。2018年先生的全集出版，大家谈的都是关于他宏观的学术成就，个人的感念没有说。又一个五年过去了，今年是先生的120年诞辰，很多话涌上心头，是一些只有在校园里才说得出的话。

我的专业不是民俗学，按现在的学科归属，不敢称是钟先生的学生，但钟先生却无论如何是我的老师。我们这一代人属于"新中国第一批自己培养的大学生"，那时的高校培养制度还没有那么深的"学科"壁垒，我们反而有了一种幸运——那些早已离去仍不断被提起的老一辈师长，学养和学德都属一流，他们不论被划在哪个专业里，都共同创建了我们今天中国语言文学的学术体系，搭建了我们今天发展和提升的学科平台，撑起了我们在大学学习和传承的优越的学术环境。他们是一位位有着自身修养和秉性的学者，有各自的辉煌与奉献，也有各自的曲折与苦难；但在建造我们今天教育事业的大厦和积高我们学术研究的峰峦上，他们在我心里永远是一

1992年，向钟敬文先生请教

个整体，一个值得称颂的学者群体，我们是吸取他们综合的营养长大的。从这个意义来说，钟敬文先生当然是我们共同的老师。

但是钟先生对于我，也并非"共同的老师"可以涵盖，这个"老师"的丰厚内容，也不是一句两句话能够说得完的。我读本科时，民间文学的老师是许钰先生，但课堂上不断听到"钟敬文"的学术观点被引用，心里已经树立了他高大的形象。然而真正看到他竟是他蒙难的时候，真正离得近些却是民俗典籍文字研究中心成立的初期，也就是他最后的三年。那三年，钟敬文先生似乎已经忘记我的专业不是民俗学，在学科建设和学术研究上，耳提面命地给了我很多的教诲和启示。

2000年教育部准备成立第二批人文社会科学国家重点研究基地，计划是100所。文学院已经决定支持文艺学去申报，我虽也为自己的专业进不了重点研究基地有些忧虑，但我的三位业师已然离世，自己人微言轻明知不可为，便也知难而退了。不料想，钟敬文先生却在一天大清早把我叫去，对我说："人文社会科学要成立重点研究基地，必须有我民俗；但我申报的基础条件不足，你要来帮我。"钟老在学科建设上当仁不让的霸气我是知道的。那年为了民间文学专业被合并他给教育部长写的信，我有幸读过，内心很是服膺和钦佩。我当然懂得他的不甘和必得的心，但很茫然，不知如何帮助先生也帮助自己实现愿望。想了整整两天，我惴惴不安地对钟先生说："把启功先生的专业加上，作为中国传统文化底层与上层的结合；我们是传统语言文字学，也属于传统文化的工具学科，北师大文科三个有底蕴的学科，应当能找到一个结合点吧？也许可以试试？"钟老刚刚听完我的话就拿起电话，他拨的是启功先生的号码，放下电话，他看我傻傻地站着，对我说："快去呀！去启先生那里，把我的想法加上你的想法跟他说。"从钟老家到启老家隔着两三座小红楼，我站在小路上愣神儿，怎么说呀？自己还只不过是一念之间！可是第二天，在我把自己专业的老师集中起来通报这件事的时候，钟老已经找了书记、校长。过了两天，3月1日，他亲自筹备召开"中国传统文化研究中心"论证会，指定董晓萍老师主持会，让我连夜准备论证报告，主要论证三个专业如何整合和以后如何发展。钟敬文、启功两位先生作为导师级的顾问参与其中，特邀前来的论证专家阵容华丽，是季羡林、陈原、傅熹年、金开诚、何九盈、陆学艺、程毅中、赵诚八位先生。之后，由于"中国传统文化中心"这个名称已经被武汉大学冯天瑜先生采用，根据教育部社科司的意见，我们基地定名为"民俗典籍文字研究中心"。钟老同意了这个名称，再次对我说："你注意，不是三个不相干的专业，一定要整合。"从此，唯一的，北师大只有文学院一个学院申报了两个重点研究基地。这就是已经九十七岁的钟敬文先生，短短九天，他以一种理直气壮的魄力，办成了我们想都不敢想的事。

也是从这里开始，我在钟敬文先生和启功先生指导下发展自己的学科，也为整合三个学科做了整整十二年，开初那三年，是有钟敬文先生的。

为了"整合"二字，基地建设非常艰苦，和启功先生的专业结合还有一点头绪，和民俗学结合让我十分惶惑。我虽不满意学科划分过细，自己的师承来自章黄和陆先生，师辈的学养也很宽厚，但我自己已经蹉跎二十来年，知识结构窄到不能再窄，我的第一个想法就是守着两位老师，加紧学习。有了基地后，钟、启二老都是拿我当自己的学生带的。我的收获不只是读章黄的书，推动了传统语言文字学的现代转型，而且真正拓宽了自己的眼界。

民俗典籍文字研究中心成立后，钟老教我做的第一件事，是他邀请了日本著名学者稻田浩二教授，召开了"中日民间叙事文学情节类型专题研讨会"，钟老希望我作为研究中心的主任在第一天致开幕词。我辞以对研讨内容的生疏，请先生允许我去听会而不要发言。但钟老答复我，必须去致词，不能推托。先生为这件事把我叫到办公室，有一场很严肃的谈话。他说："类型学已经是人文科学研究普遍的方法，语言学提出得更早。故事类型学是由民俗学首先提出来的，有自己的操作方法。你作为基地主任，不能只懂语言学，也要懂民俗学的类型学精神和方法。如果不懂就立刻学习，到开会还有十二天，学到可以去做一个开幕词的程度难道不行吗？推托就是拒绝学习，就是违背我们论证过的三个学科整合，你应当不会如此吧？"面对先生的不容推诿，我在教学工作之余，在进一步加深语言类型学的认识之外，读完了钟老给我指定的全部资料。之后，我写了一篇简短的开幕词，去向钟先生交卷并得到他的肯定。有了这样的学习基础，又经过整个会议的学习，我在语言类型学方法的基础上，了解了民俗学类型学的理论基础和操作方法。钟老用类型学中的"母题"的概念研究民间故事，从历史和社会的角度，推导故事情节的基本单元，找到多民族民俗和民间故事的相似与差异，再用差异性去解释文化主体性。这个方法含有共性和个性的人文科学理念，并含有对底层人民口头文学流传规律的认识，当然也就启发我如何从语言社会性的角度去理解人本和文本。至今，我们还用着"母题"这个概念，加入了自己专业的特点，来采用训诂方法阐释经学、诸子和文学文本。

不久，钟老开始着手《中国民俗史》六卷集的编写，参与工作的刘魁立、董晓萍等老师都是民俗学专业的学者，钟老要求我也参加。大纲起草的过程中，钟老进一步发挥了中国文化区分三层次的理论。他曾几次向我解说为什么要提出"中层文化"也就是城市的通俗文化的问题，他对中国文化史中层文化的形成、特征、发展，及其与上层、底层文化的关系有着非常清晰的论证。大纲拟定的过程中，他让我考虑：《毛诗》《方言》《周礼》《说文》……这些经典里有没有底层文化？其中的底层文化能不能剥离出来？他说："你们研究汉语史，不讨论这些问题吗？"受到这样的启发，我开始认真考虑"礼"和"俗"的关系，考虑文言和白话的关系，虽然在当时并没有想明白钟老提出的问题，但那是我思想最活跃的时期，许多原来不去考虑的问题，都在脑子里翻腾。我毕竟没有系统学过民俗学，《中国民俗史》分集编写后，我就没有过多地去参与了，但我模模糊糊地感到，钟老在改革开放后提出的"中层文化"研究，对通史和各种专科历史，尤其对汉语史，有很大的启示。过了若干年，汉语词汇史和文言发展史的问题提到我研究的日程上来。面对语言事实，我一直不信服用西方的"语法化"理论来解释汉语双音词发展的动因。这时，我想到了钟老曾经两次很耐心地告诉我，"中层文化"的兴起，应当会带来汉语书面语的一些重要变化。那时我又一次读黄季刚先生的《文心雕龙札记》，完全没有想到，来源于完全不同学术领域的思路，会有许多切合之处。这让我如在朦胧中看到光亮，对汉语双音词成批产生的动因有了越来越清晰的认识。这样的启示，局限于当时自己所在的语言学界是根本得不到的。钟老并不研究汉语史，他是凭着研究问题的锐敏眼光和解决问题的思想能力来提醒我的。我从此更加知道，季刚先生和钟敬文先生这样的学者看问题，有很强的穿透力，又有很强的辐射力，他们发现的规律一通百通，绝不仅仅是一个单一的学科所能涵盖的。

在制定《中国民俗史》大纲时，钟老还给我传授了他"民间传承文化"的思想。他把1999年8月发表的《民间传承文化研究的历史和收获》文章亲自交给我，叫我认真读一读。之后，又向我解说了他对"民间传承文化"概念的定义和解释。如果说我在当时并没有特别理解钟老的话,那么,有一个机会让我更深地领略了这个思想。钟老逝世八年后,董晓萍老师启动了《钟敬文全集》的编写,她把钟老亲自选编、生前没有出版的关于"民间传承文化"的论文集两册书稿交给我整理。这批资料有四十六篇文章,都是有关"民间传承文化"的。钟老生前应当还没有收集齐全,但这也足够让我知道他关于"民间传承文化"的主要思路。这四十六篇文章,从内容和作者看,分别隶属于五类现代的学科。引起我震动的是第一部分,这一部分的作者大多是研究经学、"小学"和史学的,包括与我的专业关系十分密切的章太炎、王国维、梁启超、严复等学者,以及逝世于1919年的刘师培。他们都经历了"五四"新文化运动,全都对民俗文化有过特别的关注和相关的论著。我从钟老《"五四"时期民俗文化学的兴起》一文中知道,底层文化的存在和重要性,在他的学术理念中,是"五四"民主精神的百年延续。钟老说:"民主思想,是人类精神活动上的宝贵财富,也是促使近现代各国人民社会和生活进步的一种精神力量。"所以,民主思想是历史上任何时代都具有的,民间文化的构成虽然以口头传统为主,被关注的程度很低,甚至受到蔑视,但也必然有它传承的脉络和渠道,即使在上、中层文化的典籍里,也会透露出中国古代各民族底层文化的丰盛与光辉。这时,我更加明白陆先生传达黄季刚先生的教导:"研究历史和经学,还要读纬书。"在那些谶纬之说似乎无稽之谈的记载里,是会有人民大众民主思想的折射的。不同层次文化的存在与对立,"五四"时期就已经确立,而钟先生独特的贡献是,他不但看到不同层次文化的差异和冲突,还看到了不同层次文化的相互补充和相互渗透。所以，他主张研究民间文学，也要同时吸收国学和外来先进人文科学学说。在民俗学和民俗史的研究资料上，他不但创建了一整套搜集和研究口头文学资料的田野作业方法，还特别重视在历代文献中搜集民间文学和民俗史资料，这些文献包括各种典籍，以至古代的经、史、子、集原典。他的这种工作从五四运动后不久就开始了，这就说明，他一向把"三层文化"看作民族文化的整体。在他心里，人民大众的文化不是谁的赐予，而是不可忽略的存在。他就是这样心里装着人民来发展学术事业。这时我才明白，钟敬文先生从来没有把我立足于经学、"小学"的专业看成是界外的，他要我站在自己专业的领地不要忘记底层文化。他对我说："你要记住，没有底层文化的文化史是不完整和不真实的。"为此我更懂了他的那句话——"成立重点研究基地，必须有我民俗"。在那个"必须"里，我不仅看到了他的"不让"，更看到了他担当的"仁"。

钟敬文先生是一位自觉、自信的学者，他不但创建了民俗学，推进和完善了民间文学，而且终生对这两个学科的发展深入探讨，每过一个阶段，就会提出新的学术命题和理论方法的讨论。在学科建设中，他把民俗学发展为一个自觉的、方法领先的学科。在他提倡建设"中国民俗学派"的理想和实际的努力中，有着他把人民放在第一位的博大心胸和深沉情怀。年届百岁，钟老拄着拐杖漫步在校园里，一群年轻的学子钦敬地远远跟着他，成为北师大的一道靓丽的风景。在他神清气爽的面容和从容不迫的脚步里，永远有那份自信与坚定。我一直觉得，他真的会长生不老。但是，2002年1月

10日，他走了。

今天，在先生逝世二十年之后，想起钟老病重时叫我到病床前对我说过的话。他说："只要你还在做学术，就一定要关注'中国民俗学派'的建设，因为它需要人关心、扶植，你也在这里用过心。你跟陆先生学习文字训诂学，继承老师的遗志，我看重你这一点。但你也要读民俗学的书，对你一定会有帮助。"

想到那个临别的嘱咐，我心里一直有着愧疚与不安。我虽一直没有离开学术，也一直在研修自己专业的同时读钟老和其他专业前辈学者的书。只是在学科壁垒更加森严的今天，我并没有能力和胆略对"中国民俗学派"的建设起到什么作用，只能一直把钟老的教导和期待放在心上。读《扬子法言》的时候，有两句话一直铭记在我的心里："百川学海而至于海，丘陵学山而不至于山。"朱熹的解释说，是因为川的流动，终于可以达到海；而丘陵不动，却始终达不到山。每当想起前辈老师们的学识和见解，我常会因为这两句话而告诫自己：作为一条小溪，为了入海要不断流动而不中途干涸；作为一座小丘，虽不能到达山脚却会永远仰望山巅。赓续传承，永无止境！

2023年3月20日

用学习和理解来纪念启功先生

2020年6月30日,是启功先生辞世15周年的纪念日,老师辗转病榻到病情加重的那几个月的许多情境,宛如就在眼前。最后的那几天,启先生在病房浑身插满管子,传来的消息都说病情难以逆转,我却依然相信会有奇迹出现。午夜三点听到老师停止呼吸的确切消息后,内心万分震惊,却仍然心存疑问:"是真的吗?不会吧?"

其实,这种固执的意念,我的很多老师离开时,我都会产生,当时不信他们会离开,很长时期也不认为他们已经离开。与"养儿方知父母恩"一个道理,自从进入高等学校成为文史类的专业教师,我才从自己的甘苦中渐渐懂得"师承"的意义,对老师学问和情怀的珍惜日益加深。我的很多老师都是饱学之士,但读大学本科时我们并不知道。举两位自己的业师来说吧。我的导师陆宗达先生在20世纪20—40年代讲过的课除了文字、音韵、训诂以外,还开设过汉魏六朝诗赋、《文心雕龙》等文学课。他登堂入室跟黄季刚先生多年,又有很深厚的古代文学修养,年轻时猛攻过数学,思维极为清晰,这些课的根柢是错不了的。可是50年代

1997年，启功先生语言文字学学术研讨会，为赠书签名

一划学科，他也只能跟俞敏先生一起去开现代汉语语法课，当然，也讲得很精彩。葛信益先生曾是沈兼士先生的学生和助手，前几年出版了沈兼士先生和他合写的《广韵声系》，是由葛先生执笔的，是一部在音韵学和词源学上都有独特贡献的著作。但我读本科的时候葛先生只教我们现代汉语词汇学，内容不过是同义词、反义词和词义扩大、缩小、转移之类，的确很单调。后来陆宗达先生介绍葛先生去"评报"，就是给报纸找错别字和病句。评来评去，他改病句改到《人民日报》社论上去了，还差一点改到《毛选》上。1967年"文化大革命"时，我回学校看望老师，一进校门就看见一张大字报，标题是《葛信益，你比党报的水平还高吗？》。陆先生说："我害了葛先生，不该介绍他去评报。"我理解陆先生，那是懂得葛先生学问的人，怕他无用武之地，才怜惜他给他找点事干。想想这个怜惜人给被怜惜人找的事儿，真令人心酸！这样的例子还很多，但都是大半个世纪以前的事了。我们这一代人做古代的学问大多是半路出家，虽有了一点新东西，终

归无法跟上老师的步伐。那时没有 CSSCI 等评估制度，学问对他们来说就是平常事，或许还是麻烦事。老师们以前写的书没人引导我们去看，课堂上面对我们这些不谙世事的小青年也只是按大纲讲，真学问没有倒出来多少。老师们临终时，我心里不能不这么想：他们脑子里装着太多中国文化的精华，那些属于人类智慧的精神财富，没有得到机会全部释放出来，不该也不能就这样带走了吧？

启先生走时，我的执念依然，但感触好像更强烈一些。这种"更强烈"又是从哪儿来的呢？现在，已经过了十五年，看了启先生更多的书，回想起他的许多严肃的、轻松的、精妙的、诙谐的话语，我才有一点明白那个"更强烈"的来源。80年代以后，我的很多老师毕竟找到了一个现代的"学科"，来安置了自己部分的专长，而启先生的学术最终也难以准确地在那些"学科"的小格子里定位。

高等学校的老师是被定格在"学科"里的。启先生的学科历来是中国语言文学一级学科下的古典文学，不知怎么分出一个古典文献学，把他划过去了。是不是征求过他的意见说不好，不过依启先生的性格，他是不会不答应的。2001 年遇到评估，传来消息说，启先生的博士点"专家评审"可能要挂"黄牌儿"。为这个我受委托去找过当时的学位办，他们说："启先生的学问没有人能否认，可他老人家的博士点是'文献学'呀！"我委婉地向启先生传达。启先生笑了笑，引用《尚书大传》说："'献，贤也，万国众贤共为帝臣。帝举是而用之，使陈布其言。'文是写下来的，献是说出来的。古代、今天的历史、理论都是这么传下来、传出去的。文献学岂不是管着所有的学问！岂能把现在的古籍整理称作文献学？"那年刚好民俗典籍文字研究中心成立，三个学科综合，当时的理念是：钟敬文先生的民俗学是底层文化，启功先生的文献学是上层文化，我的老师陆宗达先生的文字学（传统"小学"）是基础工具。合在一起，中国传统文化齐了，就此拓宽研究。我向启先生说明这个意思时，启先生用他特有的表达风格说："钟先生、陆先生两家，一个是口头，相当于'献'，'献'中的'黎献'就是民俗；一个是文字，当然是'文'；两者岂不是都包含到文献上了。钟先生、陆先生都是我敬重的长者，他们各自的学问都是我拜服的，全让文献收走了，折煞文献！"研究中心定名，启先生坚决不同意用"文献"指称他的学科，之后改成"典籍"，他才默许。

启先生不喜欢"书法家"这个称谓。上世纪末，学位办要启先生首创书法专业博士点，启先生婉辞说："写字能培养什么博士？"之后又加了一句："我不是说别人，只是说我写字写不出博士来。"也就是在这一年，方正公司要采用启先生的书法风格做一套电脑字体，对他说："就叫'启体'。"启先生当时又摇头又摆手，紧着说："哪里来的什么'启体'？我的字只能是'大字报体'。"我想起"文革"时在北师大校园席棚上贴着的几份"启体大字报"，全是年轻人写的，他来抄，心里明白，说自己的书法是"大字报体"，这不是无谓的谦虚，是一种把自己的字加上"体"的断然拒绝。民俗典籍文字研究中心成立以来，在启功先生指导下，原来的文字学博士点加入了字体风格学和书写汉字学，构成了比过去更全面的汉字学体系。我几次问启先生要不要在文字学二级学科下加一个"书法学"的方向，启先生很严肃地对我说："没有必要，就叫文字学。"

谁都知道启功先生碑帖、字画、古书鉴定的权威性。但当有些人想以"著名文物鉴定专家启功"的名义在北师大办几届"碑帖书画文物鉴定培训班"时，启先生一直笑而不答，背后却对我说："千万不可。文物鉴定哪里是上几次课就会的？北师大哪有那么多实物可以过眼？只有故宫才有条件做这件事。弄不好弄出一大堆假文物鉴定师来，还说是北师大启功的学生。咱们可不能祸害到这个领域去！"

启功先生写了一本《汉语现象论丛》的书，是在香港出版的，北京看到的人很少，2000年中华书局重新出版，启先生很高兴，送给几位他认为能交流的老师"求教"。有一天，我们教研室好几位老师上完课路遇启先生，启先生高兴地迎上去冲一位被他"求教"过的老师一拱手说："有本小书收到了吗？请多多指教。"那位老师也一拱手，却回过头来对我们几个人说："人家外行都写语言学书了，咱们得加油了！"启先生一笑，对着我们说："启功等着看各位内行的大作。"我弄不清两位的对话是开玩笑还是正经话，但我知道，学界的确没有人把启先生当作语言文字学家看。可是我真的很奇怪：启功先生的语言文字学怎么成"外行"了呢？20、21世纪之交，我们为启功先生开过四次学术研讨会，冠名都是"启功先生语言文字学学术研讨会"，我们出了论文集，编写了资料集，通过这些工作，我比较全面地了解了启先生关于汉语汉字的见解。在汉语方面，启先生提出了"自然音律说"，对汉语中的对仗、节奏、复重等现象所作的解释精辟又独到。在汉字方面，启先生突破中国几千年的识读汉字学，创建了书写的汉字学，从体、法、理、趣四个方面总结出汉字书写的规则。本世纪初，征得启先生同意，我们启动了"近世碑刻电子典藏及属性描述"的大项目，这个项目成为民俗典籍文字研究中心十年的重点课题。描述碑刻属性时，我写了一个初稿去请教启先生，先生当着我的面儿，拿一支笔勾勾画画，改出一个更精准、更充实的属性系统，我才知道自己这方面的知识实在有限，也更知道启先生在现代信息问题上不但跟得上形势，而且深入地想过很多问题。启功先生并没有活在过去，他很了解当代。2000年筹备启先生语言文字学学术研讨会的时候，我和黄易青编了一本《启功先生论语言文字》，把老师关于这方面的论述集中到一起后我们才知道，竟是这样丰富、系统！印发到会上，启先生看见了，对我说："别费那个事儿，我的那些东西，不过是'猪跑学'。"后来启先生在很多不同的场合解释过"猪跑学"，他说："有句话说：'没吃过猪肉，还没见过猪跑吗？'我建议要开一门'猪跑学'，把该讲的都讲一讲。"

经过这么几件事，我心里的郁闷已经越结越厚——要想把中国几千年人文学科的精神文化传承下来，真的需要把每个人都圈到一个小牢里，还规定吃有限的草料吗？给启功先生找一个适合他的学科那么难，其他似乎进入了一个学科的老师，又会怎样限制了他们的发展？但我即刻也就释然——我的老师、太老师辈如今早已经过了百年，不该离开的也离开了，不该带走的也带走了。剩下我们这些本来就在小格格里圈出来的老师，又教出一些更小格格里圈出来的学生，应当不会再感到憋屈了吧？也许，这就是一种遗失法则——该不该忘记的，都会忘记。

启先生的出身、早年经历和自己的好学深思，造就他睿智的学术眼光。青年时代得遇陈垣校长和其他几位名师，又推动他学识的精进。他对中国古代文化独到的体验比比皆是；对传统诗词书画的美学价值和内在规律的探讨，对汉语汉字的理解，都是在实际的文化体验中琢磨透的。他对字画碑帖鉴定的把握，都是一件件过眼、一遍遍归纳和记忆积攒起来的。他的学养带有综合性，带有经验性，看问题的角度自然也会独特。他对"文献学就是古籍整理"的定义不以为然，是觉得说"小"了，其实文献学就是文化历史传承方式的全部。他对"书法设立博士点"不予认同，是觉得说"大"了，在他的经历里，写字写得再好，也不过是一种修养而已。他把现在属于古代文学、古代汉语、文字学、典籍常识等等的通论拢到一起都叫"猪跑学"，是因为这些知识已经离开了可以亲自体验的环境，而它们本来就是一体的，如果再不综合起来，就成了不会跑的死猪了。

启功先生是一位具有中国魂的学者，中国上下五千年的文化融化在他的血液中。他的著作中那些看似平易其实充满智慧的言论，都是那么自然，就像是在不意之中随手拈来。那是一种境界——可以步入而难以企及，能够理解却无法模仿。跟启先生学习，常常是在他兴之所至闲聊的时候。有一次，我和老同学张恩和一起去看望启先生，启先生递给我一本刊物，有一篇写佛学修持者元音老人李钟鼎的报导。老师问我："你是海宁人，可认识元音大师的师父王骧陆居士？"我说："是我祖父。祖父行六，所以名讳陆。"老师说："这就对了。可曾和尊祖父学过什么？"我说："读过祖父的书，但祖父一直在南方，抗战胜利后和他在上海同住过几个月。祖父应当跟我们说过不少话，但那时年幼，要紧的话都没记住，印象特别深的倒有一件事。我们离开上海去青岛，临别时，祖父要我母亲和姑姑转告父亲，'千万不要逞能，放开眼界，心存卑微'。"启先生对着我和恩和问："二位可懂上师的意思？"恩和说："山外有山，天外有天。把自己看低点儿。"启先生特别高兴地点头说："别跟父母比年龄，没有哪天能比过。"过了很久，恩和偶然提起这件事，他说："我当时只是理解为人要谦虚，可启先生的意思似乎是说，永远有你比不过的东西，这是人间常态。不要比，当然也就无须争！"我毕竟知道父亲的命运，对祖父的话是懂的，但恩和并不知道这些往事，所以我很佩服他的悟性。其实，我们心照不宣同时想到的，还有启先生无人不知的自嘲式的《自撰墓志铭》。

启先生的人生境界需要正确的诠释——他谦恭、宽容，但有自尊，他给很多人写字，包括那些很卑微的小人物。1998年，我偶然遇见一件事。有一次，一位完全不相识的残疾人让人背着来找启先生，说是要看看他。启先生皱着眉头说："不必如此！"意思是不必为了见他费这么大的劲儿。但是他当时就主动提笔写了一幅字送给那位来访者。他也尊重品德端正的领导，但对权势却并不逢迎。启先生戏称自己是"礼品制造所",其实,他是很不喜欢有些人用他的字去送礼媚上的。他所以委屈自己来做这些事,是因为一种修养,一种用善意对待人和事的人生态度,是因为他心底深处的一种大感恩、大慈悲。启先生随和,但绝对有原则;幽默,但不开轻浮的玩笑;谦虚,但从不虚伪,不说假话。看到一些普通人模仿他的假字画,

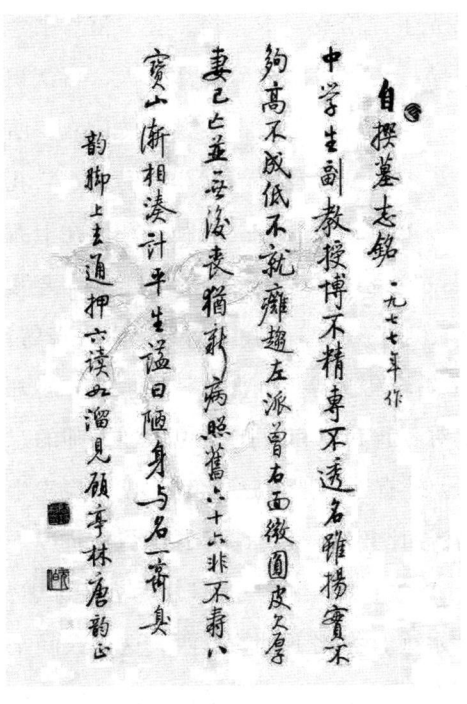

启功先生《自撰墓志铭》

启先生会幽默地说:"这比我写得好!"有人拿着真是他写的字去问他真伪,他也会幽默地说:"这幅字劣而不伪!"他是不愿伤害任何人的,但他不会真伪不分,更不会指鹿为马。尤其是对那些专门伪造别人字画赚钱的人,启先生是痛恨的。启先生会用一些可笑的谐语来表达自己的是非爱憎,社会上经常流传着他说的那些笑话,但很少有人说出这些笑话是在什么情境下说的。就是那一次听说要给他的文献学博士点挂黄牌儿后,我陪校研究生院和教育部学位办来人拜访他。聊了没一会儿,启先生说了一个故事:

"左宗棠家里吃饭特别讲究,有几道菜闻名乡里。他去世后,几位厨师都被有头有脸的乡绅抢着聘去。有位官绅抢到了一位大厨。到备饭的点儿了,小厨师们请示菜单,大厨说:'别问我,我在左府专管切葱丝儿,等我上手,葱丝儿保管又匀又细!'"我是第二次听这个故事了,早就低头乐了。但来访者听完故事还一头雾水的时候,启先生很谦恭地接着说:"启功学问不专,葱丝儿切得不细,挂黄牌儿实在应该。"后来启先生的博士点没被取消,当然跟高校古委会安平秋先生的努力有关,可我总是觉得,那个"切葱丝儿"的故事应该是起了点儿作用的。其余大家都很熟悉的"雨来没有死,听的人却泼烦死了""世纪跨过,人才只得一半""没有那么乖"等笑话,里面都有十分深刻的理念与是非在内,没有一丝一毫的哗众取宠。

启先生的一支笔就是巨大的财富,但他轻视钱财;启先生声闻远扬,但他害怕炒作。这些年因为工作,应当更多去看望启先生,但又苦于难得他清静的时候,常常忍了又忍,去看望他的时间一拖再拖。而每去一次,最后的结语大多是:"勿为名所累",或者是"声闻过情,君子耻之"。我知道,这是一种感慨,一种对自己不情愿的情怀的透露,也是对晚辈的告诫。

启先生是积极的,那是因为他既胸怀责任,又追求天然而不得。民俗典籍文字研究中心评估的时候,有人建议请启先生签名赠送几位专家一本他的书,从启先生对研究中心的关心看,我知道他会做这件事,但内心非常清楚他做这种"俗事"是违心的。正在犹豫,启先生却知道了,不但要去了书签了名,而且一定要亲自盖上印章。其实,那时候,启先生的眼睛已经很不好了,这件事使我一想起来就非常自责。研究中心通过评估后,我拖了许久才去向启先生汇报,提起这件事,启先生却毫不在意地说:"我知道你的难处,我没有费什么事。"当我告诉启先生民俗典籍文字研究中心面临换届的时候,他点点头,对我说了一句话:"老年戒之在得。"这句话他已经是第二次对我说,像是在自律,又像是在劝诫。

启功先生对人生的参透是深刻的,但他又最懂得人间冷暖,他是以大德报大恩的人。他对师母永生的怀念,对陈垣校长无限的感激,都可以看出他澹泊中的炽热。

其实,启先生晚年的辉煌背后,有他的寂寞、孤独和遗憾。像启先生、钟敬文先生这样的大学者,都是经历十分丰富又善于体验的人,是终身努力学习又极有创见的人,加上他们的长寿,蕴藏在内心深处的思想情感和学识智慧几乎达到饱和,很难有人可以分享,就是表面的理解也是那样不足。理解他们需要用心,而当今的浮躁又难得有真正的有心人。接触他们的人、表面敬重他们的人,利益的驱动与真诚的理解混杂在一起,缺乏绝对的纯净,也就更增加了他们的孤寂感。回想一下,我们曾因为学科的狭窄无法包容启先生的博大,而把他圈在一个并不恰当的、单一的学术领域里;我们曾因为附会时潮,判定启先生的学问"不是主流"而冷落过他的创获;我们也曾因为认识浅薄,有一个时期,只给启先生贴上以写字为内涵的"书法家"的标签儿;甚至按照一种可笑的评估标准认为启先生的成果"不是古籍整理",给他的学科点挂黄牌儿……当然，这都是历史了，比这更早的历史是更残酷的，但也都过去了，他当然也不会忘记。是的，启先生是宽容的，是用乐观的态度去对待逆境的，但他们不这样又能怎么样呢？我们不应当只是去欣赏、称赞甚至庆幸他们的宽容和乐观，而应当了解他们以大智慧、大修养来忍受内心痛苦的经历；应当想到，如果不是如此，凭着他们的智能，他们会有比之现在多么大的成就！更应该的是，改变这些不合理的人才制度，努力使这样的历史不要再重演了！

在启功先生面前，我们这一代人是自卑也自悲的！我们没有真正领略和享受过中国文化的深邃和丰富。我们在一个单一的"学科"中成长，形成了思路的单薄和意念的表浅。北师大的古典学科得天独厚，我们曾有过那么多学养丰厚的老师。但是青年时，我们不能理解自己的老师，与他们擦肩而过；中年时，听到的多半是关于老师们不幸的消息；临到自己年老了，懂得珍惜了，即使是高寿的老师，也难与年龄抗衡，一个个离我们而去。失去老师的悲哀，怀念老师的情怀，恐怕只有到了我们这样的年纪还希望学业有所长进、人格有所净化的人，才能够深刻体会吧！

我自愧没有能力继承启先生的学问，但我会用继续学习和理解，来作为对老师的纪念！

附：

汉语现象和汉语语言学[1]

—— 读启功先生《汉语现象论丛》

启功先生《汉语现象论丛》（后文简称《论丛》）1991年12月在香港出版，内地的读者看到这本书的不多。后来有了大陆版，又收入了启功先生的全集，才有了更多的读者。能读过本书的人，都感到新颖动人、妙趣横生。书中涉及的有关古代典籍文化、诗文音律的知识，年长者如逢故交，亲切逼真；年轻者瞠目诧异，闻所未闻。这种书，只能是中国文化通家的大手笔所为。

在现代学科的分布中，启功先生的专业并不属于语言学，他的专业被界定为"古典文学"或"文献学"。启先生对称他的专业是"文献学"很不以为然，所以我们成立"民俗典籍文字研究中心"时，启功先生不愿意用"文献"来指称他的学术，才改成了"典籍"。启功先生的出身、早年经历和自己的好学深思，造就了他睿智的学术眼光。青年时代得遇陈垣校长和其他几位名师，又推动他学识的精进，他对中国古代文化独到的体验比比皆是。他在字画碑帖鉴定上的精准、对传统诗词书画的美学价值和内在规律的深入探究、对汉语汉字特点的独到见解、对书法问题富有个性的态度……都

---

[1] 本文初次发表在《传统文化与现代化》1996年第4期，题为《汉语言学研究的新思路》，后应约作为《汉语现象论丛》（商务印书馆，2018年）一书的导读，为更好体会启功先生的意思，做了多处修改。

可以用"身怀绝技"来形容。尤其是他在表达上富有个性的言语方式，总让我们想起一句话——"读书破万卷，下笔如有神"。他的学养带有综合性，带有经验性，一旦把这些框到无论哪一个小格子里——如古典文学、文献学等等，原有的知识内涵就无法充分体现了，反而不如那些一开始就在小格子里培养出来的人那么适应。在汉语问题上，启功先生并非不懂西方，但他对汉语的感觉是纯正的、不含杂质的。《论丛》是一位深刻体验过古今汉语的通家对自己本国语言的真实体验。

《论丛》语言平易，如同闲聊；但是细观本书，读者自会发现，《论丛》绝不是为忆古拾趣而著的，而是针对着一个讨论多年而不得解决、现时代又不能不解决的问题而发，这就是如何建立适合汉语特点的汉语语言学问题。读了启功先生这本书，会引起我们对一些问题的深入思考。

一

自《马氏文通》问世以来，汉语语言学的显学就慢慢变成语法，研究者们遵循《马氏文通》来建立以语法为中心的研究体系和教学体系，希望通过对《马氏文通》体系的修补，使古今汉语较为合辙地嵌入拉丁文总结的"葛郎玛"中去。整整一个世纪不停地将二者磨合，甘苦说犹未尽，成败论而难分。能不能另找一条路来建立一种完全从汉语事实出发的汉语语言学或文学语言学呢？《论丛》正是以这个宏大的论题作为全书的宗旨。

中国的传统语言学是从"小学"演化来的。"小学"研究的语言单位主要是书面语的词，更偏重于其中的意义。汉字是表意文字，古汉字的形、音、义是统一在一起的，于是"小学"分成文字学（讲形）、音韵学（讲音）、训诂学（讲义）。《文心雕龙·章句》说："夫人之立言，因字而生句，积句而为章，积章而成篇。篇之彪炳，章无疵也；章之明靡，句无玷也；句之清英，字不妄也。振本而末从，知一而万毕矣。"古人的观念很明白：要把汉语讲懂、读懂，把一个字一个字写出来的所有的词都弄懂了，句子、篇章当然也就懂了，挨个儿解释对了所有的词，就串成了句子；词讲错了，连起来就不像汉语的句子，这叫"不辞"。他们不着重去把句子拆成多少块儿来讲结构，因为觉得没有必要，既然词义通了句子也就明白了，何必还要去从形式上分析句子呢？汉朝人作的章句，是以句为单位来解释古书的，但也还是着眼在词义。比如：《孟子·梁惠王上》："老吾老，以及人之老；幼吾幼，以及人之幼，天下可运于掌。"赵岐《孟子章句》："老犹敬也，幼犹爱也。敬吾之老亦敬人之老，爱我之幼亦爱人之幼，推此心以惠民，天下可转之掌上，言其易也。"这段话也就讲了三个词：一个"老吾老"的第一个"老"，一个"幼吾幼"的第一个"幼"，一个"运于掌"的"运"，意思全清楚了。所以中国传统语言学最丰富的是讲义训、义理，并没有一套成体系的句法。

《马氏文通》把"葛郎玛"引进了汉语，不论文言文还是白话文，可以把句子划成"成分"分析它们的关系，这确乎是一个进步，但问题接着也就来了。启功先生对这个问题有个十分形象的说法。他在《汉语现象论丛·前言》里说，英语的词有固定标志，所以因性分类；但汉语的词，用法太活，性质太滑，以英语套汉语，每有顾此失彼的情况；拿英语的办法套汉语，如同用小圈套大熊猫，很难合辙。

此话不假。"老吾老""幼吾幼"第一个"老""幼"得讲成动词，而且是意动用法，第二个"老""幼"得讲成名词。用这种格式一翻译就成了"把我家的老人当成老人""把我家的小孩当成小孩"，意思并不跟古书的意思一样。至于说"孟子将朝王"的"朝"是"受动"，"欲辟土地，朝秦楚"的"朝"是"使动"，得先把意思讲出来才能判断。《左传》一个"门"字，可以当"城门"讲，可以当"攻城门"讲，也可以当"守城门"讲，究竟如何区分三种讲法，"葛郎玛"实在无能为力，还得靠前后文把意思分析出来。最不好办的是被"葛郎玛"称作"动宾短语"的那一堆词语，"指示王"是"指给王看"，"争杯酒"是"因一杯酒而争斗"，"颔之"是"向他微微点头"，"拦道哭"是"在路上拦着哭"，"五月鸣蜩"，干脆是"蜩鸣"……用一个"动+宾"格式一概括，原来读文言文凭着语感已经弄懂了的句子，这一下反而不懂了。这并不是说，语法总结出的那些法则没有用处或不正确，而是说，仅仅有"葛郎玛"，不能彻底解决问题，套不上是一个方面，即使套上了，也不能解决主要的问题。

这些还大半是散文，如果说起诗词，那就更是套不上。不用说"香稻啄余鹦鹉粒，碧梧栖老凤凰枝"这样的奇怪诗句用"葛郎玛"分析不了，就是"野径云俱黑，江船火独明"这种本来看得明白、想得出来、感受得到的句子，如果用"主谓宾定状补"这么一套，诗的意境也就烟消云散了。

既然"小学"从根儿上被否定了，只认为语法才是"真正的语言科学"，近现代的语法学家，想了各种办法，创出了许多体系，增加或改换了好多术语，想让"葛郎玛"和文言、白话合榫头儿，实际上能合上的马建忠早就合上了，合不上的——马建忠就合不上的，他之后的语法学家也合不那么准，或根本合不上。

从"葛郎玛"延伸出来的构词法，想把双音合成词的两个成分的关系用句法格式描述出来，不少词是合上榫头儿了，可也有些依然合不上。例如："海拔""亲戚""缄默""刻苦"……头一个字（语素）和第二个字（语素）是什么关系？要是不把每个字（语素）的意思弄清楚，再把来源出处弄明白，它们是"主谓式""动补式"还是"联合式"？一下子还真说不出来。这些词有的书面语味道浓一些，有的干脆就是大白话，可是要追究组成它们的语素意义，大半还得找到文言里去，这一下连白话、文言的界限都得打乱！总之，"葛郎玛"提出的那些格式用到汉语里既有多余的，又有不够用的，非另想办法不可。

二

汉语语言学以语法为中心——而且走向单纯从外部形式上搞"葛郎玛"，也已有些年头儿了。内容的贫乏和方法的不适应，已经引起了相当一部分人的关注。特别是文学界，因为"葛郎玛"管不住丰富的文学语言事实，解释不了五彩斑斓的文学现象，便弄得文学家不买语言学的账。按道理说，语言规律应当能解释语言的艺术，语言的艺术里也应当能总结出语言的规律，可是好些语言的规律总是跟语言艺术的欣赏拧着。"葛郎玛"说句子得有主语、谓语，而且主语多半应在谓语的前面，又说定语、状语是附加在中心语上的，而且定语、状语多半应在中心语的前面……可是到文学作品里去查一查，不这么摆的句子绝非一个两个。于是语法学家管不符合"葛郎玛"的那些句子、段落的安排都叫"修辞"，语法是正常，修辞是反常。这正和有些文艺美学、文学语言研究者的结论走到一条道儿上去了。美学家认为，要想文学丰满、涵义深刻，必须"超越语言"。"超越"当然就是"反常"。这两家的共同认识是：正常的语言准确而不美，没有欣赏价值；非得反常才美，才经得起欣赏玩味。这不能不使人感到费解：为什么正常的语言规律管不住文学作品的语言呢？是因为文学根本不是语言的艺术，而是超语言或反语言的艺术呢？还是那些被称作"规律"的条条框框总结得有些问题呢？应当说，语言的变通是有的，但变通本身也应当符合一种规律。看来，要改造的不是那些能够懂又能使人产生感受的语言材料，而是那些套不上汉语事实的"葛郎玛"。

近年来，继承汉语语言学的传统，提倡"重视民族文化特点，建立切合汉语实际的汉语语言学"的呼声越来越高，很多人朝这方面努力，成效当然是日渐其大，但在有些领域里，仍有两种方法上的错误导向在起作用：一种是抓住几条汉语的特例就奢谈汉语特点，其实仍然没有和汉语事实对上号；另一种则提倡考释孤立的生语料，有的是一个一个考,也有的是一片一片考,但都是单个儿的语料堆砌,难以从中生出一种可称作规律的条例。这两种导向造成了两种后果:前一种造成空泛,后一种造成烦琐。应当说,都是研究方法的误区。

怎样走出空泛与烦琐的误区,尽快创建成熟的、切合汉语实际的汉语语言学? 启功先生提出了一个非常重要的命题——从汉语现象出发。一种法则切不切合汉语实际? 看它能不能涵盖汉语语言现象;还有没有新的分析汉语的法则? 也只有从汉语语言现象去观察。

现象是事物在发展、变化中所表现出来的外部状态和联系。通过外部现象来观察内在规律,这是人类认识世界的普遍方法,但是在语言学领域,还提倡得很不够。语言学界强调的"第一手材料",和"语言现象"并不是同义语。含有规律的现象并不是单个语言材料的堆砌,而是一种存在在许多语言材料之中共同的外部状态。一种形之于外的状况,如果不断出现,想躲也躲不开,一不小心就"掉进去"了,这才可以称作是一种有意义的现象,那里面似有一种冥冥的力量在制约着它,这力量就来自语言的规律。把它捕捉到,概括出来,就是语言的法则。总结这种法则,才能适合汉语实际。启功先生在《论丛》里说起他如何注意到汉语规律。他在《文言文中"句""词"的一些现象》一文中说:"历年教古典文学作品,目的和方法不过是要让学生了解古今文词的不同。'五四'以后文言已不习用,讲文言文必须说出个道理,说明那些话为什么那样说,变成另一样为什么意思就不同了……因此留心观察那些文言文中有哪些现象,又从那些现象中探索它们的共同常态。"这就是从反复出现的现象中观察出的法则。《论丛》还指出,从正面观察现象可以得到法则,从反面观察现象也可以得到法则:"任何医生,都要从'病象'入手。看不懂古文,是病象;从不懂到懂,是治疗过程;现在探索怎么懂得的,是总结治法、评选最有效的医方。证明治百病的单方无效,也由此得到根据"。(《前言》)这一番话,把从现象出发来研究汉语的问题说得再透不过了:只有从现象出发,得到的法则才能解释汉语的问题;只有从现象出发,才能讲出符合汉语的规律;只有从现象出发,才能对付得了言语作品纷繁复杂的事实,而不致用"葛郎玛"这个单一的药方去治百病。这些说法都可以看出,启功先生并不是认为语法绝对无用,只是认为,要真正符合汉语实际,套不上的不要硬套;而且,不要就用"葛郎玛"一种办法来研究、解释、教学汉语,不要拿它来治百病。

三

从言语作品中出现的语言现象出发,宣告了语言学的研究领域必须扩大。这样一来,仅仅从形式上归纳出的几条公式和定律显然不够用了。仅仅以词句为单位进行的语言本体研究着眼点显得太窄了。把语言学限制在只管通不通、不管美不美的狭小领地里当然更不符合需要了。过去的汉语语言学只能运用于散文,不能运用于诗词骈文;只能分析形与义相应的词语,不能分析形式压缩、内容积蕴的典故之类，这自然显示了当今语言学的一种贫血现象。

《论丛》从十分宽阔的领域里，提出了探索汉语特点的新思路。我想，可以归纳为以下四点。

1. 从"僵死"的形式中追寻鲜活

《论丛》指出："历史上历次的打倒，都只是'我不理它'而已，它的存在'依然如故'焉。我们作文章不用它的样式，毫无问题；如探讨汉语的种种特点，正视汉语的种种现象，就不能用'我不理它'的办法去对待了吧！"（《前言》）

八股文是汉语语言作品中被否定得最彻底的一种文体，但它是吸取古代若干项文体陆续沉淀积累而成的。定型以后，又加以人为的挤压，加上一些苛刻的条件，并且规定用来表述被统治者规定下来的僵化思想，因而导致这种文体的枯竭僵死。但是，这种文体中积累的那些文章技法、语言运用格式，仍然可以追溯到它鲜活的时期。如果说得更透一些，一种世世代代被使用汉语的人接受、采用、推广、生发的形式，正是因为它蕴藏着一种精华的东西，才能被人利用；利用得过分了，人为的限定多了，便容易僵死。对研究者来说，不应当因其僵死而忘掉追寻其中的精华。《论丛》举出许多例子说明那些符合汉语特点的语言格式想扔也扔不掉，想躲也躲不开。比如唐宋古文家反对骈体，去偶求单，可是他们的散文一不小心就掉到对偶句里去。又如，八股文的起、承、转、合，接与比的格式，规定死了，限制人的创造性，可是没有八股的限制，有些文章和语段，仍然跑不出这样的格式。正是这种不自觉掉进去的地方，反映了一种民族语言的习惯甚至是一切语言的通则。

2. 从变动的事实中寻求定则

语言在应用中是多变的，句法成分时常增减、颠倒，虚词在语言中异常游离，用法都不那么固定。可是，汉语的表达并不如有些人所说的"缺乏准确性和完整性"。在前后语、上下文的制约和特定的语言环境中说话，从来都是明确的。因为变动，就使人抓不住定则，《论丛》指出："所谓愈分愈细，常见有时把一个小虚词翻来覆去，可列出若干个说法……如果将来规范化彻底完成，或说书面语十分固定之后，把这类游离的小细胞画出区域，不许乱动，那时才容易分析；否则它们常常把人搞得眼花缭乱，如在水里抓泥鳅，稍松即跑了"。（《文言中"句""词"的一些现象》）又说："从一个小虚词到整个口里说的话，都给它固定住。怎样固定，固定成什么样子？无非是想使它们一一都符合'葛郎玛'而已。其实泥鳅也有它们的生活动态的规律，有待于细心观察罢了。"（同上）

这里提出了研究语言完全不同的两种思路：一种是按别人总结的法则来套汉语，希望把活语言框住；而另一种则是按活的语言现象来归纳法则，承认变动之中也有定则。

所谓从变动中归纳定则，首先要承认变动不居不等于随意而为，变动是在一定的范围内、受一定条件的限制、按自身变动的可能性来进行的。找到变动的范围，提出变动的条件，把它们与语言自身的可变因素结合起来，便归纳出了定则。这种"则"，可以管住汉语中的各种现象，是属于活的汉语的法则。如果不这么做，看见一个变化套不上"葛郎玛",就列出一条"例外","例外"一多,就宣判汉语不具备准确性、规律性,岂不是倒行逆施!

3. 从所谓的"超常"中发现正常

前面说过,因为用"葛郎玛"来套汉语,"超常"的"变例"就出现得很多。可是"变例"又反而具有巨大的表现力,常常能构成优美的诗词作品,耐人欣赏,激人遐想。从"葛郎玛"出发研究语言形式的人看不起修辞,认为那不过是经验之谈,无理性可言,不能入语言学的主流。而研究修辞学的人,也有一部分自居于语言学之外,从一星半点的语料甚至三流作品生造出来的语句中归纳格式,让人们学着去写作。结果正如《论丛》所说,按着修辞标准写,常常写出别扭的句子。

《论丛》提出了一个崭新的思路:"(古代文章和诗词作品)句式真是五花八门,没有主语的,没有谓语的,没有宾语的可谓触目惊心。……我努力翻检一些有关讲古代汉语语法修辞的书,得知没有的部分中作'省略',但使我困惑不解的是为什么那么多省略之后的那些老虎(王按:指诗句)还是那么欢蹦乱跳地活着?"(《古代诗歌、骈文的语法问题》)在说到诗歌和骈体文时,《论丛》又尖锐地提出:"我还没有看到过对诗歌和骈体文语法修辞的探讨,只看到过骈体文头上一大堆帽子,什么形式主义的,为封建统治阶级服务的,不科学的,甚至更简便地说是反动的。奇怪的是,既然那么不合理,而竟然在二千多年来,有人写得出,也有人看得懂,起过不少表达思想的交际工具作用。这是为什么?……有无它们自己的法则?……有没有生活上的基础?还是只由一些文人编造出来的?"

（同上）《论丛》指出，存在在诗词和骈体文中的一些语言格式和表现手法，都是有实际语言作基础的，很多是口语中本来就存在而被文人提炼出来的，这些语言格式不应被判处为"反常"和"超常"，而应当承认为正常的法则，而且它们恰能反映出汉语不同于西方语言的特点。

口语中用字可以伸缩加减，重叠可以加强语气，缩减也能加强语气，在语言环境中说话，可以少说许多成分还能被听懂，这就是汉语的特点。

口语中局部词汇颠倒而大意不变；诗句和骈句中由于字数、声调和为了增强效果而有所强调时，特别要倒着说；这是"倒装"的基础。汉语里凡是正着、倒着都可以讲通的句子，多半由于侧重点不同。故意放在前面的是突出点，例如"导之以政，齐之以刑"不等于"以政导之，以刑齐之"。故意放在后面的又是落脚点，例如"屡战屡败"是失利，而"屡败屡战"是勇敢。

口语中就有对句，虽然不一定整齐，但具备整齐的基础。诗词与骈文总结出各种对偶的详细条款，无非是为了对得工，对得美，那是因为汉语具有这种条件。

至于"比喻"，《论丛》指出，"语言根本都从比喻而来"，比喻不但不超常，简直就是词汇发展的经常性规律。

沿着这个思路走下去，通常所说的"修辞"本来就寓于语言的正常法则之中，有一大部分应当回归到汉语语法中去。文学家所说的超越语言的种种现象，其实正被语言的正常法则在冥冥之中控制着，所以《论丛》说："有些诗歌、骈文的句、段、篇中的修辞作用占绝大的比重,甚至可以说这些部分的修辞即是它们的语法。"(《古代诗歌、骈文的语法问题》)当然,这样一考虑,对语言法则的归纳总结无论如何不能简单化,更不能套现成,这不正给汉语语言学的研究拓宽了道路吗?

4. 从单纯的形式结构研究中走向多维的探讨

《论丛》并不是绝对反对"葛郎玛",只是反对不顾汉语的语言事实而对拉丁语法硬性套用。而且,很多汉语现象不是单纯的形式结构所能解释的。比如一句五言诗可以变换十种句式,其中仅有一句不通。要解释这种现象,"葛郎玛"无能为力。又如汉语里动不动就出现四节拍,多于四拍的压成四拍,少于四拍的加成四拍。这种现象也不是语法形式能解释得了的。《论丛》提倡从多维的角度来观察汉语现象。其中对语言学最具有启发性的应当是"意义控制说"和"音律配合说"。

《论丛》指出,句中词与词的关系"总是上管下",又延展说:"不但词与词之间是这样,句与句之间也是这样。"什么叫"管",《论丛》说,所谓的"管",不只是管辖、限制,也包括贯注、影响、作用等意思和性质。很显然,这里所说的"管",指的不是结构关系,而是意义关系。汉语的词语组合和句子排列,很少有形式上的成分来衔接,大部分都是意合,而话又要一个词一个词、一个句一个句地说出来,形成一种线性,这就迫使说话的人先提出主要的话题,然后顺着话题承接着往下说。一句话里有许多词,先说哪个后说哪个,全看说话的人如何组织那些词的意义关系。句子更是如此了,把重要的意思说在前头,相关而次要的意思说在后头,让前面已经说了的意思贯下去，影响后面的意思，才能让人听明白、听懂。本来，任何民族的人说话都应该这么说，只是拉丁语系的语言因为有语法形式的限制，任意组织意义的自由比较少；而汉语没有语法形式的限制，反而得到了这种自由。用意义控制——前面的控制后面的，来解释汉语的语序，的确是个非常深刻的想法。这就是"意义控制说"。

"音律配合说"就更符合汉语实际了。文言文以单音节为主，组合又是二合法。凡是三音节，大半是二合之后再与一个相合；凡是四音节，大半是两个二合再往一块儿合。这种两层二合最匀称，也最容易把韵律谐调得好听，所以最容易出现。为什么不接着往下合，到三合、四合、五合？《论丛》说，那是人的生理限制住了，一口气吐三个字、四个字，已经到了需要喘气的时候了，再往下说，就要停顿一下。所以许多虚词经常用来把三个字或四个字之外的句子成分隔开。散文的句式已经看出了这种音律配合现象，诗词的句式不过是把这种自然形成的格式再加以人为的规定罢了。汉语的阴阳顿挫、双声叠韵开始时只是人们说话时追求朗朗上口而自发形成，一旦被文人们发现了，规定出来，便成了格律。不信你去研究现代汉语双音词的语素配合，为什么A非配B，而不配B的同义词C？如果没有意义的原因，那多半是有韵律在起作用。

《论丛》的意思很明白：对汉语来说，光一个语法结构解释不了那么多现象，更应重视的是意义和音律的配合关系，三者合而观之，多维度地观察语言事实，这样的语言学才能更加符合汉语的特点。

四

其实，语言形式与内涵之所以有民族性，是文化的多样性形成的。从文化的积蕴看语言的形式与内涵，才能明白汉语的特点。

《论丛》在谈到八股文和典故的时候，还提出了一个重要的思想，那就是，语言形式是从不同时代的语言运用经验中陆续积蕴而成的。许多典故，典面虽压缩成两三个字，可内涵却是"一件复杂的故事、一项详细的理论"，而且典故用过一回又增加了一些文化的积蕴，越积越厚。能不能理解这些语言形式和词语内涵，全取决于听话的人文化素养高不高。现代符号学提出，要建立三个新的语言观：第一是语言能够规定思考的方式，第二是语言应对美学功能加以关注，第三是语言以最典型的形式表现文化。这三个语言观都涉及语言与民族历史文化的关系。《论丛》从分析八股文、分析古代诗词、骈体文和分析典故中所阐发的思想，比这些提法要深刻得多也具体得多。

西欧语言学家把汉语称作"孤立语"，后来觉得带有贬义，改称"词根语"，这是针对汉语缺乏语法形式，因而也很少有结构的外部手段而言的。他们针对汉语词汇缺乏词形变化这一点，又称汉语为"分析语"，认为这种语言的词汇没有综合概括的外部条件。20世纪初打倒文言文的时候，宣告汉语落后要改用世界语的呼声早已有过，也无非是因为西方语言学家对汉语的这种判决。其实，只要认清那些从贬低东方的语言出发而判定东方民族落后的态度，认清那些要同化之、侵略之的恶劣动机（这当然不是多数语言学家的动机），西方语言学家从对比中总结出的汉语特点，倒是相当准确的。问题在于缺乏词形变化和语法结构形式的语言，便随之产生另一方面的优越条件，这一点普通语言学里却很少讲到。

像英语、俄语这些种语言，一个词像一根小铁钩，一边有环，一边带钩。这个钩钩进那个环，连成一条，就是一句话。钩和环得对合适了，大钩穿不进小环，大环挂不牢小钩，词的结合自由度很小，错了一点就被判为"语法错误"。可汉语的词像一个多面体，每面抹的都是不干胶，面面都能接，而且用点心都可以接得严丝合缝。比如回文诗，干脆接成一个圈儿，从哪儿都能念。这虽是文字游戏，可难道不启发人去想汉语的特点吗？

汉语的词没有词形变化，不给结构提供各类语法形式，但是，汉语词的意义容量却非常大。在文言文里，一个单音词的讲法真是"烟云舒卷，幻化无方"。虚实相生，动静互易，正反相容，时空互转，换一个地方有一个讲头儿，即使再高明的训诂大家，也难穷尽性地表述描绘。如果有一个讲头就列一个义项，连工具书也没法编了。所以启功先生说汉语工具书得重编，一个"书"字概括起来只有两个意思：一个是"书写"，一个是"所写"。别的词也一样，比如"间"字，概括起来也只有两个意思，一个是"当中"，一个是"隔离"。"间杂""中间""间谍""间厕"都是夹在当中。"间隔""离间""房间""间居"都是隔离开。所以需要从特点上概括，就是因为每个特点下的容量太大，列得太烦琐了根本没法选用。

词的意义容量极大，与别的词发生关系时结合的能量自然也很大，加上句子结构的形式限制极小，所以就产生了一个五言诗句可以改为十个句式而只有一个不通的现象。这当然都是汉语的特点。

词的意义容量为什么会那么大？这不能不说是悠久的历史文化积蕴的结果。其实，典故的浓缩方式，在许多汉语的一般词汇里也都存在。周代的相见礼仪中，主方有上傧、承傧、绍傧管回话，宾方有上介、次介、下介管通报，绍傧与下介是主宾双方的第一接交人员，于是凝成双音词"介绍"。"介绍"不是典故，但文化积蕴不能说不深。"夜深前殿按歌声""朱门沉沉按歌舞"，张相说，在唐宋诗词里"按"当"排练"讲。其实，排练的意思是从击鼓来的，《楚辞》已有"陈钟按鼓"之说。如果中国的国乐没有用鼓来司节奏而暗中充当指挥的习惯，"按"引申为排练也就不会有可能。"按"不是典故，同样有文化积蕴在其中。

影响词的结合能量的，除了意义和文化的因素外，还有音律这个重要的因素。文言文的单音节词直接进入到现代汉语里充当语素，被汉字这种承负"音节—语素"的表意文字所书写，字也好、词也好，都离不开音节的声、韵、调。声、韵、调的配合加上节拍构成音律，也是控制词的结合能量的。

启功先生的这些独到的见解，对汉语语言学的发展指出了一个方向，那就是应当建立一套切合汉语事实的理论和操作方法，从只重视语法结构，转回到传统语言学更加重视词的音义的道路上去，对语文教学和社会应用有所指导，对文学创作和语言艺术有所贡献。

这些见解对语文教学也是很有启发的。前些年，有些老师提出在语文教学中要"淡化语法"，一开始不少人很难接受。其实所谓"淡化语法"，无非是针对把"葛郎玛"当成几乎是语文教学里唯一语言知识的倾向说的，针对让学生套语法、教学生背语法、出题考语法的这种片面应试的做法说的。面对那么丰富而有特色的汉语，是不是还应当从意义、韵律和文化这些角度来认识它、鉴赏它、运用它？是不是应当重视汉字在汉语发展和运用中的作用？是不是应当给文言文阅读应有的地位？——总之，是不是应当启发学生从汉语的事实出发来学会运用自己祖国的语言文字，提高学生的语文素质？在语文问题上，一味模仿西方、追随西方会产生什么后果？这些问题早已经提到日程上，让我们不能不考虑了。在这种时候，读一读启功先生的这本书，确实可以对我们多所启迪。

2017年9月修订于北京师范大学

我的老师萧璋先生

2019年,是我的老师萧璋先生诞辰110周年的年份;今年① 元月2日,又是先生逝世20周年的纪念日。每当遇到这样的纪念日,萧璋先生的音容笑貌都会浮现在我眼前,他终其一生精诚而执着地继承传统"小学"的情怀,是我十分钦敬、难以忘怀的。

萧璋先生是我初到北师大中文系见面的第一位老师,又是我本科毕业在课堂上最后告别的老师。

1954年我从北师大附中保送到北京师范大学中文系,成为北师大新校第一届本科生。那时坐落在铁狮子坟的北师大校园还是半荒芜状态,尽西边那片黄花菜地和北面的苗圃代替了院墙,还在继续施工的工地上时常会见到骷髅。我们师大附中和女附中保送的一部分学生比高考录取的大部队早到校两个星期,暂时住在一排平房里,准备参加迎新工作。晚上谁也不敢出门,男生和女生分别挤在两个宿舍里聊天儿,说得最多的是将来可能遇到的中文系的名师。还没上课,我们就已经从报纸上、书本

---

① 本文写于2021年9月,是萧璋先生逝世20周年的年份,为保留原文,仍以"今年"为所述。

上知道了黄药眠先生、穆木天先生、彭慧先生、钟敬文先生、黎锦熙先生等老师的名字。到了开学，在系学生会举办的迎新会上，我们知道名字的老师一位也没有见到。我代表新生致辞后，一位满面笑容的老师跟我握手，系学生会主席周同春介绍说："这位是中文系副主任萧璋先生。"那时新校图书馆设在新盖的数学楼，书很少。我们几

与萧璋先生合影

个老同学约着去找萧璋先生的书和文，翻来翻去，没有找到萧先生的文章。

再次近距离见萧璋先生是在两年以后了。1956年被我们称作"向科学进军"的一年，系里召开了一个学生座谈会，二、三、四年级各派两名学生去参加，我们年级是我和张恩和去参加的。主持会的是系办公室秘书杨占升先生，萧璋先生介绍了教育部拟定的《高等师范院校中国语言文学专业教学大纲》的草稿，这个草稿由萧璋先生执笔起草，正在广泛征求意见。杨占升先生说："萧先生想听听学生们的意见。"就是在那个会上，我知道

了高等师范院校中文专业的课程有四门政治课,四门教育课,三门专业基础课,十四门专业课,两次教育见习,一次教育实习。

时隔三十年,我回到北师大,偶然的机遇我接任了张之强师兄做古代汉语教研室的工作,这就有必要也有机会常常去看望萧璋先生,跟他聊起古代汉语这门课。萧璋先生说:"1952年院系调整后,原来国文系以文字、训诂、音韵为系统的'小学'课程保不住了,师范院校一直缺乏一门综合的古代语言基础课。我一直觉得不全面,可是又怕被说成提倡'封资修',要写到大纲上,需要找一个根据。那时候学习苏联,我在列宁格勒师范学院的课表中发现了一门古斯拉夫语言学,对应的该是古代汉语,这就是根据了。写进高等师范中文专业课程大纲,也就顺利通过了。"

这让我想起,1958年"整风""反右"结束,我们有一个学期的课程改革,一方面批判"旧课程",一方面示范"新课程"。古代汉语课程名称有了,怎么教却没有规定,由萧璋先生开课,只讲了一篇文言文《韩非子》的《说难》和几个虚词。选《说难》这个内容我一直不明白,也趁机问了萧璋先生。先生说:"'整风反右'刚过,那时开的课都是'示范课',任课老师不但是中文系总支决定,还要报给党委批准。你还记得吗?外国文学是由总支书记陈灿开的专题《国际歌》。古代汉语让我讲,我不知所措。想来想去,想起我在政协讲过一篇《说难》。既然在政协讲过没有出什么问题,政治上应当可以过关,就选了这篇。"我听萧先生这样说,才明白他选这篇的原因。我当时对萧璋先生的选材有两个很矛盾的想法:一个是不以为然,在政协讲《说难》,恐怕是为了联系应当怎么给上级提意见,但在中文系古代汉语课里讲《说难》,却无法代表历史语言课应有的内容,更难以唯一的篇目作为古代汉语的标志;另一个是理解体谅,古代的东西太容易被有些人上纲上线了,有些上纲上线的"批判",不敢反驳又无由辩论,万一赶上这一出,"在政协讲过"还可以拿来抵挡一下,这也是老师不得已的谨慎吧。上完这堂课,我们也就离开学校奔赴边疆了。萧璋先生也就是老师中给我们送行的最后一人了。说起《说难》,还有一个小插曲。有一次校庆,我们五八届的老同学回母校聚会,请萧璋先生来座谈,有位同学提起他毕业前讲《说难》说:"如果您早点讲《说难》,我们也许知道提意见难,说话不那么冒失,还能少犯点错误。"想起1957、1958年那些事,大家心里都有触动,但毕竟已经时过境迁,也就跟先生一笑了之。

萧璋先生在辅仁大学还没并入北京师范大学之前,就代理中文系系主任。1952年院系调整后又担任中文系副系主任,从1959年起担任系主任,一直干到1980年。算起来,有整整三十年担任系务工作的历史。我做研究生的时候,有时不意听到其他老师说起他这个经历,说法大多没有贬义。萧先生中医世家出身,难得地没有历史问题。那时的系主任不是"官",大事也做不了主,只是服务加管理,需得工作任劳任怨,小心还得熟练,没有比他更合适的系主任了。但是在"运动"十分密集的那些年代,萧璋先生这种地位,比其他老师跟得紧一些。回想一下教过我们课的老师,没有在"运动"里受到冲击的还真不多,萧璋先生算是一位。总是处在批判别人的地位上，不可能不影响他和其他老师的关系，评价起他来，不免以眚掩德。但我与萧璋先生接触多了，知道他的跟得紧是因为真的相信，真的奉行。

有一件事我是很有感触的。读研究生时，听老师们闲聊，我知道在40年代时，萧璋先生和陆宗达先生、葛信益先生在学术交流上关系最密切。三位老师学术渊源很深：萧、陆二位都是北大毕业，萧、葛二位都直接从师沈兼士先生，三位先生同时对音韵学都感兴趣，但他们都不热衷"符号搬家"，而是把音韵和训诂紧密结合起来，也就是热衷于乾嘉——章黄的"因声求义"，对词源学有深度的钻研。三位先生的学问来源都是传统"小学"，但说起来多少有点不同：陆先生是直接承续章黄，笃信太炎先生的《文始》和黄季刚先生的《说文同文》，熟悉《文始》的"成均图"和古韵二十三部，运用季刚先生的二十八部十九纽；葛先生做过沈兼士先生的学生和助手，熟悉沈先生关于"右文说"的理论，和沈先生合著《广韵声系》，是直接用《广韵》来系联同源词的；萧先生受沈兼士先生的影响虽很直接，但更是王氏父子的崇拜者，1944年发表《王念孙父子治学之精神与方法》，对《广雅疏证》和《释大》等著作有反复精读之功。既有同好，不免有所讨论。但是，同源词系联在上世纪四、五十年代理论总结不足，还是有很大的主观成分。三位先生的直接根据既然有所不同，谈到具体词的词源，也会有些分歧。为此三位先生常常讨论起来不休不止。陆先生在跟我说起一些具体的同源词时，常常想起他和葛先生、萧先生讨论问题时的情况。他说："仲珪是四川人，说话又急，话说快了还有点口吃，往往说不过我们。可是他很执着，回去后一定下功夫想，下一次见着一准说：'上回的问题没说清楚，现在我想好了，再聊聊。'"葛先生有一次也对我说起他们的"词源三人谈"："你们陆先生说话不紧不慢，一板一眼，只说要紧的；萧先生正相反，他材料很多，老想一口气全说出来，一着急反而说不利索，时常要回去捋捋，二次再说。我把他俩的说法都听明白了，再表示态度，不输不赢。"后来我在陆先生指导下熟读了《文始》，钻研了沈兼士先生的长文《右文说在训诂学上之沿革及其推阐》，也对照过《广韵声系》和《广雅疏证》，发现还是太炎先生和沈兼士先生的说法更接近一些，估计三位先生辩论时恐怕时常是二对一，萧先生不占上风的时候会更多一些。了解到我的三位业师学术论辩的细节后，我时常觉得有趣，体会到他们治学上表现出的不同性格，也打心眼儿里感到他们笃厚和真诚的友情的可贵。那时我才看到《北京师范大学学报》1958年第3期上，陆、萧、葛三位先生合写的文章《古汉语如何为今服务？》，知道他们上世纪50年代还保留着很好的关系。60年代初做研究生的时候，陆先生安排萧先生给我们上《毛诗》训诂课，开课以前陆先生就对我们说："萧璋先生作训诂非常细致，你们刚刚入门，好好听，这是书上学不到的。"很显然，那时候老师们的关系还是很好。

可是到了80年代我正式调回北师大，很明显地感到，三位老师关系已经很疏远了，不但不再一起讨论问题，来往也只限于开会了。原因是什么，我说不清，也知道不能问。那时"文革"造成的内伤还有很多表现，有一种叫"派性"的东西还存在，这不奇怪。

奇怪的是有个别学生辈儿的年轻人，喜欢在老师之间传些没根据或者被他们改编了的话，好像生怕老师的隔阂不深。我一直不明白，他们这么搅和图的是什么。我一贯认为，老师们的关系紧张，如果没有什么原则问题，只是互相你批我我批你伤了感情，做学生的只能去弥合，起码不要故意去加深。所以，就在萧璋先生入院做胆囊手术的时候，我对陆先生说："萧先生这次住院，做了胆囊切除手术，手术还算顺利，我替您去看望一下吧？"陆先生显然还不知道这件事，听我说后很诚恳地点头说："好啊，你去替我看望一下，能吃什么？带点去。"我打听了探视时间，带了一点营养品去病房看望萧先生。我对萧先生说："陆先生知道您做了大手术，很担心您，让我来替他探望，看看您还有什么需要办的事，让我们帮您办了。"萧先生开始有点惊讶，之后很激动，缓过神儿来对我说："谢谢颖民惦记我，我没事儿，快出院了。让他好好保重，不要起那么早，酒要少喝。"我把这些话传达给陆先生的时候，他也很激动。过了不久，萧先生在一次很重要的会上发言，很难过地检讨自己说话没有原则，其中说道："回想起来，我有些会上的发言言过其实，是很不实事求是的……我不该批判颖民，他的学问我最了解，都是真学问。我不该说他'抱残守缺'，伤害了他。"张之强师兄当时在会上，跟陆先生转达这件事，他说，萧先生很真挚，说到这里还流了泪。后来陆先生告诉我，萧先生亲自到家里给他道歉，陆先生说："其实，前些年我们研究的是同类的东西，很有用的东西，要说'抱残守缺'，你自己也是。我明白，你说那些话也带着自我批评。但是说研究训诂学'抱残守缺'也不对吧？"

萧先生说:"的确不对,那时候不实事求是,生怕批评得不深刻。'抱残守缺'那个词儿,我还是学来的。"我知道,他俩的这个坎儿也就过去了;因为,以后我们出了书,陆先生都让我送到萧先生那儿,这之前是没有的。

亲历了这件事,我心里很钦敬自己的老师,萧先生"过则勿惮改"的精神和陆先生不苛责人的心胸,都敲击着我的内心。在我印象里,有那么一些时候,我们的上一辈老师大多数都很坦荡而单纯。学术上,他们信,是真信,是坚信;不信,也不会装着信,最多是顾忌着一些事不说而已。他们尊重是真心,鄙薄也是真心;友爱是真心,厌恶也是真心。学派之间的攻讦是有的,但不过是"选学妖孽、桐城谬种"之类,文骂而已,不失斯文,而且你来我往,是平等的,不论知名度高低和担任什么职务,一般也不以势压人。我们这一代大多数人受到老师的直接影响,也还能遵守传统的道德。但是从我们这一代人起,也开始了一些为人的"创造":恶语伤人、有辱斯文、随意损人尊严的有之,造谣诬告、编造事由、暗中抹黑他人的有之,任意曲解、上纲上线、容不得人辩白的有之,胡乱描述、将人妖魔化从而置人于死地的有之……不知什么时候,学者也有了权势,攀比的不是学问大小,而是权势强弱,趋炎附势、利益抢夺也就不时袭来。这种违背传统道德又不应该是新道德的秉性是跟谁学的无法考证,是什么助长了他们也不清楚,奇怪的是有时候他们还会得逞。这让我十分怀念那个单纯的学术世界,也就格外怀念自己的授业老师。

正如陆先生所说,萧璋先生治学重材料、求细致的特点很突出，我们都有直接的体会。我们读研究生的时候，他去北大参加王力先生主编的《古代汉语》教材编写，到第二学期才给我们讲《毛诗》训诂。他的讲课方法是根据《毛传》的"小序"，选一些有典型训诂材料的篇目，一字一句每注每疏再加上《经典释文》，篇篇串讲。精细到有时一节课就讲一两句诗或一两个《毛传》《郑笺》的注释。比如他根据《关雎》的小序讲"关关雎鸠，在河之洲"的《毛传》"鸟挚而有别"；他讲《匏有苦叶》的"深则厉，浅则揭"；他讲《定之方中》的"作于楚宫"……都没几个字，却一讲就一两节课。他说话很急，考据材料很细，对每一个过渡的形音义都不放过。那时候我们积累很少，水平太差，初听时难以捕捉，更难记录，下课后几个师兄弟总要对笔记。课程都快结束了，才熟悉了他的思路和习惯。一旦能够把握先生每条考据细而又细的证据链，才感觉出萧璋先生在考据上细抠儿的功夫实在难得。开始时我们也觉得老师有点"绕"，太烦琐，试着把老师链条上的过渡性证据减上几处，或换一个方法简化一些。试了几次，才知道老师的证据链虽然有些过细，但却超常的周密。1991年年底，萧璋先生决定集辑自己的论文出版《文字训诂论集》，我替他联系了语文出版社。教研室很多老师和萧璋先生的弟子贺友龄、袁晓波师弟都参与了誊录和校对，我统校了第四遍，才交给先生自己看。应当说，古代汉语的老师都还不算马虎，对老师的事又十分在意。我也觉得自己听课时下过那么大的功夫，应当熟悉先生的思路，校得也算细心。可是到了萧先生自己手里，还是差不多每页都有新的校痕，那一年先生已经年过八十，他的仔细可想而知。这本书1994年6月出版，应当是萧璋先生的代表作了。

萧璋先生担任中文系主任，三十年如一日；一辈子谋一件事，就是传承"小学"。这样的老师必有过人之处。有一件小事可以说明他的毅力。中文系几位老师常常自嘲在戒烟上"无志之人常立志"，他们也总是羡慕加赞叹地说："学不了萧璋先生戒烟，下了决心后，扔了烟盒火柴盒，第二天不抽了，从此再没抽一口。"我们曾大着胆子向萧先生本人求证这件事，他一脸严肃地说："是真的，再没抽过一口。"先生在生活上也是自信的。晚年师母躺在床上，保姆不是很尽心，萧先生一直自己守护和伺候师母。有一天我去看望他，见他自己爬到书桌上去挂洗过的窗帘，吓得我不敢出声，等他挂完才搀扶他下来。我不得不发动教研室几位住在学校的老师，也安排自己的学生常常去看望他，大家都千叮咛万嘱咐不要再有上桌子挂窗帘这样的惊人之举了。

萧璋先生晚年是寂寞的，但他也很甘于寂寞，书桌上、茶几上常有书在看着，而且时常动脑筋想事儿。他还是琢磨起学术问题来特别执着、用心，想不明白会一个劲儿边看书边冥思苦想，不想明白誓不罢休。不论是为人还是为学，他都在安静地反思。萧先生曾在浙江大学文学院集刊发表了两篇汉语词源学的论文《鹿麗離秝豐矞敠蠡语源考》和《释至》，编辑《文字训诂论集》时没有收进去。书出版后，先生对我说："这两篇文章，是我1943—1944年写的，当时对'声音通训诂'十分着迷。看了《释大》，认了几个甲骨，一心想试试。后来学了沈兼士，知道词源并不好求,不能光靠声音。这些年看了你们的书,心里更明白了。比如我根据甲骨文说'至'有'刺插'义,经不起经典的考验呀! 年纪大了才觉得,联系声音要慎重,形义关系和音义关系要分清,讲音,也要有形和义作基础。形音义结合,还是要先从《说文解字》打好底子。段、王皆不可废。"听了这一席话,我想起,有一次去南京师范大学,约马景伦师弟一起去拜见徐复先生时,他对我说,做论文的时候萧先生也多次对他说过:"作训诂要先过《说文解字》关,过《说文》关要先弄通段玉裁的《说文解字注》。"景伦是萧先生的弟子,他的论文正是做的段注。

还有一件事也是我难忘的。上世纪90年代中,我给本科生的读书小组选讲过《论语》《孟子》后,准备选讲《中庸》,用的是朱熹的《四书章句集注》。我有些疑虑,有一天去看望萧先生,顺便请教他说:"《四书》中《中庸》是有争议的,太炎先生对它评价就不高。朱熹的《集注》是宋学,从'小学'的角度说,又不如汉学。先生认为我这样讲会不会有问题?"萧先生回答我:"朱熹是不能否定的,他的'小学'根柢相当深厚。《中庸》也不能否定,《四书》意在修身,仅有《论》《孟》不足以得其要领。我认为太炎对《中庸》的非议主要认为它束缚人的思想,并不是否定它在学术史上的地位。"我听了先生的意见,吃了定心丸,放心回去备课。过了两天,袁晓波师弟忽然到家里来找我,说他来看望萧先生,离开前先生让他来找我,叫我去他家里一趟。我急忙过去,看见先生桌上堆着两本书,一本《四书章句集注》的《中庸》和一本《礼记》。他对我说:"你走后我翻了翻书,有个想法必须跟你说:建议你《四书》和《礼记·中庸》对照着讲。从训诂和学术史的角度讲，不要全盘肯定。"萧先生花了两个多小时跟我讨论两个本子的异同，很多地方还询问我的看法。他说："读《四书》几十年了，不翻一下都忘了。我们这一代人早年读书识断不足，上次我对朱熹和《中庸》都说得太绝对了，一翻书想到很多问题，一定要找你来说说，不要影响到你。"其实课外学习小组的选讲，不过做一个通论，再选个六七篇文章带着学生读，我没有想到，先生会用了两天的时间来翻阅几部书，那样慎重地为我考虑。以后我带学生通读《中庸》，都是按照先生的意见处理的。

萧璋先生晚年对自己的教学也有反思。有一次，我和研究生的同班同学谢栋元一起去看望萧先生，师生洽谈甚欢，说起他给我们讲《毛诗》训诂的往事。他问我们："你们听我讲课，是不是觉得很烦琐？"栋元很轻松地说："开始的确'坐飞机'，笔记也记不下来，觉得有点'绕'，不好懂；过了一两个月，自己试着梳理，还是很服气的，的确精细周全。"但萧先生却不轻松了，他说："以前我的老师曾说过，做音韵训诂考据，'过细则未必实，至远则易失真'，我经常想，自己有没有犯这个求之过甚的毛病呀？再说做得细，也要回到主线和重点上，不能让别人难懂。"

这几件事使我知道，萧先生年事虽高，仍在不断思考，他的脑子没有停下来，反而更上紧了弦。这就是我们的老师，学问和教学，是和他们的生命纠缠在一起解不开的。

老师们已经离开我们很长时间了，虽读他们的书，但已经出版的著作和他们胸中的学识、见地比起来，应当只是很少的一部分，随时登门请教他们的幸运已经不会再来了。感谢他们赐教的恩惠，牢记他们传承的苦心吧！

为师忧道不忧贫

—— 纪念刘乃和先生诞辰100周年、逝世20周年

刘乃和先生离开我们二十年了，她是在丝毫没有思想准备的情况下离开自己不愿放弃的事业的。她辞世前，先是在检查病情时跌倒在地，之后是卧床不起。再以后夜间高烧，找不到人，她的学生王明泽通过熟人送她到冶金医院急诊，之后我们再把她转到北医三院住院。在三院，开始我给她送饭去，她还高兴地说"真好吃"，过了三天，她就已经昏迷。这段过程，为时仅仅四个月。在这短短的四个月里，只要能够交谈，她对我不断说起三件事：没有完成的《陈垣评传》，打算系统梳理的《中国古代妇女史》，还有培养文献学的人才和古籍整理的质量。死亡总有一天会到来，没有什么可怕，但对于一位还想做很多事又完全可以做得比别人好的学者来说，却不能不说是一个悲剧。

乃和先生和颖民师同在辅仁大学任过教，"文化大革命"期间又一起编过《新华词典》。我做颖民师助手的时候，有好几次遇到关于历史典籍的出处问题，老师总是让我去请教辅仁过来的几位历史教授。乃和先生对史书烂熟于心，提供的书文和出处无需验证，从

刘乃和先生

未有错,让我感叹万分,又钦佩不已。

我常说,自己的很多长进是在和前辈师长闲聊中偶然感悟的,但乃和先生对我的影响并非偶然,很多是说者有心,听者也有意。

我是从乃和先生的论文里知道什么是"文献学"的。陈垣老的目录学、校勘学、避讳学的几本书都不厚,我们读研究生的时候学过,收获良多,却没有认识到这几本书的价值。

90年代初,我读乃和先生写的《励耘承学录》,知道她在年轻时对中国古代典籍下的功夫。乃和先生告诉我:"必须有了独立的、系统的基础理论,才成为学科。如果只有古籍整理,那不叫文献学。历史学、训诂学都和古代文献关系密切,但各有所属,也都不是文献学。有了目录、校勘、辨伪和史源学的独立理论和操作规则,文献学才是一门独立的学问。"这使我懂得,没有陈垣老的基础理论建设和乃和先生的实践总结,虽有文献,是不成"学"的,这也启发我知道了训诂学基础理论建设的重要性。

乃和先生对做古籍整理的人不懂文献学和文字训诂学时常表示忧虑,常常提起关于古籍整理的质量问题。每次提起这个问题,她在开始时总有一句几乎成了口头禅的话"别嫌我絮叨"。她不止一次说:"现在全国的古籍所都在搞'大而全',但是这么大的规模,又有多少人真有整理文献的水平?乾嘉学者整理古籍的都是些什么人?现在这样做出来的东西能用吗?不会把古籍都搞乱吗?"由于对当今古籍整理的人才问题与质量问题有所了解,我深深理解她的"絮叨"里含有的焦虑。正是因为有这种忧患,她对训诂学也十分关注。

1995年,我的《训诂学原理》要去参评一个国家级的社会科学奖,乃和先生不意间知道,主动说:"你从来没有送自己的书给我,我这里只有你和陆先生合写的书。把书拿来,我给你推荐。"过了几天,乃和先生打电话跟我说,她把推荐信写好了。推荐信说:"《训诂学原理》作者为北京师范大学训诂学专家王宁教授。80年代初,作者与其老师陆宗达教授所写的《训诂方法论》,被称为'当代训诂学理论的开创著作',具有极大的影响。《训诂学原理》是王宁教授在乃师去世后继承师说又一部专门阐发训诂学原理的力作。本书有很多新的创获,发掘出许多新的训诂资料,例如关于唐代李善注的征引训诂体式、清代沈家本的刑名训诂等,都是过去的训诂论著未能论及的。本书还以相当的篇幅,说明了在几个重要的领域里训诂学的普及应用问题。全书颇有可观之处。"不久,颖民师90周年诞辰,乃和先生亲笔写的题词是"训诂名家师承有自,发扬宏大后继得人"。她对我说:"'后继得人'是对你说的。训诂太重要了,把它讲得好懂一点就更重要了。"在前辈先贤的眼里,文史的确是不分家的。也就是在她的启发下,我开始关注章太炎先生的《春秋左传叙录》等关于史籍的论文，直到后来《春秋左传读》公开刊行时，我也是抱着以"小学"通经史的信念带着学生去研读的。那是一个时代的学风——没有空疏的"小学"，也没有无根的史学，二者的结合是不容置疑的。一份推荐、一幅题词，让我感到肩上担子十分沉重。

1995年第四次世界妇女大会前后，我和乃和先生的交谈有了另一个专门话题。这一年，我代表首都女教授联谊会去做世界妇女大会非政府论坛的筹备委员会委员。有一天，全国妇联黄启璪副主席打电话要我亲自去接乃和先生，请她牵头在一幅长卷上签名。启璪同志说："临时接到通知要在今天晚上举行活动，太难为老先生了，刘先生是你老师，请你务必亲自代我们去接，通知得太晚，也替我们道歉。"当我到乃和先生家里时，她已经整装待发，那时她走路已经不太方便，但当我转达启璪同志的意思时，她摇着手说："世界妇女大会在中国开，这是非常时期的非常事，我随时候着，随叫随到，一个电话就行，何必麻烦你！"一上车，乃和先生就对我说："你平常太忙，我得抓着你说点事儿。"紧接着她不停地对我说的都是《中国古代妇女史》的架构问题，她强调一定要树立正确的妇女观和要重视从正史以外的典籍中搜集材料，一直说到我们下车。

乃和先生是我国著名的妇女理论专家，开创了中国古代妇女史专题。我原以为，她关心妇女工作，或许与她自己人生的际遇有关。她曾几次说："在中国，男尊女卑问题很难得到彻底解决，着意提倡时能有一时的好转，一不提倡就向后倒退，这是有很深的历史原因的。在中国,女权问题是人权问题中非常突出又极为特别的问题。"我是无意间进入妇女工作的,但一接触到问题的实质,我就知道中国的妇女问题渐渐转入隐性,妇女的社会地位问题解决起来时常"搁浅",很多障碍存在在包括女性在内的人们的意识中。男尊女卑积淀为一种顽固心理,凝固为一种内在规则,具有中国的特性。我把自己的这种想法说给乃和先生听,并且问她:"被历史记录下来的妇女行为,已经是经过统治者的思想过滤了的。经学、史学都是戴着有色眼镜看问题的。'正统'史书评价的影响比行为本身的影响更强大,您是怎样从这种史书中看到中国妇女史真相的呢?"她说:"还记得那天我们一起去给长卷签名时,我对你说的两个意见吗?"我说:"当然记得,您强调一定要先树立正确的妇女观,并且要重视从正史以外的典籍中搜集材料。"她说:"所以,得到真实的史料不容易,不能只靠正史,野史、文学、笔记、小说反而透露更多。历史不光是实证科学,也是评价科学,观点方法十分重要。"我陆陆续续读过乃和先生所写关于古代妇女问题的多篇文章,读后我很震撼,她分析了"二十四史"中为女性立传的情况,由几千年传统妇女观中窥见古代中国妇女的命运——人性被压抑、才能被埋没、性格被扭曲、生命被吞噬的案例,虽只有碎片式的记载,仔细看却充斥在字里行间。我怀着敬畏读完这些文章,完全改变了原先的看法——乃和先生关心妇女问题完全是一种读史的体验和感悟,自己的人生际遇也许是她关注这个问题的起因,却绝对不是她得出结论的理据。"无恒产而有恒心者,惟士为能",只有大量用心读书、领悟公共人生、放眼千年历史、心怀真理追求的人，才能摆脱个人利益，超越自身处境，选择正确的立场来看问题。

乃和先生对我说，她一直想在北师大开一门"妇女史"的选修课。我说："这太好了。现实问题常常带有历史留下的痕迹，当我们对现实问题理解不透的时候，历史对现实是具有解释作用的，求助历史会帮助我们清醒。"可她叹气说："我提出过多次，始终未能如愿。"我感到奇怪，一些没有多少价值的重复课程开选修课都轻而易举，这种含义深远又有特色的课，还是乃和先生亲自开设，为什么连一次机会也没有给她呢？我问她是不是不了解申报选修课的程序，她无奈地笑笑说："这不是主要原因。"

登门请教的次数多了，我不仅更熟悉了乃和先生的治学之道，也更深地了解了她的生活。乃和先生的生活俭朴到令人难以想象的程度，家里有人照顾时日子过得好一些，一个人时，她常常吃的菜是开水煮过的青菜拌上酱油和味精。超市的服务员有时主动给她送一点鸡蛋和熟肉，但她吃完了就完了，从来不主动去麻烦人家。很多通行的食品，她都没有买过，一包很平常的喜字饼、一碗普通的肉汤，都会受到她连连的赞美。她贫穷吗？当然不是。烹饪、饕餮都是需要时间才能享受到的。她每天用在生活上的时间和自己的阅读、写作、审校、题词、评议……花的时间，实在太不成比例了。她心疼的不是钱，是时间。我一直陪着她度过的临终四个月，时隔二十年仍历历在目。她过于简朴的生活和超负荷的工作产生的一切危害健康的后果，浓缩在这四个月里呈显无余。这些，不论何时想起，都是催人泪下的。

每读《论语·卫灵公》，我常常联想起乃和先生。她没有儿女，少有亲情，却没有听到她说"孤独"。她专注读书撰文，从不停歇，却没有听到她说"疲累"。她起居简陋，穿着朴素，饮食清淡，更不曾听到她抱怨"简薄"。这就是一位有独特贡献的女学者的人生——"谋道不谋食"，是她生活的写照；"忧道不忧贫"，是她精神的追求。

2018年2月9日改定

我的老师俞敏先生

俞敏先生是中国语言学发展中的一位重要学者。他有深厚的传统语言学根底，熟读经典，通晓古史；同时又近距离地受过精纯的西方语言学教育，真正了解西方语言学，不像现代有些人"食洋不化"；再加上他对母语和外语出色锐敏的感悟能力，使他成为中国语言学从传统到现代发展的创新型学者。他发前人所未发，想今人所未想，对许多问题独具慧眼，连表述的语言，都带有十分的个性。

俞敏先生对我们这个学科语言学课程的建设，有十分突出的贡献：在北师大中文系本科的语言学课程中，他与陆宗达先生一起，创建了立足汉语口语的现代汉语语法，第一个开出立足汉语与印欧语比较的"语言学概论"，1953届以后受过先生这种语言学教育的本科生，都具有对母语语法现象的敏锐，具有分析语法问题的能力。在研究生课程里，他以评述《马氏文通》和《经传释词》为古代汉语语法的基础，将结构语言学和传统语言学无缝对接。他以《广韵》反切系联为起点，开辟了汉藏比较、梵汉对音等前沿课题，用新的方法复证和解释清代古韵研究，并有一整套精准的教学方法。他和

1980年，师生课后合影，前排左起：沈茂勋、俞敏；后排左起：俞达、王宁

陆宗达先生、萧璋先生、曹述敬先生一起，在教研室提倡立足古代注疏的经史阅读，强调第一手材料的重要。有了前辈师长的引路，有了他们用心良苦的学科建设，我们今天才能保持自己的特色，才不会迷失方向。

　　做学生的时候，我们跟着老师走，只顾吸收和模仿，或有欣赏和崇拜，其实并不理解自己老师的学术境界。我想通过一件事，说说自己多次去认识自己的老师、在精神上接近自己老师的经历。1996年，第一次开展人文社会科学国家奖评审。期限十年之内（1986—1995），专设了"论文奖"。北师大中文系申报了俞敏先生1989年在《民族语文》上发表的《汉藏同源字谱稿》（含序和提要），我作为那一届语言学组的评审委员，一心要把自己老师的成果评为一等奖，这就必须在文学的评委中通俗地介绍俞敏先生汉藏同源观点的来源和《字谱》的方法；同时，在汉藏是否同源问题上，语言学界存在分歧，虽然评奖条例里说明，不要局限同一种观点，但论文的研究水平是要说明的。跟俞敏先生学音韵和语言比较很多次了，拿起"同源字谱"这600多组汉藏对比字组，我万分惭愧，发现自己竟然看不懂，要想介绍难置一词。我说"看不懂"，不是读不懂文章，是弄不明白，这些一对对的同源词，语音和语义的关系纷繁复杂，内在的联系并不明显，如果老师不说，我是怎么也联系不到一起去的，老师是怎么想出来、做出来的呢？俞先生曾说明作《字谱》，古韵部目用的是罗常培先生（莘田）和周祖谟先生合著的汉魏韵谱标目字，工具书采用了郭锡良先生的《上古音手册》、张怡荪主编的《汉藏大词典》和格西曲扎的《藏文词典》。我将《韵谱》和三本工具书找来，与六百多词一一对照，又读了老师关于汉藏同源的其他文章，作了许多其他功课。我以为，按老师的思路走一遍，就能知道老师发掘出这些材料的操作方法。我的办法是先将韵部和声纽列出，转换为音标，摘出老师的阐释，才写出一篇一千一百字的推介材料，使甚至不同意汉藏同源的评委也接受了这个成果的价值。在这个从不懂到略懂的过程中，我才惊讶地发现，俞敏先生的字谱研究采用大量的古代经典书面语材料，为了断代，他核对了周初金文、《周书》、《盘庚》、《易》上下经、《诗·大雅》、《逸周书》等西周语料，用了上千条上古文献来说明意义。他是从汉字出发，又完全摆脱了汉字，跨越了纸上的音标符号，直接用上古的语音来思维，才有了那么多的发现。在对语音的异同和差别的感受上，在对音义关系的发掘上，俞敏先生的确可以称为天才。

  俞敏先生是一位自尊自重的学者，他的思维敏捷，有充分的自信。任何事都有自己的想法，不从俗，不媚俗，更不轻信教条，对自己不相信的做法，绝不迁就。我们读本科的时候，俞先生给我们上"语言学概论"课，当时施行苏联"五级分制"考口试，俞先生不同意，他考笔试都是需要自己思考的题目。我还记得，一个上午最后一堂课下课铃响了还没人交卷。后来是我和其他两个先交卷的同学去食堂给大家取中午饭的干粮。内容上他不用苏联的教材，而用自己拟定的理论体系。每一个概念都有非常恰当的汉语例子，逻辑上十分讲究，上下位概念和并列概念没有一丝混淆，历时演变和共时描写分得清清楚楚。上课记他的笔记，就是对自己逻辑思维最好的训练。他每讲完一章，我会用一页无格的白纸，把那些内容的逻辑关系做出图表，如同后来流行的"思维导图"。这本笔记我珍藏着带到青海。有一个高我一级的北师大校友借去说要给学生看看我们是怎样学习的，结果一去不回。我对别人借去的任何东西都不吝啬，唯独这本笔记，我不断追问，直到她调走，还一直追到兰州大学。熟悉我的同事都不明白我对这本笔记为什么那样不舍。我只对他们说："这是我在大学本科听过的最有帮助的课程，也是我最精心整理过的笔记。"回想先生课堂上讲过的许多内容，他发现了汉语双音词重叠的语音格式，用重音格式来确定词性、分辨词和词组，他发现了多种口语里的语流音变现象，他用语音对古代汉语虚词认同别异……这些前人也有涉及但没有那么透彻，后人却很少提及或稍微涉及以为自己新创。俞敏先生的学术根底、造诣和境界，是我们这一代人无法追及的。

我们这一代人是在老师的悉心教导和深切关爱中磕磕绊绊成长起来的。我永远不能忘记，三个阶段跟从老师学习的经历，特别是我刚从青海借调到文化部，到北师大来听俞先生的课。我保留着老师悉心批改的我做的每一页《广韵》反切系联，我在学习梵文时不敢张口，老师课后对我说，"学语言一定要出声，才会有自说自听的感受"。我从真武庙蹬自行车到校，有时会迟到一两分钟，老师下课后对我说："今儿风大，估计你还在路上，我多说点闲话等了一会儿。"……我也常常听师妹邹晓丽说起，三十多年来，老师如何带着她上课，教给她学习语法和金文，如何在日常工作中关心她的学业和身体。师恩难以忘怀，师恩更难以报答。

我们这一代人又是从自己的苦难和委屈的经历中理解老师光辉背后的曲折人生的。80年代以后，俞敏先生有了崇高的学术地位，成为国家级的博士导师，位居第二届国务院学位委员会成员，有了语言学会顾问等重要兼职。1979年后俞先生的学生，更多看到的是他的这些荣耀。而我们，看到过老师卓绝的教学和研究境界，也看到不公正的待遇耽搁了老师多少应当用来思考的宝贵时间，耗费了多少老师可以用来培养学生的精力，也实际上损害了老师的健康。在这样的环境下，俞敏先生一直乐观地读书、论学、下棋，和自己信任的学生谈论学问，作出如此巨大的成就。

我们会努力工作，不负老师的教导，愿老师的学术精神常在，学术传承永续。

郭预衡先生的幸运与不幸

郭预衡先生进入了九十岁的年头，没有等到过生日，就这样走了。

郭先生是我们的老师。北师大中文系上世纪五六十年代的学生，不论是哪个专业，都打心里尊郭预衡先生为老师。因为，郭先生虽是一位很不善于表达的人，但你只要遇到问题去向他请教，他会默默地听你说，最后用非常平易的话给你指点，有时候也就是一句半句，却让你茅塞顿开，口服心服。

郭先生在业界是有名望的饱学之士。他在抗日战争前夕留在辅仁大学当助教，跟从余嘉锡先生研治文献学，同时被史学所破格录取为研究生，师从陈垣先生，着重治史源学。当时北京很多爱国的国学教授不愿在日本统治的大学教书，也不适应过分西化的教学科目，纷纷到日本势力不能控制、文史专业又比较强盛的辅仁大学文学院去任教。郭先生的业师已经是著名的史学家，辅仁大学国学的氛围又那样浓厚，他的旧学根底如何，也就可想而知。

史源学是陈垣先生从乾嘉的历史考据学继承下来并加以发展的现代史学的一个新门类。它是以还原历史事实为研究的主要目标，

郭预衡先生(一排右九)与五四级返校同学合影,二排右一为王宁

以正确的历史观为指导,将"小学"(音韵、文字、训诂学)和文献学(目录、校勘、辨伪之学)作为入门的工具,从解读和分析古文献入手的史料学。乾嘉的历史考据学在传统人文学科里达到高峰,但是用现代史学的眼光来看,在研究目标和方法上也还存在一些问题。陈垣先生首创的史源学,研究目标在于求信史,采用经过重新梳理的音韵、文字、训诂之学,和经过他提炼过、条理化了的目录、校勘、辨伪之学为工具,已经在微观方法和操作程序上有了一个科学的飞跃。更值得一提的是,陈垣先生是以辩证唯物史观来治史的。这一点虽然并没有直接体现在史源学的微观内容上,但是,史论与史料是相辅相成的。什么是"信史"? 没有正确的观点很难判断;有了正确的方法论,理论上极大地克服了盲目性,史料学的目标会更加明确。史源学的创建,推进了中国本色的历史科学;或者说,史源学本身就是现代意义的科学史料学。

郭预衡先生深得陈垣先生史源学方法的精神，在他晚年主编的《中国散文史》里，可以看出郭预衡先生的一种追求，那就是以观点统率材料、用材料证实观点的高境界，用他的话说，就是"从汉语散文的实际出发，而不要从文学概论的定义出发"。要既防止罗列材料、驳杂引证的烦琐，也防止滥用教条、泛论理念的疏空。虽然作者众多，体现这种精神的程度不一，但主编的意图是显而易见的。

我在本科念书时没有听过郭先生的课——我们学古典文学课的时候，他被派到匈牙利去教书了。我知道"郭预衡"这个名字，是因为他研究鲁迅的两篇文章。用现在的学科分界来说，鲁迅研究是属于现代文学学科的。能够以这么大的跨度来治学，这又说明郭先生的学术能力是一流的，识见也是一流的。听说，学校或中文系党组织有意让郭先生转到现代文学——现在看来想法很奇怪，让一位有古代学术根底的专家废弃原有的积累中途改行，就人才的价值来说有点不划算，这是初等数学就能算出来的，但在50年代完全可以理解，一个"又红又专"的教授干嘛去研究"封资修"呢？那时候党决定一个人的专业是很正常的，那两篇研究鲁迅的文章就是一个预告吧！后来这件事没有成为现实，如果成了决议，郭先生也会服从的——也许很自在，也许很无奈。

但是在我印象里，郭先生当然还是精通古代文献的。80年代我从西北高原回北师大后，有好几次机会近距离请教郭先生。印象最深的一次是1999年，我因指导博士论文，需要细读黄季刚先生的《文心雕龙札记》，读到"通变第二十九"，对黄季刚先生的解读产生了问题,想去请教郭先生。我不敢贸然打扰,读不下去心里又很纠结,只好先把不明白的七个问题写出来放在郭先生信箱里,等他召唤我。当天晚上就接到郭先生的电话。他开玩笑说:"你是想考我,先给我漏题吧?来讨论吧,你先教会我,我再给你答考卷。"第二天下午,郭先生在他堆满书籍的小书房里,细细听我说明问题之所在,没用多少话,一一解答了我的问题。郭先生的学识让我知道什么叫"通透"——文学、史学、"小学"本来就是相通的,郭先生对很多问题的认识又很透辟,加上他对后学晚辈的热心扶持,他做到了传道无空论、授业有真知、解惑善启发的高境界。但是郭预衡先生并没有"名师"的标签,他因博学多才、循循善诱而有名,是一位情实相符的名师。

郭先生最不喜欢学生们说他"有名",有时候我们偶然说起郭预衡先生的名望,他总爱带点自嘲的口气说:"我的'有名'主要两条:一条是'匈牙利事件'的时候,我刚从东欧回来,大庭广众之下讲过'裴多菲俱乐部';一条是我先是不够年龄、后是超过年龄,一直评不上博导。"他的幽默每每引起我的沉思,深深地感受到他一生的许多无奈。

郭先生自己道出来的这两条,更是他的无奈。

第一条是让他"赶"上了。一个知识分子赶上了一场政治运动,被看中了,要他来讲点与运动有关的问题,在那个时代,不论他愿意还是不愿意,他不能不讲。在50—70年代,"唯成分论"也叫"出身论",是入党、入团和选拔、晋升干部的主要条件。"出身"是家族历史规定的,是既成事实,不能选择也摆脱不了的,对谁都是无奈。那时候，有多少德才兼备的青年人因为"出身不好"入不了团，入不了党，提不了干，甚至回不了城，上不了学。按照当时的"阶级成分"划分标准，郭先生属于出身好的一类，出身好就很早入党，"又红又专"，出国深造，这是他的幸运。知识分子应当关注国家、民族和人民的命运，关心政治经济的发展，但学术和科学是要有一定自由度的，学术也一切听从政治安排，必然会图解政治任务，失去科学尺度。郭预衡先生正是因为出身好，才有出国的机会；正因为去了匈牙利，才被指定去作那个图解政治的批判"裴多菲俱乐部"的报告。他的幸运在这里转成了不幸。

第二条是别人让他"赶"上了。无论如何，郭预衡先生都应该进入前五批博士导师的行列。论学问，比他大的进入了，远远不如他的也进入了。论年龄，比他大得多的进去了，比他小得多的也进去了。但是职称、博导的条件是由人掌控、由人解释的，想要把他解释到圈儿外也不是什么难事，他当然是无奈的。评不上博导，他心里不会很痛快，但也不会太不痛快。我这么说也是有根据的。80年代我申报正教授职称，条件大概够了，可是连评了三年没过去。有一次路上碰见郭先生，他主动问起这件事。我和郭先生站在路上有这样一次对话。

郭先生说："又没评上？没觉得不痛快吧？"

我说："没有。不会不痛快。谁叫我来北师大晚呢？反正评一个少一个，总有轮到我的一天吧。"

郭先生说："你得这样想才彻底，就是总轮不到你也无所谓，该干什么干什么，许你干就行！"

我说:"您这话还不彻底,还可以这么想:不许干这个也没关系,咱们干别的!"

他说:"对!即使干别的也不许,等许干了咱们再干也可以啊。"

我们俩都乐了。想得开是一种境界,不放弃是一种更高的境界。

但是无论如何,一个博学多才、循循善诱的老师不能带博士,不能不说是学科的损失。对自己呢,在事业上也可以算是一种不幸吧,但转念一想,我又觉得这实在是郭先生的一种幸运。在学界,当人们分辨不出学问大小、深浅和道德好坏、高低的时候,常常是按标签儿来衡量人的价值的。会长、理事、教授、博导以及"评"出来的各种人才——跨世纪、新世纪、长江学者、千人工程……都属于标签儿,贴一个"名师"的标签儿,还要分出省市级和国家级两等。一旦贴上去,标签儿还可以再生标签儿。因此,很多人为了得到第一个标签儿不遗余力。很多人凭着已经有的标签儿换单位,换到新单位的条件又常常是提出或许诺再加标签儿。本来标签儿是学者学问大小和道德高低的标识,应当有点准头儿,可是种类太多了,学术以外的因素太多了,可信度也就不那么高了。有了标签儿,反而不知道学界和他人的尊重和褒扬是冲着标签儿的,还是真正冲着那位学者自己的学问和人品的。所以,没有标签儿的学者是很幸运的,他们得到的大多是真心的信任和尊重。

郭预衡先生遗体告别室的门前挤满了人:他教过的历届的学生、认真读过他的书的读者、了解他而崇敬他的朋友、为他出过书的出版社编辑……既非"博导"又非"名师"的郭先生，不会有人冲着标签儿而来，他获得的都是知音者的真情与真意。他的不幸在这里也就转成了幸运。

　　福兮祸所倚，祸兮福所伏。我为自己崇敬的老师又悲哀，又庆幸！

面对五洲风云的百年智慧
　　——贺周有光先生百岁诞辰

　　周有光先生一百岁了！

　　在整整一个世纪的生涯中，他不仅站在现代中国甚至当今世界语言文字学界最高年寿的峰巅，而且用永不停顿的学习、工作和思考，攀登着智慧的峰巅。

　　一个世纪不是没有惊险和挫折，但他战胜了恐惧和屈从，坚持着冷静的观察，客观地品评着是非。中国的语言文字问题是中国文化的晴雨表，起起伏伏，左左右右，昨是今非，今是昨非……在这种变幻莫测的风云中，有人坚持己见脱离时代陷于保守，也有人失去理智贸然超前流于偏激，更有一些无耻之徒逐潮附势成为墙头草。但是，只要顺着时间顺序看周有光先生的书和文，你会觉得，他在与时俱进地调整着自己的思想，但绝对有逻辑，思路分明，从来没有随着潮流、跟着权势东歪西倒。你可以不赞成他的某一个具体的说法，但你会永远怀着尊敬相信他是所是、非所非的自尊与自信。当你对今天的语言文字问题产生疑惑的时候，你会不自觉地想到：看看周有光先生怎么说！他在风云变幻中赢得了追求真理的真诚。

1997年，周有光先生在北师大讲座

中国文化建设的进程中争论最大的两个主题是中西思想的竞斗和古代思想的取舍。崇尚西方和敌视西方的思潮，迷信古人和轻视古人的倾向，有时此起彼伏，有时平安共处，弄得有些人一时之间找不着北了。但是周有光先生总是把眼光投入无限辽阔的空间和无限久远的时间内，他的心里有一个世界，有一个历史，更不曾忘记现代中国，他把中国放在有历史的世界中去认识和评价，他又是站在现代中国的时空中去接近那个有历史的世界。周有光先生是从20世纪开端走来的人，早年学的又是很时尚的经济学。应当说，在他的思想里，西方和现代占的成分更多一些，科学的精神是他思想的主体，但他能够实事求是地看待中国和看待古代。他从中国与世界的比较中看到语言文字的普遍规律，同时也看到彼此的差异。只要读他的《比较文字学》，就可以看到他的这种学术追求。周有光先生在他一百岁生日之前，写了很多面对现代问题的文章，集成了书，也陆续地发表，百岁老人的言论，不能不引起人们的关注。他在2005年即将结束时发表的《如何弘扬华夏文化》一文中，对"弘扬"做了一个很精辟的定义，他认为弘扬有三点要求：提高水平，适应现代，扩大传播。这三句话，表现了他古为今用、积极进取、重视行动的学术风格。"为高必因丘陵"，他就是在这种辽阔的空间和久远的时间中，赢得了观察中国、把握现代的高度。

有人说："对于有成就的学者，年龄的竞争是最重要的竞争。"如果去掉这句话里的功利因素，把它看成一种对人生积累的解释，那么可以说，周有光先生是这方面的一位大赢家。人们习惯于认为长寿属于"天假之以年"，其实，长寿多半是"人定胜天"的结果。周有光先生在接受电视台采访的时候，非常平静、自然地述说自己百年的经历，从他的自述看，他并不是没有遇到生活的急转弯。他有失，但不患失；他当然更有得，但也不患得——可贵的是他的泰然处之。他的心理健康是他的身体健康的第一个根源。

周有光先生的思想永远处于前进的动态之中。我和周有光先生晤面的机会不多，我是从他的书与文里吸收他思考问题的方法的。但是从我与他极少的接触中，就可以看出他常常处于前沿的学术理念。上世纪80年代，我讨来一台被淘汰的286电脑，一次开会的偶然机会，我向并不熟悉的周有光先生说起这件事，周先生把我带到他的家里，让我看了日本朋友送给他的手提电脑。他对我说："不久的将来，电脑就会分担人脑的很多工作，有远见的人要及早学习电脑，让电脑为你工作。"如果没有他如此超前的引导，就不会有我用计算机弘扬传统语言文字学的信念。90年代，是周有光先生把河南安阳博物馆的访问者介绍到我家里，几位访问者传达周先生的话说："存古不是复古，存古是为了现代。你们去访问北师大的王宁教授，她专修古代语言文字，但有现代意识，今天建博物馆，需要这样的人和这样的态度。"他的这几句话，坚定了我"师古而不复古"的信念，让我在继承中国传统语言学的道路上更加清醒。2000年，我把在《中国教育报》上连载的"汉字构形学讲座"印成讲义，在北京召开的"全国小学师资教学研讨会"和在香港召开的"国际语文研讨会"上作为参考资料发放征求意见。会后，我寄给周有光先生请教。不久，周有光先生在一次学术会上约我，复印了他的一篇关于汉字发展规律的文章给我。在这篇文章里，他举了很多例子，讲"六书"在世界文字发展中的普遍意义。他语重心长地对我说："你把古今汉字构形的模式用归纳法总结为十一种，举了典型的例子，显示了你具有数理逻辑的思考。学文科，兼有理科头脑，我看了很高兴。但是你有没有想过，这十一种模式仍然没有跳出'六书'的前四书框架？"这个简单的提示，让我好几天不断思索，查阅文献，终于想明白了他意见的主要精神。为此，我总结了汉字构形的"结构功能分析法"，看到了汉字发展中构件的表形功能向表意功能转化的事实。于是，2003年《汉字构形学讲座》在上海教育出版社正式出版的时候，我终于把十一种模式进一步归纳为前四书，重新回归了"六书"的传统。应当说，我见到周有光先生的机会不算太少，那些年，凡是国家语言文字工作委员会召开的会，他都是出席的，但近距离的受教，也就是上面说的那几次。然而就是这极少的几次，让我形成了一种思考汉字和文化问题时必须复习周有光先生书与文的习惯，有了他和其他前辈学者思想的滋养，我才敢于把自己的所想肯定个一分半分。我对周有光先生用浅显的语言说出的许多类似警句的话语心存期待，我渴望吸取他一百年累积的经验和智慧,学习他站在世界看中国的思想高度,来提升自己观察问题的锐敏性和清醒程度,这些都是我自己修不来的。一个人永远不停止思考,不懈怠学习,不终结信息,不放弃追求,他的体和魄都会永远充实而有营养。我从自己向周有光先生学习的经历中体会到他思想之树的长青,我一直认为,这长青就是他长寿的另一个根源。

研究汉字构形系统的时候,涉及汉字的性质问题,我对当时盛行的"世界文字发展三阶段论"提出了疑问。认为"三阶段论"不符合世界文字发展的基本事实,是西方学界对汉字的误解,也是导致"汉字落后论"的理论根源。为此,我针对汉字发展的客观事实,提出了"世界文字发展两向论"的不同意见。而"三阶段论"正是周有光先生所持的观点。出于对周有光先生学术体系的理解与信任,我对自己的想法一直纠结。刚好在2000年过年的时候,我写信把自己的论证提出向他请教。周有光先生并没有马上回答我的问题,却将聂鸿音教授给他的一封信复印给我,寄到我家中。看完这封信我才知道,中国社会科学院民族研究所的聂鸿音教授信中提出的问题,也是质疑"三阶段论"的。他掌握很多境内少数民族的文字,论据比我的更为充实。过了几天,周有光先生约我去拐棒胡同家里"聊天",我意识到,他是要专门谈这个问题的。见面后,他开门见山,打开当时语言学界几乎唯一的手提电脑,虽没有看,但谈话中我知道他做了充分的准备,已经把我和鸿音的论据都核对过了。他肯定了,世界文字一旦发展为表意文字,再向拼音文字发展,一般不属于自然演变,大都是改革的结果。他认为:"就世界文字自然发展的趋势来说,'两向论'是成立的。尤其对于汉字这种成熟的表意文字来说，向拼音文字发展并不是必然规律。"但他对表意文字对科技发展和文化教育普及的不宜之处，做了很深刻的阐释，也对汉语拼音方案采用拉丁化形式的优越性做了进一步的论证。每说一个问题，他都停下来让我发表意见，增加了我的见识，使我对前辈文字改革的尝试有了更深的理解。不知不觉，两个小时过去了，我很感动地说："您能这样重视我们提出的问题，做了那样细致的准备，既采纳了其中的合理部分，又申说了另一种意见的合理性，让我想问题辩证而不偏激，来以前，我是没有想到的！"他笑着对我说："这样重要的问题，你们又提出得那么认真，我不敢马虎呀！你是动脑子的人，我喜欢和你讨论。"那时我已经年近六十五岁，而周有光先生九十五岁。面对一个质疑自己学术主张也并不那么熟识的晚辈，他的诚恳坦率、耐心平等，我每每想起，都感慨系之。我明白，周有光先生宽广的胸襟和尊重他人的仁者之心，是他长寿更重要的根源。

我想，周有光先生一百一十岁、一百二十岁……的时候，他的思想和成就会放出更灿烂的光芒，因为一个真正的而不是冒充的、自由的而不是武断的学者的学问，将会以等比级数增加。

前辈学者的长寿是我们的幸运，借着他们丰厚的积累，我们将更清楚地看懂这个难以理解的世界。

2006年3月

古代汉语学科教学体系重要的奠基人

—— 纪念王力先生诞生120周年

今年是王力先生诞生120周年，北京大学中文系为王力先生塑像，来纪念这位语言学的一代宗师。这不仅是北大师生纪念王力先生诚挚的心意，也是我们这些至今还在中国语言学特别是古代汉语教学岗位上工作的学人共同的心愿。

对于我们这一代人，王力先生让我们景仰，但他又是十分亲切的长者。1961年我做研究生时，陆宗达先生请王力先生来给我们上课，跟我们座谈，他自己也应邀到北大去讲《说文解字》。我还清清楚楚地记得王力先生当年对我们说过的两句很精彩的话。他说要"材料理论并重，微观宏观兼顾"。他还说："对汉语，要用数学头脑去想，要用音乐感受去听。"在这期间，我有两次听到王力先生和陆宗达先生的交谈。从两位老师的对话中，我知道了他们共同的认识：读古书，首先积累词汇，《说文》一定要熟，遇到古代文化问题不能绕过去，把握音韵、语法、词汇的规律，功夫下到了，才能打好古代汉语的基础。后来我也知道，两位老师在传统语言学方面的认识并不完全一致，对训诂学、词源学、音韵学的有些地方看法

1992年8月,在陕西乾县师范古柏下,左起:鲁国尧、周祖谟、王力、加沙尔

甚至相左,但是他们始终相互尊重,甚至可以说相互钦敬。北大和北师大古代汉语两支队伍之间,也始终保持着亲密的友谊。

有一次在苏州开第二届训诂学会,我们几个师兄弟在雷峰塔与王力先生和师母偶遇,王力先生指着我问:"能不能背出《广韵》206韵?"当我很熟练地背了一半以后,王力先生止住我,对我说:"研究古代汉语,女性不宜呀,能坚持下来吗?"四十年后的今天,我仍在古代汉语教学岗位上工作,可以告慰王力先生:虽然做得不怎么好,但终于坚持下来了!

作为中国现代语言学奠基人之一的王力先生,自1936年完成《中国文法学初探》开始,就力主抛弃模仿,从汉语事实中寻求语言规律,他主张用先进的语言文字学理论重新审视中国的传统语言文字学。他一生的著作涉及中国语言学的方方面面,这个态度,这个理念,他从来没有改变、没有放弃过。在这里,我想特别说说王力先生对中国语言文学专业下的古代汉语学科创建的重大贡献。如今,还有哪一个中国语言文学院系的课程表上没有"古代汉语"这门课? 还有哪一个中文专业毕业的学生不知道"古代汉语"的内容？还有哪一个中文专业一级学科的硕士点、博士点不包括"古代汉语"专业？习惯了这个常识，很多年轻人已经不知道这个专业初创时的情境。

上世纪50年代院系调整，初建本科学科体系。中文专业还没有统一的教学大纲，大多数学校已经取消了传统语言学文字、声韵、训诂这个系统，也没有替代这个系统的现代课程。1955年，教育部制定第一个高等学校中文系教学大纲，北师大的萧璋先生负责起草工作，他在征求意见的基础上，仿照苏联的"古斯拉夫语"课程，将"古代汉语"正式写入部颁的中文专业教学大纲，但是直到60年代，这门课程还没有在高校普遍实现。少数大学设了课程，但各行其是，目标不清楚、内容不固定、学时不统一，更没有专设的教研室。省市一级的大学能够将这门课写进中文系课程表的，寥寥无几。从学科建设的任务看，一级学科的主要任务是建构和完善具有科学体系的二级学科，二级学科的首要任务则是建造明确的学科体系和建设服务于教学的基础理论。古代汉语的那种现状，是不能成其为二级学科的。1962年，王力先生主编的《古代汉语》开编，这部高校本科的经典教材，创建了一个崭新的古代汉语教学体系。这个体系不但吸收了汉语历史语言学研究的最新成果，还吸收了民国以来文言文教育的成功经验。王力先生汇聚了当时各个重点大学古代汉语教学的特点和优长，例如：南开大学《古汉语读本》语法和以《论语》《孟子》等先秦典籍节选为阅读篇目的体系，中山大学应用音韵学通论的体系，北京师范大学训诂和《说文》的体系，杭州大学古文字通论的体系……其时，北大中文系本科已经分成语言、文献、文学三个专门化方向，开设了音韵学和汉语史，还有几门选修课，都较成熟和完善；但作为主编的王力先生并不只顾自己的一家之言，而是广泛采用多家的说法，统合为一个整体。王力先生不仅是一位语言学家，而且是一位卓越的语言学教育家。这表现在，他不仅在语言学继承和创新方面有独到的见解，还特别善于建构逻辑性强、资料丰富、有利于教学的基础理论，也就是学界普遍钦佩他的"善于搭架子"。古代汉语是一门本科的基础课，既要解决学生阅读古书的基本功训练问题，又要学生掌握必要又足够的基础知识，同时还要与周边的其他课程建立科学的关系——既相通又不重复。应当说，这个应用于教学的体系搭建起来是不容易的。这个教学体系，还凝聚着很多老教师对中文专业学生提高古代汉语素养的理想，寄托着他们由此起步进一步培养古代汉语专业人才的希望。作为总主编的王力先生，既有自己的设想，又要在老一辈学术渊源不相同的专家中取得共识，这不仅需要渊博的学识，更需要博大的胸襟、协调的能力。我们这一代人，算是古代汉语学科教育的第一批学子。1963年我们研究生毕业的前夕，《古代汉语》教材的初稿刚刚试印后征求意见，当一套上下两编四个分册的《古代汉语》教材摆在我们面前的时候，怎样做一个古代汉语的专业教师，我们已经有了明确的认识。

今年纪念王力先生诞生120周年，距离第一部《古代汉语》编成，半个多世纪过去了。学术已经有了很多发展，人才培养的条件也有了很大的变化，但是，学科建设的那个起点和古代汉语专业人才培养的那些共同的理念，在我们心里会永远牢记，我们会努力维护，也会继续发展。

魏建功先生与20世纪上半叶的汉字研究

魏建功先生在纯文字学方面的论著过去见到的不多，魏致先生在《魏建功文集》尚未出版时，率先将收入《魏建功文集》的两种关于文字学的资料提供给我，并介绍这两种资料的情况说：

在父亲的文集中，有两篇新发表的有关文字学方面的著作。一是1940年在四川江津白沙镇定居时，与住在江津县城的陈独秀先生往来讨论学术问题的27通通信。父亲在1945年把这些通信手抄了一份，存放在北大老同学何之瑜处。解放后何在上海被捕，这份手抄件存进了上海档案馆，90年代我辗转得到了一份复印件，出《文集》时整理出来收进了文集。在这27通通信中，有关文字学部分，是父亲在校订陈的《小学识字教本》过程中，向陈提出的一些疑问以及陈先生的答复。二是1938年至1939年，父亲在西南联大曾开过一门"汉字形体变迁史"课程，这次也收进了《文集》这门课的讲义是父亲亲自刻蜡版油印的，我得到的这一份是周定一先生所保存的。抗战时期大后方学习资料短缺，父亲特意把《说文解字叙》和

《魏建功文集》（全五卷），江苏教育出版社，2001年

《上说文表》刻在了前21页供学生参阅，周先生在复员时为减负剔除了。

从他的介绍可以看出，这是魏建功先生上世纪40年代关于汉字教学和研究的两份十分重要的资料，不但对研究魏建功先生的学术，而且对研究汉字学史都有十分重要的价值。

19、20世纪之交，极少数懂得西方拼音文字又关注教育普及的知识分子，在上述强大的传统势力笼罩下，开始去摇撼传统的汉字观念。他们发动了切音字运动，尖锐地指出，一旦向民众去普及教育，汉字的繁难便成为最大的障碍。尝试过科举又专攻过英语的卢戆章（1854—1928）和维新变法的中坚人物王照（1859—1938），是这场争论的主力。他们都认为汉字繁难，民众无法坚持学习，需要有帮助学习的拼音字母来减少难度。但他们在批判汉字繁难时，并不绝对指责汉字客观上的弊病，而是更加强调了"饰智惊愚"的复古思潮在主观上加深了汉字学习的难度。汉字的繁难在一定程度上是可以克服的。两位代表人物都不主张废除汉字，只主张以切音辅助汉字教学。

1908年，巴黎的中国留学生主办的无政府主义刊物《新世纪》第四号，发表了吴稚晖的《评前行君之"中国新语凡例"》一文，鼓吹中国应废除汉文汉语，改用"万国新语"（Esperanto，即世界语）。这是第一个站在文化侵略立场上提倡连语言都要"西化"的人。赞同这种观点的自然不可能是多数。

在1918年开始的新文化运动中，关于汉字问题的争论又一次更加尖锐地提到日程上来。主张"废除汉文"激烈派的代表是钱玄同。他在《中国今后之文字问题》一文中说："欲使中国不亡，欲使中国民族为二十世纪文明之民族，必须废孔学、灭道教为根本之解决，而废记载孔门学说及道教妖言之汉文，尤为根本解决之根本解决。"1923年，《国语月刊》出版《汉字改革号》特刊，钱玄同在特刊上发表了《汉字改革》一文。他批判清末开始的切音字运动不主张废除汉字是"灰色的革命"，认为应当响亮而明确地提倡汉字革命，也就是废除汉字，改用拼音文字。他说："汉字不革命，则教育决不能普及，国语决不能统一，国语的文学决不能充分发展，全世界公有的新道理、新学问、新知识决不能很便利、很自由地用国语写出。"

这样，以废除汉字改用拼音文字为目标的文字改革高潮，便由钱玄同这一纸对汉字的檄文掀起。一大批语言文字学家和教育家投入了这场文字改革运动。综观"五四"新文化运动中的文字改革思潮可以发现，这时的汉字改革，是与推行白话文、实行文艺大众化紧密相连的，是以反封建为主要目标的新文化运动的有机组成部分。但是，当时"打倒汉字"的主张，今天反思起来，确有一定的片面、偏激之处，其中最值得讨论的，是当时一部分人对中国本体文化的"全盘否定"态度。

代表另一派意见的是章太炎。章太炎是中国近代在国学上成就最为昭著的爱国主义革命家、思想家。他对中国的历史和文化十分熟悉，逃亡日本后，经过对比，对中国国情有深刻的认识。应当说，他在汉字问题上所采取的立场，代表了具有丰厚国学根底、维护中国文化的爱国知识分子的典型的立场。早在1908年，针对吴稚晖的观点，他就发表了万言长文《驳中国用万国新语说》，对汉字的优劣和是否能够废除的问题，进行了针锋相对的论争。在这篇长文中，章太炎驳斥了"象形字为未开化人所用，合音字为既开化人所用"说法，指出使用拼音文字的民族和国家，从他们的文化看，并不都优于使用汉字的中国。同时指出，是否能普及教育，在于政府是否重视而认真推行，归咎于文字的优劣是难以说服人的。他明确提出了汉字与拼音文字优劣互补的主张："象形之与合音，前者易知其义，难知其音。后者易知其音，难知其义。"章太炎还指出，一个国家的文字所以能够保存、传衍，是因为它与本国的语言相契合。日本所以改读改字，是因为日语与其借去的汉字不相契合。

当时的汉字问题争论，其实并没有牵动文化教育第一线的更多的学者和群众参与，其中还有一个教训值得吸取，那就是吴玉章同志提到的"过分政治化"。1941年12月，在延安召开的新文字协会第一届年会上，吴玉章同志作了《新文字在切实推行中的经验和教训》的报告。他在充分肯定了新文字运行的正确和取得的成绩后，也批评了新文字运动"一开始就带了很浓厚的政治色彩","有些同志常常不免提出过左的口号,并且常常和政治运动联系起来,使新文字太政治化"。

魏建功先生在1938—1940年的这两种文字学论著,反映的是当时高校学者的学术立场。

对待载负中华文化数千年的汉字,采用"革命"的手段来废除它,是很难行得通的。教育的普及对当时一穷二白的中国,是一件长期、细致的工作,需要有科学的态度,而且必须在批判地继承中国本体文化的前提下,才能找到一个合适的方式,寻求一条可行的出路。爱国救民的立场、动机与扎扎实实的工作必须结合起来。在对待传统的态度上,有两位共产主义革命家的做法是值得注意的:一个是采取历史唯物的观点,用"三礼"研究来探讨中国古代社会发展的吴承仕;一个是同样采用历史唯物的观点,用古文字研究来探讨中国古代社会发展的陈独秀。魏建功先生对待汉字的看法受到陈独秀的影响最大。30年代中,陈独秀写出了对古文字字形结构进行考证的《实庵字说》,连载于当时的《东方杂志》。在这部文字学的考证专著中,他曾通过对"臣""仆""童""宰"等一些商周奴隶名称构造意图的考据,证明中国没有典型的奴隶社会生产方式,仅有所谓的"亚细亚生产方式"。这种纯学术的讨论,却被目为与托洛斯基的观点应和,成为把陈独秀定为"托洛斯基反对派"的依据之一。郭沫若专门写了《评实庵字说》,后来收在他的《十批判书》里。同时,陈独秀花费了很大的力气作《小学识字教本》,这个《教本》的主要精神是参考已经出土的古文字来校订《说文解字》,以便使汉字真实的原始造字意图再现。同时,《教本》把古文字与今文字衔接起来,起到以古知今的作用。陈独秀对汉字的立场由此可见:他不持"废除汉字"的主张,而是想通过对汉字自身规律的探求,加强汉字教育,特别是汉字学的启蒙教育,以普及汉字知识,减少汉字学习的难度。

　　魏建功先生与陈独秀讨论学术的信件,大部分是针对整理《教本》时发现的问题。通过这些信件,对陈独秀的汉字学和汉字观可以有更深化的认识,而魏建功先生自己的著述《汉字形体演变史》,更是当时两种对汉字截然不同态度的一种中和。首先,《汉字形体演变史》把汉字学划分为"汉字形义学"和"汉字音韵学"两大部分,这就明确了汉字的性质。汉字属于表意文字,直接依附意义,形义相互支撑,成为体系;音韵是自成体系的。在研究方法上,《汉字形体演变史》提出了三方面的意见:主张不盲从古人,谈字形结构要结合古代社会,讲发展要探求规律性的东西,要经得起历史的验证。这三点,都与陈独秀作《实庵字说》和《小学识字教本》的基本思想一致。《汉字形体演变史》肯定了王念孙、王引之父子参验训诂研究字形结构、章太炎参验声音求字之孳乳与方音的变易、沈兼士验证文字起源与发展等实证的研究方法,综合各家之说,定出了汉字历史演变的脉络。《汉字形体演变史》十分重视《说文解字》,但是,只是把它放到汉字演变的长河中去阐释。即使对于"六书",《汉字形体演变史》也是从造字的发展角度来讲解的。更为有特点的,是在讲解汉字字形时,书中注意了形声系统,而且把有些规律编成韵语,以求通俗的讲解。

从魏建功先生的两种文字学论著中，我们可以看出其中继承而不复古、泥古的一种精神——继承，不盲目反传统，这是尊重本国文化的求实的民族精神；不复古、泥古，这是尊重时代发展的现代精神，这两种精神的融合，同时吸取了激烈争论的两派各自的合理成分。回顾高等学校的文字学教育，在上个世纪的前半叶，高等学校的学者采取中和两派观点的立场已经十分普遍。批判地继承古代的汉字学，已经成为高校文字学教学与研究的主流，连陈独秀、吴承仕这样的政治家，也是采取这样的学术立场的。那些比较偏激的思潮，由于汉字问题讨论的"过分政治化"，其实是在政治领域流动的。在汉字问题上，政治与学术不可能完全无关，但仍然是有一个隔离带的。

　　在汉字的使用、教学和研究中，如何既有民族精神，又有时代精神，这是许多先辈追求的目标。但是，这个问题在上个世纪的前半叶，实际上并没有得到充分的解决；即使在上个世纪的后半叶，也是曲曲折折，难以解决得好的。21世纪，在中国进一步走向世界和进入信息时代以后，这样重要的问题，是必须得到解决，也一定可以解决得好的。

吕叔湘先生与训诂学

1986年10月,训诂学断裂后复苏不久,我写完一篇关于训诂学的文章,希望在陆宗达先生指导我写的《训诂方法论》出版三年后,对训诂学在当代的发展做进一步的思考,题目定为《试论训诂学在当代的发展及其旧质的终结》。陆先生对我说:"你这篇文章有了不少现代的思想,可以请吕叔湘先生看看,吕先生对现代的东西比我们想得多一些,他对训诂学也有自己的看法,可以听听他的意见。"我当时与吕先生还没有直接接触过,不敢贸然打扰,大胆写了一封信,述说了向他请教的缘由,并寄去了初稿。第二天,我就接到吕先生一封回信,只有寥寥两行字:"王宁同志:你的信收到,这星期我有一件未完的工作,来不及阅读你的文章,容下星期拜读。"一星期后,我收到吕先生第二封信。信中说到训诂学与现代语言学的关系时指出:训诂学如果与现代语言学比较,"至少可以分成四部分:

"(1)一个一个字(词)的意义分析,包括平面的和历史的——这是词典学(lexigraphy);

1988年11月12日，在吕叔湘先生家中

"（2）通贯性的词义研究——这是语义学(semantics)；

"（3）汉语中的同源词（字）、通假字、方言本字的研究，以及汉藏语系中个别的语言的同源词的比较研究——这是语源学(etymology)；

"（4）虚字研究（如《经传释词》）、语序研究（如《古书疑义举例》）——这是语法学(grammar)。"

吕先生告诉我，在"这些内容纠结在一起的情况下，是难于提纲挈领，形成体系的"。我把这封信给陆先生看了，先生说："这就明白他的意思了。吕先生说'训诂学不是学'，并不是说训诂学没有学问，而是说训诂学还不是现代意义上的那种语言学理论分科的科学。但是要解决问题，总是要用多种办法，训诂是要解决问题的，一个一个词的意义解决了，才有贯通的词义研究，这是分不开的。汉语的很多虚词,都是实词虚化的,必须联系起来。照这么说,训诂学的确入不了那样的体系。这个问题咱们得好好研究一下。"

许多年跟从陆先生学习,他对学术不同意见的态度我是知道的。看得出来,颖民师对吕先生的意见很尊重,但也是有自己的考虑的。从那时起,训诂学的学科界定问题,一直是颖民师时常提起来的问题,也是我不断思考的问题,每一想起,总会想起吕先生的话。

吕先生的这段话,我在《试论训诂学在当代的发展及其旧质的终结》一文发表的时候,正式引用了。吕先生的意见让我意识到,一个包罗万象的学科,就等于没有学科,一个学科的定位是要以与周边划清界限为前提的。训诂学应当分为应用训诂学和理论训诂学,应用训诂学的内容是综合的,但应以探求历史文献书面语语义为中心,而理论训诂学只能是与汉语语义学接轨,将汉语词源学定为它的分支,其他与别的学科纠葛的地方,应当尽量厘清,不然,是很难建构出这门学问的体系的。

颖民师在1988年年初去世。这年11月12日,师弟宋永培博士毕业即将去四川大学工作,和我约好去看望吕叔湘先生,提前给先生拜个早年。吕先生接电话后,立即答应,让我们上午就到他家里去。见面第一句话就说:"颖民先生是你们的老师,他学问很大,旧学根底十分难得,当年他对《现代汉语词典》释义提出的意见都很精辟,大家特别喜欢听他讲字讲义。"当我说到吕先生给我的信,对他表示感谢,并说了陆先生对他意见的重视后,吕先生说:

"看了你的文章，有志改革训诂学，是很好的事，我说的话是提醒你这件事很难，但不是让你知难而退。你们写的《训诂方法论》我看起来很顺畅，有现代思想。"然后他又对永培说："你更年轻，听说读了很多书，研究汉语要重视材料，不要搞空理论。"我们问吕先生："听说您认为先秦没有必要再研究了，主张发展近代汉语？"吕先生笑着说："只有先秦，没有近代，如何形成完整的汉语史？缺一截，很多历史现象是看不清的。汉语书面语大致是文言与白话两段，近代属于白话阶段，跟现代的联系更直接，希望你们也多关注这一段。我认为要研究近代，不是说不研究先秦，相反，我很重视先秦，文言是以先秦为重，有模仿，也有发展。没有先秦基础，很多现象难通。我的意思是说，历史研究不能偏颇。先秦的研究相对丰富，研究薄弱的地方要加强，历史才能完整。"永培说："我跟着陆先生和王宁先生学了这么几年《说文》和先秦文献，有了一些心得，以后想在《说文》和上古词汇方面做一点探讨。"吕先生说："很好，这是你的师承。《说文》你不能丢，但是你可以换一个角度，用一些新的方法来研究《说文》嘛，不必再像前人那样做单纯的考据。"吕先生听说永培要到四川大学张永言先生那个学科点去工作，很高兴地说："张先生那里的特点是搞词汇史，他现在做魏晋时期的词汇研究，你到他那里，如果承担先秦汉代这一段的词汇研究，可以发挥你在《说文》和训诂方面的所长。"吕先生还到里屋工作室取出他新出版的《文言读本续编》，签上名，送给我们。他说："先秦古书是要熟悉的，训诂里的音和义是需要研究的，特别是那些常用的字典词典里不容易查到的音和义，也需要考证和解释，这对于今天的人熟悉古书文字有好处。我在这本书的前言里说了这样的意思。"吕先生详细问了我们陆先生去世后学科发展的情况。回来后，我追记了吕先生的一段很重要的话。他说："你们的训诂学讲引申就讲得很好；不过，现代的人没有读那么多古书，不会像你们那样把那么多意义系联到一起。我正在想，在现代汉语里，引申到多远就可以看成另一个词了。希望你们从现代人的角度想一想这个问题。古今是连续的，但毕竟是不同的历史阶段，古今不能割裂，也不能混同。不同历史阶段的保存和差异要处理妥当。"

吕先生让永培给张永言先生带好，很高兴地和我们合影。

1990年冬天，永培到北京开会，我们同时想到去看望吕先生。吕先生刚好在社科院语言所，约我们到他办公室见面。坐下不久，吕先生就很高兴地拿出一本《中国社会科学》的英文版对我说："我刚刚看到你的文章被翻译成英文刊登了，与中文不太一样，我对着中文看了。你引用了我给你的信，并且做了回答。我很高兴你接受了我的意见并有了新的思考。"我说："吕先生，您的意见非常重要，陆先生要我们深入思考。我在师大开了三年训诂基础课，每改一次讲稿都会考虑您的意见，至今仍然觉得自己要学的东西很多，还没有真正解决您提出的问题。联想起自己学习训诂学的过程，真正觉得要想改进这门学问，是要下很大功夫的。"这时，陆先生带着我和永培在语文出版社出版的《训诂学的知识与应用》已经出版了，我们很恭敬地送给吕先生。他当时就翻了目录说："书的装帧太简陋，但你们为训诂学做的应用和普及工作精神可嘉。你们很用功，我知道改造训诂学不容易，自己也没有时间去细想，但支持你们这种继承和发展的精神。"后来永培告诉我，他到川大工作后，吕先生给张永言先生寄他写的《语文常谈》和《吕叔湘自选集》时，也给永培寄去，由张先生转交他。吕先生在给永培的信里一再说，让他不要只作单个字的考证，可以把眼界放宽些，对问题的思考更深一些。

吕叔湘先生是一位对汉语研究事业有过全面关注的学者，他的很多看法平易、切实却中肯、深刻。我和吕先生在国家社科基金评审会上只有一次同在，那次给我印象最深的是，有一个汉字整理的项目，论证认为，《康熙字典》的字量不足，要再增加一万五千字左右。当时的项目数量不多，吕先生强调，或立或否都要理由充足，有说服力。这个项目讨论被否定后，吕先生把填写否定意见的任务交给了我。他说："这是你的强项，理由你定能说得透彻。有一点咱们的观点要强调——汉字不是越多越好，关键是好用。汉字难学的问题主要不是笔画多，是冗字、废字太多。整理主要是做好减法，不是像他说的那样增加字量。"我常常记得这些话，这是一位真正了解中国文化的学者非常深刻的话，可以点醒那些好大喜功、贪多图大的浮夸之人，让学界回归到求实的路上来。

吕先生没有门户之见，对中国汉语研究的布局有着通盘的考虑，对后学更是关照有加。每当回忆起他和我们多次交谈中那些富有启发的话，我们对他有着深切的怀念之情。上世纪80年代我刚从青海回到老师身边，训诂学的建设还存在阻力，语言学界很多权威的专家对传统语言文字学还有很深的成见，"取消训诂学"的意见还很流行,却很少有人对训诂学与现代语言学的差距提出有说服力的意见。吕叔湘先生并没有长篇大论,但他从传统训诂学的学科定位上提出的意见,是十分中肯的。他一语道破训诂实践和古代传承下来的训诂材料涉及过于广泛的事实,提醒我们,要把解读典籍文献的实际工作,提高到理论建设的高度来概括和总结。从那时起,我们提出"训诂方法科学化""训诂学要厘清与周边相关学科的关系""训诂学要进行术语系统的建设""训诂学的理论建设要与汉语词汇语义学接轨""训诂学具有泛时性"等理性认识,而且在这些方面做了积极的理论建设工作,都是在学科定位问题提出后才更为明确起来的。

现在,训诂学的处境已经比二十年前好多了,我们的工作也得到了人们更多的理解与支持。回想来路的艰难,感念扶助的诚挚,吕先生的音容愈加清晰,对前辈学者的敬重沉积于心,难以忘怀。

他的工作泽及中外的汉语学习者
—— 纪念丁声树先生诞生100周年

我上世纪50年代读高中,接着读师范本科,60年代读研究生,也是在师范院校。师范在现代几乎成为"肤浅落后"的代称,但我永远以自己学师范为骄傲,崇拜好老师的心理强度远远大于崇拜名学者。从教现代汉语到进入古汉语专业,我最崇敬的前辈学者之一就有丁声树先生。

其实,五六十年代在学校读书,社会接触面是很窄的,我是从两个地方知道丁声树先生的。一是他所著的《古今字音对照手册》(科学出版社,1958年),那是50年代唯一的一部以今音查古韵的字表,只要遇到哪个字记不住韵部,必定要查这部《手册》。那时候经常想,这位丁先生怎么这么善解人意,给现代人查古代音韵想了这么好的一个办法。一部《手册》翻烂了,中古音的声韵调才算记了个八九不离十。另一是他与吕叔湘先生、李荣先生等合编的《现代汉语语法讲话》(商务印书馆,1961年)。读高中时赶上语文课语言与文学分科,用得最熟的是当时的教学语法体系。工作后教的第一门课是"现代汉语语法"。《马氏文通》不能不读,当了老师,不能只教"暂拟语法体系",必须说清"暂拟语法体系"如何综合各家优长而成。"暂拟语法体系"吸收的几大家中,"社科院语法体系"的代表作就是这本《现代汉语语法讲话》。我一直认为,在当时的几个语法体系中,"社科院语法体系"作为"体系",既能自圆其说,逻辑性也强。这本书,也是我在教书的时候读烂了的一本。

1954年11月,丁声树先生

读烂了丁声树先生的两本书,也读了在当时环境下找到的他的文章,名字也就烂熟于心。丁声树先生在我心目中不仅是一位大学者,更重要的是一位善于听取多方意见的学者。这个印象是见到丁声树先生第一面时就很深的。

1962年,《现代汉语词典》征求意见,丁声树先生和我的老师陆宗达先生联系就多了起来。陆先生有两次打发我去查《说文解字注》和古籍原文,都说到"丁声树先生问我……"这样的话。终于有一天,我随陆宗达先生去社科院语言所参加《现代汉语词典》的审稿会。在讨论到"央"这个词条时,陆先生提出,应当加上"极限""终结"的义项,他举了《毛诗·庭燎》"夜未央"的注疏为证。有些老师不同意,认为是文言义项,陆先生说,"起码还有一个未央宫的'央'就是这个义项。"另一位老师则认为"未央宫"也是古代的宫名，这个义项不必进入词典。只有丁声树先生支持这个意见，他说："现代书面语里'未央'这个词还是说的。文言和现代汉语就词而言，是衔接得很紧的，有时难以分清。"有人建议，查一查现代汉语书刊里是否出现"央"当"终结"讲的词或语素，以查出的结果为准。于是大家都回去查书。那时没有电脑的检索系统，更没有现代汉语的语料库，陆先生指示我去查三四十年代的过期期刊，居然查到了十七条"夜未央""时未央""后患无央"等现代白话文的用例，而且不是引用。第二次讨论时，丁声树先生决定把"央"的"终止""完结"义项列入。后来我知道，这个意义如何列入词典，也经过一番讨论。陆先生根据《说文解字注》认为"未央"就是"未艾"，也就是"未尽""没有终结"，但在现代汉语里，"极限""终结"这个意义，要与"中央"联系，起码现代人是难以接受的，所以，丁声树先生就决定另列出一个"央3"的字头，来容纳这个义项。根据体例，又加了〈书〉的标志，就更完善了。可见编纂者在词义是否入典的问题上，是多么慎重。这件事记在我的笔记里，更记在了我的心里。

在纪念陆宗达先生诞生100周年的时候，韩敬体老师的文章中引用了1978年丁声树先生的一个讲话。丁先生说："我总觉得词典越编胆子越小，常会出错。最近开了一个会，陆宗达先生提出词典的两条释义有问题。一是'不毛之地'，《现汉》(试用本)注为'不长树木、庄稼的地方'。看来未必是不长树木，应该是不长庄稼的地方。二是'圭臬'，注为'圭表和鹄的'，也不准确。'臬'不是鹄

-174-

的。他提得很好。这两条，一是不准确，一是错误。怎样才能比较准确，是有困难的。"（见《在语言研究所词典编辑室全体人员会议上的讲话》，《丁声树文集》下卷，商务印书馆，2000年）

这个例子又让我想起1962年我亲身经历的那件事，也让我回忆起读烂了的两部书和以幼稚的心对丁声树先生的崇敬。丁声树先生以极大的热忱和严谨的作风投入了《现代汉语词典》的主编工作，用力之勤，一般人难以想象。仅仅我上面提到的这两件事，就可以看出他是如何调动了贯通古今的学养，博采了众家的意见，才把这部辞书修磨而成，使得一部中型词典登上现代汉语词典的高峰！

50年代初，丁声树先生刚从美国回到祖国。这位贯通中西、融汇古今的语言学家，从来不以自己在国外的经历骄人，没有任何故弄玄虚和哗众取宠，不但在汉语语言学理论探索和古代语言实证的问题上作出了突出的贡献，而且做成了几件泽及中国语言学的普及和应用的大事。从事汉语语言的调查、应用和研究的人，几乎没有人能离开他所做的那些学术先期工作。过了很多年，我担任了《现代汉语词典》的审订委员，每当参加关于这部词典的讨论，我都会想起丁声树先生，他兼通古今的精博、认真谦和的修养深深印在我的心里。

两代人的执着与情怀
——《古代方言词语考释资料集成》序

一

陈抡先生的《历史比较法与古籍校释》一书，1987年10月在湖南教育出版社出版。从书名看，是一部用语言学方法解读中国古籍的书。目录包括《越人歌》《离骚》《天问》三种典籍的校释，内容和方法都跟音韵训诂学有直接关系。音韵训诂学被现代人看成冷门绝学，这种书，除了业内的学习者，是很少有人看的。但是这正在我的专业领域内，惭愧的是，我不但没有读过，对作者名和书名都没有太多印象。主观上，是因为自己的学术积累不足，而客观的原因，是这部书只出了一版就没有再版，等到我关注训诂和文学语言关系时，已经很难找到了。

可是，一种缘分让我拿起了这部书，而且从头到尾细细读了好几遍。

说起来已经是八年前的事了。2014年的夏天，一位名叫陈桂芬的女医生辗转通过我的学生李瑞找到我，送来的就是这本《历史比较法与古籍校释》，还附带送来一摞作者用很不整齐的纸做的卡片。他说："陈医生想找人帮着看看她父亲陈抡写的书，帮忙写个介绍或序言什么的。"李瑞同时也说，他和陈医生并不熟，要我不必太在意，没有时间就推辞算了。我简单翻看了这本书，也查到陈抡先生与我的师辈年龄相仿，是

与陈桂芬医生合影

一位长者。但那一年《辞源》第三版修订面临收尾，加上教学、科研的忙碌，更怕自己识见不足，耽误了陈医生四处探访的苦心，所以准备婉言谢绝这件事。只是因为担心李瑞受人之托不好交代，想给一个比较礼貌又不伤害他人的推辞方式，假期里，我拿起了这本书翻看，第一篇就是再熟不过的《离骚》。文章一开始就说："'离'就是'流'，'流'就是'流放''放逐'，这里指接受动作的人，可译为'逐客'……'骚'就是'操'，就是'曲'。""《离骚》就是逐客曲。"我会意地在心里默念，"流放者之歌"。读了那么多《离骚》题目的解释，类似的说法不是没有，却没有讲得这么直白而清晰的。而且，

这说法的根据也非常直白，作者提出，在古代方言里，雅言 -iu 韵字读如 -i 韵的很多（他举了不少例子，这里只说一个大家都懂的——读"求"如"祈"，"求"-iu，"祈"-i），所以"离"就是"流"。他又认为："谓'曲'为'操'，犹谓'去'为'造'。谓'曲'为'骚'，亦犹谓'去'为'扫'。""骚"是"操"，也是"曲"，这是事实。《乐书》记载有古琴操《公莫渡河曲》，乐律之书记载古代有"五曲十二操"，也记载"古琴操"配有"九引曲歌辞"……都证明"操"和"曲"是一回事，这已经没有人怀疑。但为什么古琴曲叫"操"？似乎没有人注意。仅仅《风俗通义》有一个解释说："其道闭塞，忧愁而作者，命其曲曰操。操者，言遇菑遭害，困厄穷迫，虽怨恨失意，犹守礼义，不惧不慑，乐道而不改其操也。"是把"操"解释作"操守"的"操"，很迂曲。而这里用方音解释，采用训诂学的因声求义和比较互证两种方法，如此简洁、合理，完全说服了我。

更让我心动的是下文，陈抡先生用《离骚》比喻《箕子操》说："箕子名其曲为'箕子操'，屈子名其曲为'逐客骚'。我看，这是有意的模仿，并不是偶然的雷同。"这让我马上想起那首《箕子操》："嗟嗟！纣为无道杀比干，嗟重复嗟，独奈何！漆身为厉，被发以佯狂。今奈宗庙保，天乎天哉，欲负石自投河，嗟复嗟奈社稷何！"想起商纣王无道，比干被剖心惨死，箕子装疯为奴以自保，心里已经万分压抑。又忽然想起，太老师朱季海先生有一次说起《楚辞》的《天问》，对我说："人到无奈才喊天，你说屈原的《天问》像不像《箕子操》喊出的'天乎天哉'？像不像《窦娥冤》的问天呼冤？"思古抚今，浮想联翩，我仿佛听到了蒙冤者的呐喊，一个晚上也没有睡好！

往下看，又一个地方让我诚服。"纷吾既有此内美兮，又重之以修能。扈江离与辟芷兮，纫秋兰以为佩。"陈抡先生列出《方言》"纷怡，喜也。湘潭之间曰纷怡"，《尔雅》"怡，喜也"，《广雅》"欢、纷怡，喜也"，《后汉书·延笃传》"纷纷欣欣兮，其独乐也"四个证据，将"纷"解释为"喜"，而且说是从"欢"派生出来的。一下子就让我想起"喜欢""欣喜""欢喜""欢欣"这些双音词的语音关系。在古音里，h 与 x 本来就相通；在方言里，h 与 m/f 相通的例子也很普遍。他又说，"能：古音台"，这不正是"能"和"態（态）"的声音关系吗？他还说，"楚俗音 téi"，不是很容易就跟"美"（měi）、"佩"（pèi）押上韵了吗？

连续读了两天，看到了类似的太多的精彩之处，明白了陈抡先生方法的创新性。他心里的语音，不是我们在韵书里用汉字表示的那个音，而是口语的音，既是口语，必有方言。跳脱出汉字的字形来用口语解读民歌，很多难解的句子变得非常明白通晓。这方法是典型的因声求义，但不是一般人能够采用的。要有古今的方言语感，要有丰富的材料寻找规律，没有积累做不到。慨叹之余，我才仔细看了那一摞卡片。卡片一共8张，纸张粗糙破旧，大小不等，边沿不齐，似乎是用手撕成小块儿的。稍微整理一下，就会看到这样的音义关系：

"ling-bi 令—俾"，"ling-bie 另—别"，

"ling-bu 灵—卜"，"ling-bao 陵—暴"，

"ling-ba 岭—岜"，"ling-bo 领—脖"，

"ling-pa 舲—舥"，"ling-po 岭—坡"。

一看就明白，作者是在寻找古声韵"来"纽（l）和唇音（b/p）的关系，没有想到他竟然找到了这么多其实很浅显的例子。每一条单独看，"别"从"另"得声，"卜"就是"灵"，"欺凌"与"强暴"同义，"领"就是"脖子"，等等，虽符合语言事实，似乎只是个别例子，并列在一起，语言规律就显现了。这种积累，应当不是一时兴起，更不会是一日之功。我回头看了自己的卡片柜，早期也是用的废纸，但裁得整齐，后来就是专门印好的，还有专门的分类卡。那时候我的工资只有81.9元，还能这样积累资料。陈抡先生这么重要的内容却是这么破的卡片，是在什么情境下做的？

想了一夜，第二天一大早我就给李瑞打了电话，请他邀请陈医生来见个面。又过了两天，我终于见到了陈桂芬医生。她比我小不了几岁，一口浓重的湖南方言，背着一个很重的双肩包，自己带着水瓶。她想让我听懂，但因普通话不熟，语言凝滞，好不容易才向我说明父亲著述的过程。在她出示父亲为书的出版与当时很多专家学者来往的信件中，最使我感到亲切的是我的前辈师长杨树达先生和周秉钧先生介绍这部书的信。杨树达先生是中国科学院哲学社会科学学部委员，他的《词诠》《积微居小学述林》《积微居读书记》都是我们学科的必读书。周秉钧先生应当是我的业师，他在湖南师大任教，我虽然没有直接听过他的课，但经过导师陆宗达先生的介绍，我读《尚书》是他亲自指导的。两位先生都是湖南的知名学者。我明白，他们的信，可能就是陈抡先生的书1987年终于能在湖南教育出版社出版的原因吧！

二

陈桂芬医生告诉我，父亲一生在做古籍校译的工作，家里存有很多没有发表的手稿，父亲想做一本古代方言的词典，收集了很多材料，装了整整一个麻袋。她告诉我，父亲是1992年2月23日去世的，她一直想把父亲留下的遗稿整理出版，但她只是一个医生，退休后想学一点古籍方面的知识，又不能再去上学。她说，这次好不容易联系了北京的线装书局，准备重出父亲的《历史比较法与古籍校释》，而且除了《越人歌》《离骚》和《天问》以外，还加了《诗经》和《天论》两种。她说书是她自己参与校对的，要我帮她看看她的意见对不对，还要我给她父亲的书写一篇序或者介绍。我安慰她说：现在出书很难，即使自己出钱，出版社也会提出一些"包销"的条件，她不是这个行当的人，会遇到更多的困难。看着她匆匆赶来而孱弱的身体，我归还她的书和那摞卡片，也回答了陈医生校对中提出的问题。她毕竟不是业内人，意见有牵强之处。但令我吃惊的是，她的确不简单，找出的错处多数有道理，提出的修改意见也有不少可行。对于一位西医医生，如不是因为对父亲的书弄得很熟，而且专心、精心于此，是做不到的。我知道她在为父亲出书过程中会有怎样的遭遇。现在的社会不是"尊老"的社会，老年人连买东西付款稍慢一点，也会看到嫌弃的脸色，何况陈医生口音很重，又不善于表达。势利眼几乎是当今很多人的习惯，看地位，看名气，甚至看衣着，看仪态……她的交涉是不会很顺利的。我答应了写序，对她说："陈抡先生是我的前辈，他的学问也比我大得多。如果我的老师辈还有人在，这件事是轮不上我来做的。但是现在连我都已经快要80岁了，老师们都已经离开，作为这本书的学习者，我已经知道了它的价值，不忍推辞，也就勉为其难了。"这以后，倒是我反过来向她讲述我对这部书价值的认可了。

2015年，陈抡先生这部书在线装书局出版，我接着又推荐陈抡先生另一本书给中华书局，请一位北师大毕业的很优秀的编辑许庆江作责编。2018年，《楚辞解译》在中华书局出版，不到一年售罄，2019年重印。陈医生请了归青老师作序后，仍然希望我给一个序。为了给这部书写推荐和写序，我已经将陈抡先生的书断断续续读了第二遍，似乎已经完全懂得了他的意图和方法。但是在为《楚辞解译》写序时，我的认识又深进了一层。

我原以为，陈抡先生是湖南人，《楚辞》产生在楚地，可以借助他方言口语的语感，更为锐敏地找到更多的语音关系线索，沟通古今后，进入对词语意义的解释，根据应当是充足的。而对他用这种方法解读《诗经》和荀子的《天论》等其他典籍，仍有些疑虑。《诗经》地域广阔，比如《召南》，召在今陕西岐山之阳；《邶风》，邶在今河南朝歌以北……《天论》的作者荀况，战国赵人，赵国大部分地域在今山西，少部分在今河南，荀况晚年虽受春申君之邀到了楚国，任兰陵令，但口音也不会有大的改变。从这些典籍中钩稽方言，与湖南方言对应楚地古籍，规律应当有所不同。陈抡先生的方法能不能扩大使用呢？后来，我从陈抡先生的生平中看到，他不是仅仅用自己的湖南方言来做研究，而且注意收集了上海、南京、北京、湖北、广东、福建等一些其他的方言,他应当掌握了吴语、闽语和粤语这些最有参考价值的现代方言。我也从他具体的解读和注释中看到,他深入研究了训诂专书和古代方言资料。所以我断定,他凭借自己的湖南方言语感进行研究只是一个起点,而真正的做法确实是在现代方言、古代方言和古代雅言之间寻求联系,并且借助汉字为线索,用这些语音比较的规律来解读古代典籍的词义和文意的。

其实,历代解读《诗经》《楚辞》的知名学者很多,成果也不少,但也留下了一些不了了之的问题。陈抡先生利用不同方言和雅言的语音对应规律,加入了方言因素来考证词义,疏通文意,很多地方发前人所未发,解决了很多疑难问题,确实是一种创新,把研究推进了一步。他的成果是应当引起注意的。

三

陈抡先生的这两本书出版后,我觉得陈桂芬医生实在辛苦,劝她一定要歇息,但她又提出了一个新的问题:如何整理父亲那一麻袋卡片? 在我看来,那的确是一批有价值的资料,如果陈抡先生还在世,根据现在的条件,应当在他指导下,对每张卡片进行校对,统一音标,输入电脑,然后根据语音比较的意图,研究出编则,归纳出体例,采用音序方法排列起来,真正做成一部古代方言词典。只是,陈抡先生已经去世了整整三十年,他在世时,仅仅是一位普通的中学老师,一切都要自己动手。那些卡片虽然用棉线捆成一小摞一小摞，但装在麻袋里，必然不会有严密的排序，应当比较零乱。加上音标不统一，体例无规划，还难免有笔误，别人做起来，如果没有理解他的思想和方法，缺乏他对资料了解的纯熟，又没有他那样研究古籍的根柢，恐怕是难上加难的。老年学者中方言、音韵、文献功力可以胜任的人即使还有，精力、体力都已经不足了，无法承担。这个领域培养的中青年学者本来就少，能够不图名利、一心向学的优秀者发展学术的重任在身，都有自己的任务，这件事的紧迫性也还不到动用他们的时候。至于那些功力不足或无心作真学问只想"短平快"混名利的人，也不可能关注这样的任务。因此，我替她着想，劝她将卡片按音序排列，装在资料盒里送到国家图书馆或湖南省图书馆收藏，以备将来有懂行的人花功夫整理成字典。陈医生对我劝她知难而退的办法显然很不甘心，她说："那会不会就藏在那里永远没有人再看到这批材料了呢？"她执拗地坐在我那里，不肯起身。看着她不肯放弃的眼神，我只能对她说："如果剪贴编排，影印出版，可以多处收藏，也是一个办法。但财力、人力应当投入很大吧？为了出版和再版父亲的书，你已经花费很多，影印的花费会更多。而且，即使把那一麻袋卡片排序后一张张贴起来，恐怕也是一个大工程呢。你心脏不好，身体本来就弱，能不能坚持做完这件事啊？"她没有再说什么，我也不知道自己的劝告究竟起没起作用。

2017年以后，陈医生一直在湖南，因为疫情，我们没有见面。她有时来微信，以医生的口气，嘱咐我一定要喝牛奶补钙，要轻微运动和晒太阳，走路要小心。我以为，她终于放下了。

没有想到，前年夏天，陈医生突然来到我家。她告诉我，终于得到全家人的支持，要将卡片整齐排列，剪贴影印。去年夏天，题名《古代方言词语考释资料集成》已经完成，集成十二册，准备在线装书局影印出版。陈医生要我帮助推荐，寄来凡例和两本样稿。我才知道，卡片一共56090张，剪贴整齐，按音序排列粘贴，凡例井井有条，目录莘莘清晰，还附上了音标表。想到自己身边一些学者的后代和学生，有的把父亲的书、文论斤卖掉，使前辈来不及整理的一生心血再也无法辑起；有的自己没有能力整理前辈的论著，又不肯献出交由别人无偿整理，使前辈的书稿束之高阁；更有甚者，有人竟把老师和前辈已经成形的论著署上自己的名字发表或出版……我对着目录仔细读了样稿，感慨莫名，竟说不出话来。

这批材料真的有留下来的价值吗？当然有。我国的文献典籍浩如烟海，传统语言学文字、声韵、训诂三门学问的应用价值，就是为了让现代人读懂这些文献，掌握古代真实的史料，发掘古人的思想智慧，以古为鉴来认识今天。由于语言学研究这一个世纪以来受西方语言学的影响太大，有些成果是脱离中国古代语言实际的，有些甚至对语言面貌的描述有干扰作用。认真的、对古代文献语言的解释有参考价值的材料不是太多，而是严重不足。陈抡先生的这批材料影印出版，保留下来，当下可以查找，可以引用，可以评判；如果和其他相关材料放在一起对照、互补，对典籍的解释必会起到重要的作用。将来一旦出现了进一步整理的机缘，这批材料没有流失，可以全面发挥作用，也就没有什么遗憾了。

四

从2014年到2021年，我和陈医生为了陈抡先生的著作和资料而相识、相熟，已经八年。我怀着钦敬、佩服的心情眼看她完成了父亲的遗愿。也随着与她的交往对陈抡先生有了一个全面的了解，更加懂得他的艰难和执着。

他是湖南省溆浦县人，上世纪30年代毕业于上海的大夏大学。上世纪30年代，厦门大学的一部分师生因为学潮离开原校转移到上海，得到很多知名人士的帮助，建立起来一所新的大学，校名"大夏"。这个名称既与"厦大"有联系，又含"巍巍华夏"的意思在内。大夏大学在抗日战争中表现出优秀的爱国主义传统，上世纪50年代初高等学校院系调整时，大夏大学的主要部分并入现在的华东师范大学，现在已经很少有人知道这所学校。大夏大学的中文专业有极为坚实的古代语言文学基础。我国古代文献语言学的学术体系，是在文字学、音韵学、训诂学这三个分支的基础上发展起来的。由于闽语、粤语保留古代韵母的入声和闭口韵，这些语音因素在其他方言区特别是北方方言里已经完全或部分消失，所以，闽粤地区的学者研究音韵学有天然的优势。自从传统语言学走入现代以来，音韵学、文字学在广东、福建等地区最为兴盛，很多知名的研究者，大多是广东、福建人，或者是离闽粤地区较近的湖南、湖北人。我这才知道陈抡先生的方言基础和研究传统语言学的思想渊源。

陈抡先生不但是一位非常平凡的知识分子，而且是一位饱经人间沧桑的中国文人，一位既无光环护身又无荣誉标签的普通学者。他先是一名中学校长，后是一名中学老师。生活一直贫穷拮据，"文革"时被迫停职，送进了"五七干校"劳动，接受审查，40年来写成的上百万字书稿和全部藏书曾被付之一炬。之后，他被遣散到农村生产队，温饱不能维持，却凭着非凡的毅力和惊人的记忆在煤油灯下恢复旧作，写出新作。他完全靠着手写，遍寻废纸，年复年、日复日地把将近6万张卡片一张一张、一例一例地积累起来。他要下多大的功夫、读多少书、花多少时间、费多少脑力，是可想而知的。

在他遗留的书稿和整整一麻袋的卡片里，蕴藏着他毫无功利的、一心求得最终结果的纯净动机，不论多么艰苦也要坚持下来的韧性，以及视继承传统为己任的骨气和情怀。

在他书稿终于面世的过程中，蕴藏着另一种情怀。陈抡先生已经去世三十年。在他生前的艰苦岁月里，陈桂芬姊妹四人支持着他，供他生活，帮他买书，给他鼓励。在他身后，未完成的草稿堆积，资料装在麻袋里，他的已经年逾七十的女儿退休后，为了继承父亲的遗志，苦苦地学习、求助，终于让父亲的遗著面世。陈桂芬老师的执着，使我想起《论语》的话："三年无改于父之志，可谓孝矣。"她何止奔波了三年！女儿延长了父亲的学术生命，也把一笔丰厚的文化遗产留给社会。这已经不是一个"孝"字所能涵盖，这是一种两代人之间的理解和支持，是被父亲的执着激发出来的更深的执着。

我在这些年少有的激动中写出这部极有创意的冷门学术著作背后的故事，不只是一种对他们的表彰，更是希望这种两代人深刻的相互理解更多一些，这种执着激发的执着更多一些，中华文化宝贵的遗产也许会失落得少一些吧！

2022年3月27日改定

他在不断地思考中与世界告别

—— 纪念张志公先生逝世一周年

志公先生逝世已经一年。这一年，是真心关注教育的人们陷入深刻思考的一年，也是处在教育第一线的有志有识之士怀着深切的期待又蓄满临阵的忐忑的一年。当政府、老师、家长、学生 —— 教育的组织者、教育者和受教育者 —— 共同去为21世纪的教育寻求新的出路时，自觉的探索和自发的盲动是交织在一起的。在这个"山雨欲来风满楼"的世纪之交，人们渴望一批经历过中国基础教育又始终关怀、爱护着这一事业的教育家，为它的新征程献出经验和智慧；而志公先生却正在这时离我们而去，这不能不使语言学界和语文教育界感受到巨大的遗憾和悲痛。

我1951年至1954年在北师大附中读高中，刚好赶上了语言与文学分科的那一段，因而成为学习"暂拟语法体系"的第一批中学生。到北京师范大学中文系读本科，1957年教育实习被分配到男一中，制定的语言课教材是"把字句与被字句"，备课时的第一本参考书，就是为"暂拟语法体系"的试行而编写的《语法和语法教学》。于是，在知道了当时的许多语法学家之外，我还十分深刻地

1985年，与张志公先生（中）、田小琳（右）在香港相聚

记住了"张志公"这个名字，因为，各家各派的诸多说法，就是在张志公这位语法学家的主编下建构为"暂拟语法体系"的。1958年毕业分到青海师范学院，又跟语言学有缘似的被硬性分配到汉语教研室，开的第一门课就是"现代汉语语法"。在高等师范院校教语法课，当然还是用"暂拟体系"。为了搞清这个体系各家说法的来龙去脉，我开始依次阅读各家的语法书，这才知道自《马氏文通》以后各家汉语语法体系之纷繁。只有到了自己上讲台的时候，才知道出于教学的需要，建构一个统一的教学语法体系的艰难，明白了各家语法体系的特点和优长。对我的大学语法老师黎锦熙、陆宗达、俞敏、冯成麟先生的语法体系，也就能够放到"暂拟体系"中去理解了。几个回合下来，张志公先生的名字就更不生疏了，但身居西北边境的青海，始终没有机会见到张志公先生。

没想到1980年7月，传来志公先生到青海西宁讲学的消息，更没想到的是，教育厅让青海师范学院来接待，而学院又通知我来负责这件事。志公先生在青海师范学院所作的《关于语法研究的几个问题》的学术报告，讲的是中国语法学的发展和"暂拟体系"的形成，从《马氏文通》开始说起，按时代顺序概括各家各派的语法研究情况，介绍各派的特点和优长。志公先生称他的这次报告为"闲话语法"。听着讲座，我深深感到，一个人能这样清晰地梳理出汉语语法研究继承与发展的脉络，又能对每一个流派都准确说出它们的特点和优长，必须具备两个条件：第一是本人对汉语语法有站得高而又深入的研究；第二是有着尊重诸家、兼采众说的博大胸怀。每当我翻到志公先生这次学术报告的笔记，便会想到，如果我自己没有50年代末为了教学认真学习各家语法的经历，那么，当时我未必能领会志公先生那一番话的深意，也不会懂得兼采众长的难处。

现在，四十年过去了，对"暂拟语法体系"应当怎样评价，这些年来，我听到过许多看法。有人视之"浅薄"，认为是不值一提的"小儿科"；有人讥为"杂凑"，认为"谁也像一点，又谁也不像"……但我的同辈人却常常提起它，也常常怀念它。"暂拟语法体系"是国内语言学特别是语法学的启蒙。上世纪五六十年代，不但在语文课堂上，即使在报刊杂志上，以至街谈巷议中，"主谓宾定状补"也常常被提及。"暂拟语法体系"这样的普及度，是一种巨大的成功，即使后来改造的"语法大纲"也远远没有超过"暂拟语法体系"那样深入广泛的影响。这四十年，汉语的特点不断被重视，语法已经不是语文教学中唯一有用的语言学知识；语言学的研究也有了很多新的拓展，语文教学的知识体系早就应当改造和补充，又有哪一种研究能被基础教育语文课广泛应用而产生如此的效果？我常常想，一个时代可以有许多个人的"辉煌"，但难以有滋润万物的"平凡"，"暂拟"是滋润过万物的，它常常使我联想到《荀子》所说的"兼术"——兼容之法。在人文科学里，一个兼容了众家的学者的工作不是应当更难得吗？

志公先生是以善于策划和善于团结五湖四海著称的，他在语言学界的作用无人能够取代。半个世纪以来，他在人民教育出版社，沟通了语言学的各个门类，沟通了汉语界和外语界，沟通了高等教育的语言文字教学和基础教育的语文教学，沟通了各个学派，还沟通了老中青三代人。他的确有大家风度，和那些以高学术自居轻视普及的人，那些只此一家鄙视异己的人，是如此之不同！

80年代初，我从青海回北京，又赶上一次领略志公先生博大胸怀的机会。那时学坛复苏，北京语言学会张志公先生和胡明扬先生两位会长组织了一个语言学的系列讲座。有一天，志公先生亲自到陆宗达先生家，说要召开纪念黄侃先生的学术报告会，请陆先生去做一个介绍季刚先生传统语言学的报告。那段时间，学界正在讨论季刚先生的古韵学，质疑的声音不少；"训诂不是学"的说法也很盛行。陆先生问志公先生："文字、声韵、训诂一直被看作'旧学'，两位怎么想起介绍季刚先生？"志公先生说："如果没有人鄙薄，我也许还不组织这次纪念会。中国语言学历史上这些有过深刻影响的大家，都应当受到后人的崇敬。应当介绍他们，以便继承发展。"他还说："评价别人的学术要客观，历史上形成的那些成见该消除了！"他的这些话，使我非常感动，也使我更加理解，为什么50年代初，主编一个统一的教学语法这个历史使命，会落在志公先生的肩上。

80年代陆宗达先生在世时,我们忙于带自己的学生,清理训诂学的许多"疑案",是很少与学术界接触的,但却时常受到志公先生的关注。我几次奉命去看望志公先生,都是去送我们刚出版的书,由此引起的话题也就经常是训诂学。志公先生主张称汉代"小学"覆盖下的文字学、音韵学、训诂学为"古典语言学",以别于以《马氏文通》为中心的"传统语法学"。他知道我们在清理过训诂学术语和努力使训诂方法科学化之后,准备关注词源学和语义学,曾多次要我转告陆先生,研究一下中学语文教学的词汇积累问题。那段时间,我们在中学语文教学刊物上发表的文章,不少是志公先生提醒和促进的。作为一个到中年才开始接触语言文字高端学术的大学教师,我固然崇敬学者伟大的建树,但我同时也崇敬有建树的学者的平易。有时候,我觉得,后者更带有人间烟火气,更富有人情,更让人难忘。

陆先生去世后,大约是1990年吧,我和志公先生在不同会议的同一会址相遇,他约我晚间去畅谈,主题仍然是中学语文教学中的词汇教学问题。那一次,志公先生明确对我说:"我仔细考虑了你的意见:对母语教育来说,语法还在其次,词汇积累恐怕是关键。词汇积累应当是有规律的,请你们借鉴训诂学,多总结汉语词汇的规律,打通古今,指导教学。"那时候,"训诂学不是学"的说法还很占上风,但志公先生已经在考虑它的应用了。听了志公先生的话,我忽然产生了一种"柳暗花明又一村"的豁然开朗的感觉,很多平时盘踞在脑子里的研究课题,在"打通古今,指导教学"的启示下,目的和思路都变得清晰起来。那段时间，志公先生在许多场合都讲词汇与词汇教学。他的讲话有时比较拉杂，但闪光的内容无处不在。我渐渐习惯了从他随想的谈话中追逐他的思考，并且时时感受到他来自高度责任心的追求与务实。

时光似水，又是五年过去。从1995年起，我得以见到志公先生的机会便永远是探病。探病是不宜多谈费脑筋的事情的，可志公先生总有许多话不吐不快。1996年，志公先生在积水潭医院住院，算是离北师大很近了，我得以两次去看望他。这时，他关注的热点已是辞章学。从传统的以字为本位的研究和教学方法，到以词为最小单位的语文教学，再到古代的章句、现代的语法对句子的重视，以后又有了句群的研究，现在又在提倡辞章。我曾和志公先生谈起，人们对语言单位的关注似乎是从小到大的，这是否是一个趋势？为什么会有这种趋势？我问志公先生："结构主义的研究方法是从最小的基础元素开始，这是很科学的。汉语的基础元素应当是语素，古人称作'字'的，就语言的单位来说，其实是单音词或单音语素，'字'是构建语言的起点。现在，人们把握语言的单位不断加大，会不会造成语言研究的粗疏和无根？"志公先生没有正面回答我的问题，但在他东南西北的杂谈中，我找到了一句非常关键的话："语言学家研究的语言学，用到语文教学上，要有一个过渡——通过辞章学来过渡，让语文教学既符合语言规律，又不支离破碎。"沿着他的这番话，回想他举的许多例子，我终于明白了他的思想。这是一个重视理论又不轻视实践的语言教育家务实的思想：从剖析语言的角度出发，词和语素应当是它的起点；而从应用语言的角度出发，研究应当是反向的。语言学把话语概括为语言，再解剖为词句，来探求它的内在规律；但是在母语教学里，最终的目标是阅读大块的文章和书籍、表达复杂的思想和感情。训练阅读和表达的终极单位是辞章。讲语言学的人把语言的单位词和句分解开来，提取出来，探讨了它们的种种规律，却抽去了其中的思想；讲文学的人放弃了作为思想载体的语言，把飘浮的感受诉说给学生听，让学生找不到那些思想感情是从哪里来的。只有辞章，才是语言和思想得以结合的单位。没有辞章这一层，词和句，都无"立足之地"。从语言学的词句到语言学的辞章，从而连通文学作品和文章的辞章，让语言知识为阅读写作服务，这是否就是志公先生所说的"过渡"？我把自己的理解说给志公先生听，他兴奋地对我说："感谢你替我'立言'，把你的话写给我，下次我再讲辞章学时，一定讲进去。希望你常来跟我聊聊天，也可以试试我的脑子还管不管用。"

我记住了他的话，也想着还能就当前中学语文教学和高等师范院校的教学改革再次与他讨论，可是，不到一个月的时间，看到的竟然是一纸讣告。于是，最后一次在医院向志公先生告辞时的情境，便时时浮上我的心头。他在我即将出门时忽然问我："你觉得我的脑子还清楚吗？我总想找一些经常想问题的人来一块儿聊聊语文教学，就怕自己已经在胡言乱语了……"现在，在志公先生离开我们已经一年的今天，我完全明白了他当时的心情。志公先生直到晚年，仍有许多放心不下的事情，对语言学的发展和中学语文教学念念不忘，希望有如过去那样通过自己的思考提出问题和解决问题，但由于健康的缘故，他已经难以长期地、系统地用脑，他的自信已经减弱。于是，他常常烦躁不安，但又不停地苦苦思考。有些学者，很早就沉浸在已有的成就中，固化了自己的所想，只去追逐虚名浮利；而志公先生已年逾八十，却仍然没有放弃自己的事业。他是带着自己的责任、在不断地思考中向这个世界告别的。

　　和许多已故的语言学界前辈一样，志公先生留在了20世纪的此岸。而21世纪的彼岸已历历在目。我们是否应当把自己的责任和不断地思考带进21世纪，让留在此岸的先辈们含笑九泉呢？

一位满怀责任心的语言学家

—— 纪念胡明扬先生逝世10周年

十年前,胡明扬先生在病后的很短时间里突然辞世。这位为中国语言学做出突出贡献的学者,是带着他对中国语言学发展的深切思考离开人间的。去世前一年的春节,胡先生在中国人民大学和北京师范大学语言学者一年一度的聚餐会上谈笑风生,述说自己最近关于语言学发展的思考;十一年过去,参加那天聚会的年轻学者恐怕已不记得他说的那些话,但我却很难忘记。他一再说起如何促进黎锦熙先生全集的出版,说起关于《海宁方言志》的校对,说起他要修订自己主编的《语言学概论》教材,要我参与,突出汉语,还要加上最典型的汉语与汉字的关系,还说起北京口语语法问题……这些都是胡明扬先生心中的牵挂。他带着这些问题去了另一个世界。

我80年代初回到母校北师大任教,做颖民师的科研助手,在学术活动中跟着老师拜见各位语言学界的前辈师长和同辈先行者。在边疆教语言学和汉语课时,读过很多学者的论著,到这时才有机会一一谋面请教。那时学坛复苏,北京语言学会组织了一个语言学的系列讲座,其中有一讲是请颖民师介绍黄季刚先生的文字训诂学。老师派我带着发言稿去联系，在张志公先生处见到胡明扬先生。交谈中胡先生知道我是海宁人，之前海宁和海盐曾合为一县，而我家族的陵园就在海宁和海盐交界的水北。胡先生对我说："我是在海宁的硖石长大的，七岁在硖石的紫薇小学读书，抗战时公立小学撤了，我还在费氏私塾读了两年，小时候说的都是硖石方言。你们盐官镇我可没少去玩。"在青海师范学院我教外语系的"语言学概论"，不得不恶补普通语言学，对胡先生的名字是不生疏的，但真正见面这是第一次，没想到便被胡先生认了老乡。以后渐渐联系多了，我对胡明扬先生的学术也就有了更多的学习和了解。

胡明扬先生从1952年调入中国人民大学从事英语教学工作起，就跟语言教育与语言学理论研究结下了不解之缘。半个世纪，胡明扬先生在语言学界教书育人、研究应用、主办学会、主持评审、访问讲学、出国外交……他对中国语言学发展的贡献非常全面，不是三言两语能够说得完的。胡明扬先生在语言学界摸爬滚打的半个

胡明扬先生

多世纪,正是中国语言文字学走向现代、走向世界的六十年;是中国语言文字学在改革中崛起,寻找自己道路的六十年;也是中国语言学逐步有了自己的流派、自己的理论、自己的队伍的六十年。胡明扬先生是这六十年中国语言学的见证者,也是这六十年中国语言学的推动者,他是走在语言学队伍的前列的。

　　20世纪的前三十年,中国语言学进入了一个新的阶段。传统的汉语语言文字学的前身是"小学","小学"积累的语料以文言为主,缺乏理论通论与总结成熟的方法论,没有语法这一分支。因此,汉语研究走入现代的标志应当是传统"小学"的理论化和现代转型,以及现代语言学门类的完善。汉语语法学的建立,便成为其中最明显的标记。上世纪50年代,是中国语言学向普通语言学索取理论的年代。汉语作为分析型语言,如何与国外语言学的"语法范畴"理论交流对话,是当时一个重要的话题。胡明扬先生在阐述了语法形式和语法意义的关系和必要条件之后,针对汉语的特点,提出了"无形形态"这一概念,把语序、语调和重音列入无形形态,使汉语语法可以纳入普通语言学来讨论。(《语法形式和语法意义》,《中国语文》1958年3月号)之后,他又在海盐通园方言中发现,连续变调群中具有明显的语法意义,由此将汉语语法意义的研究进一步推进。(《海盐通园方言中变调群的语法意义》,《中国语文》1959年8月号)胡明扬先生关于语法意义的研究还有一个十分重要的关注点,那就是他对语法意义和词汇意义的分辨和对二者关系的探讨。他通过各种现象说明,同一语法形式本来应当只有一种语法意义,但是由于受语汇成分的影响,是可以产生不同变体的。

上世纪八九十年代，是中国语言学拓宽领域的时期。胡明扬先生对语言学的关注有了很多新的角度。首先是从社会语言学的角度关注方言研究，这种研究是把共时和历时结合起来进行的。他从语音出发，探讨了北京方言的语法和词汇，探讨了上海话一百年的变化，探讨了海盐方言的句式和词汇。那时候，一般的汉语方言调查都在总结各个方言统一的语音结构系统，胡明扬先生关注的却是同一方言中由于年龄、性别、家庭环境、文化水平不同而产生的内部分化。他的成果从本体研究到了社会条件的研究，从静态的描写到了发展的动态解释。其次，胡先生开始关注近代汉语研究，为了甄别近代汉语的语料，他注意了书面语和口语、文言和白话互相渗透的关系，描述了汉语书面语的复杂情况，对此作出了十分求实和清晰的结论。如果和西方的社会语言学比较，可以看出胡先生在认真发掘中国历史和现代社会的语言生活给汉语带来的特点。第三，胡先生开始关注对外汉语教学、语言文字信息处理、词典编纂等应用性问题，每一个问题都有新的创见。

20、21世纪之交，中国语言研究正在进入自己方法论的探讨，走向共时和历时的结合、描写和解释的同步、结构和意义的一致，这些结合汉语特点的研究，从向普通语言学索取理论到向普通语言学输送理论，这是主流。但盲目西化的暗流也在涌动，用西化代替现代化的倾向在无形泛滥。许多西方语言学流派的方法对汉语明明是削足适履的，却被分别和混合地运用到汉语上，西方语言学的模仿和"汉证"以多种形式排斥传统，甚至连早期立足汉语、学习西方的探索也给否定了。但是，胡明扬先生却冷静而理智地分析了半个世纪语法研究继承与借鉴的互补,看到在汉语进入应用领域后日渐突现的个性和特点,提出了"兼收并蓄""择其善者而从之,其不善者而改之"(《现代汉语语法的开创性著作——〈新著国语文法〉的再认识和再评价》,《语言科学》创刊号)的主张。跨入21世纪,胡明扬先生最令人瞩目的创见是通过对黎锦熙先生《新著国语文法》的再认识和再评价,锐敏地提出了"向传统语法回归"的问题。

从这些最简要的叙述中,我们可以看出胡明扬先生的创新精神。他的创新意识是自觉的。在他的《语言学论文选》自序里,他说:"从50年代起我就想寻找一条研究现代汉语的新路子,但是很难找到,所以只得打外围战,从研究方言、近代汉语、北京话搞起,想从这些领域的具体研究中找到一条新路子。"这段话让我们明白,胡明扬先生是想从实际语料中找到汉语的语法形式,并从中总结汉语的语法意义。他费了那么大的工夫去做汉语口语语料的调查,是因为他始终认为,只有从口语的语音事实中,才能找到汉语语法意义赖以存留的语法形式。所以他说:"其实我心中的新路子对谁来说都一点也不新,那就是我一贯主张的形式和意义密切结合的路子。"胡先生的探索究竟是不是创新? 不同的人会有不同的看法,但我认为这是符合"创新"定义的。

语言学是人文科学,人文科学的创新与科技发明是完全不同的,绝对不可能"前无古人,后无来者"。如果一种创新的汉语研究到了大多数以汉语为母语的人仔细钻研都听不懂的地步,到了理论框架无法容纳汉语语言事实的地步,到了越细越远离汉语多数语料的地步,到了号称"普遍"却与自己的母语相左的地步,"新"则

"新"矣，那还能是"真"的吗？

　　胡明扬先生的书和文永远那么平易、清新，说得明明白白，这和今天"越难懂越深刻"的时尚是完全不同的。胡明扬先生的创新是从大量事实出发，经过调查而走向理论的，不是从理论推到另一个"理论"而背离事实的。要研究哪种语言，先学习那种语言，一句藏语都说不来，用藏语字典去研究汉藏语对比，恐怕很难令人放心；仅仅会几种语言的皮毛就说自己的结论是"普遍的"，也很难让人信服。胡明扬先生研究口语用的是自己最熟悉的语料——海盐话和北京话，而且仍然去做社会调查。他说："我觉得没有足够的资料写出来的文章很可能是空头文章，那样的文章我不想写。"

　　胡明扬先生1944—1948年在上海圣约翰大学英文系毕业并获得学位，主修西洋文学，辅修中文，又做过多年的翻译工作。从事语言教学工作后，介绍过很多西方经典的语言学论著。但他对西方的理论方法领会得非常透彻，找到了其中的精髓，"食洋而化"之后，用于汉语研究，而不是刻意模仿其中的具体框架和运作程序。他不把眼光放到去证实西方语言学理论的普遍性，而是把眼光放到用从汉语的事实中总结的理论去丰富普通语言学。胡明扬先生的论著里搬用西方概念很少，但得其精神很多，他是真正在借鉴，也借鉴真正的东西。

　　胡明扬先生在借鉴前苏联和西方语言学理论的同时，非常尊重中国的传统，他在《说"打"》(《胡明扬语言学论文集》)一文里引用了那么多古代汉语的资料。他从来不把古今对立起来，也从不把自己寻求新路子建立在菲薄传统、鄙薄自己民族悠久历史的基础上。一门人文科学不管是否有意识，都会从自己的传统起步，踩在前人的肩膀上又去否定前人，发展了前人后反过来标榜前人不如自己，这是不道德的。我们在胡先生的论著里丝毫也看不到这种荒谬的态度。胡先生在对《新著国语文法》的再认识和再评价时，十分清醒地叙述了50—70年代中国语言学大批判的原因和所向，说得那样透彻，那样实事求是！可以看出，他在对历史进行反思的时候，对走过的弯路充满惋惜和遗憾，也充满吸取教训、引导今天的热情。他是丝毫没有那种用前代的"旧"来衬托自己的"新"的虚荣心的。

也许正是因为前面所说的那些特点，胡明扬先生的创新让他自己觉得"不新"，但是我以为，"新"，就是在前人的基础上有所推动。每个人所能推动的，不过是一分半分。人文科学的创新不可能完全脱离前人、脱离历史，"新"中如果完全没有了"旧"，那只能是另一个世界的产物，对这个世界未必有用。

2008年，为了给"黎锦熙先生诞辰120周年纪念会"做好学术准备，我们请胡先生到北师大连续六周开设"现代中国语法"的系列讲座。筹备讲座时，胡先生申明自己的理念说："我没有虚荣心，不怕被人说成是'保守'，我的讲座是前详后略，中详西略，实（符合实际）详时（时尚时髦）略。被大家遗忘的恢复记忆，被大家忽略的提醒注意，被不合理批判的也要有一点打抱不平。"开讲后，他从传统语法一直讲到计算语法，对每一个语法流派，在全面介绍、指出局限之后，重点是详细说明哪些是精华，值得我们吸取借鉴，特别是对当前已经很少有人认真对待的中国传统语法和教学语法，介绍得更为详尽，分析得更为透彻。讲座以后，我对胡明扬先生的学术理念和治学态度中的两点更加深了印象。第一点是他各取所长的公允态度。听讲座时，我不断想起《老子》中的两句话："天之道，损有余而补不足；人之道则不然，损不足以奉有余。"这固然说的是社会资源的分配，但对学术的评价和取舍也是如此。我在六次讲座结束时发表感想说："胡先生，您在行'天之道'。"其实，我心里想，他在介绍各个流派以供语言学研究者吸收时，并不是损"有余"来补不足，而是做到了充分弘扬"有余"来补后学者的不足，让前人研究成果的精华，都成为后人研究的滋养。没有学术客观的态度和对各种流派深入的理解，这一点是很难做到的。第二点是他求真求准的学术品位。那次的讲座在北师大艺术楼的大阶梯教室举行，不止是中文系师生，外文系、哲学系和计算机科学专业的一百多人来听课，我和古汉语的年轻老师也次次不落。他凭借古今汉语和极为熟练的英语，阐释问题深入浅出而能鞭辟入里。听完胡先生的讲座，学生们几乎众口一声："真的懂了！"这是对高端讲座很少有的评价。要知道，不少的语法文章和有一些语法讲座被学生们评价为"越听越玄""弯弯绕"，介绍语言学流派特别是西方语言学流派，即使是基础理论，也是很难懂的。唯有丰富典型的语言事实和清晰准确的表达水平，能获得一个"懂"的评价。在以"不懂"为"深刻"的当今时代，一个"懂"字，是有千金重的。

　　2009年在杭州开会，胡先生要我陪同他到我的家乡海宁去。胡先生是海盐人，海宁硖石镇是他青少年时代生活多年的地方。他说，看到有人写的《海宁方言志》，不但与他的记忆不同，而且记音也有很多错误，他要去说明情况，让他们不要把错误的东西写进地方志里。海宁是个小地方，没有大学，市长带领宣传部、文联和文史馆共同接待胡先生。第二天，当我从家里到宾馆去时，他已经在和六七位年过七旬又没有出过海宁的老人座谈核实材料了。我体会到，胡先生对现实的语言问题一直在关注，他解决问题的习惯是立足语言现象，针对实际材料，从提出问题、思考问题，到寻求答案，对他来说，是习惯，是兴趣，更是责任。孔子曾经感慨："古之学者为己，今之学者为人。"这句话常常被今人误解。胡明扬先生的语言学研究对这两句话做了很好的诠释："为己"，是出于己心，迫于己任；"为人"，是做给人看，媚世媚俗。

2004年，胡明扬先生八十岁寿诞的时候，我说过："我钦敬胡明扬先生半个多世纪对中国语言学作出的贡献，希望也相信胡明扬先生在未来的日子里会对中国语言学有更大的贡献，特别是希望更多的人理解他创新的意义和价值。中国语言学又面临着继承与借鉴的抉择，面临国外语言学的尖锐挑战甚至挑衅，我自己，要好好学习胡明扬先生和其他很多先行者合乎人文科学规律的创新，并祝胡明扬先生健康长寿。"没有想到，不到十年，突然之间，胡先生就带着正在思考的问题走了，给我们留下了一位满怀责任心的语言学家临终的牵挂和遗憾。

现在，又是十年过去了，胡明扬先生和诸位前辈师长的牵挂和遗憾可以放下了吗？中国语言学研究的航船拨正船头了吗？我们的基础教育真正引导青少年具有对祖国语言文字的理解、热爱和充满自信了吗？汉语汉字这种与印欧语言完全不同的语言文字被世界了解和认可了吗？许多尖锐又迫切的问题，我们是不能不回答的。

2021年7月20日改定

人虽远去　德馨犹存
—— 怀念曹先擢先生

2004年，教育部语言文字信息管理司决定成立一个专家工作组，继续完成新的《规范汉字表》的后期工作，想让我牵头。我推诿再三，答应参加但不愿牵头。我心里明白，《规范汉字表》的难度不在收字和整理，如果完全按照汉字规律来做这件事，应当不难完成，它的难度是在规范问题上见仁见智，众口难调，协调才是最大的难度。我1983年正式调进北师大，此前与语言文字规范这个领域人不熟，事不经，说话没有多少分量，协调工作恰恰是我不可能做好的。有一天下午散会后，曹先擢先生和我一起走出会议室，他把我叫到路边说："这件事你最好不要推托，给国家办事，自己不能没有见解，但又不能坚持己见；不能没人专门做事，又不能不让大家一起做事。你有队伍，有见解，有能力，我们也都会帮着你。"我不知道自己怎么稀里糊涂接了这个差事，事后想来，曹先生的那番话在我心里是起了很大作用的。2004年专家工作组在保定开第一次会议，我提出了继续完成《通用规范汉字表》的三个主要原则，这三个原则是此后工作的纲领，我反复考虑，最后还是请曹先擢先

2006年,《规范汉字表》(送审稿)专家委员会成立会,前排左起:董琨、王宁、赵沁平副部长、曹先擢、傅永和、苏培成

生帮我定下来。那些年,许多难以协调的事,大部分是曹先生出主意,有时要靠他在会上最后的几句话定夺。2006年《规范汉字表》(送审稿)专家委员会成立,我答应在北师大设一个研制组,有一点我是坚决的:"如果曹先擢先生做专家委员会主任,我可以跟着他来做具体工作。"《规范汉字表》研制前前后后十二年,在教育部语信司、语用司的直接领导下,很多人为之出力,我们做的那一部分都是学术技术工作,不过是协调一点就走一步,曹先擢先生在很多问题的决定上,都是我们的主心骨。直到他生病在家休息,我还是习惯了遇到大难小坎儿,会去听听他的意见。这些年关于汉字规范,左的左,右的右,任何讨论永远无法说到一块儿,曹先生却一直在

讲规律，讲字理，也讲国家需要、社会实情。他做过语言文字工作，但不左；他信服《说文》，懂得字里乾坤，但不右；他编过不少字典，但不钻在材料堆儿里；他熟悉文字改革，但没有教条主义。和他一起工作，我有的是一种由信任产生的安全感。

我常常想，从青海回京之前，我并不认识曹先生，对他的信任是怎样建立起来的呢？林林总总的大小事，一件件想起，在这里只说两件事吧。

我认识曹先擢先生是一个意外的机会。1979年，我从青海文学艺术创作研究室借调到文化部，到北京第一件事是去前青厂看望导师陆宗达先生。非常巧的是，第一次去颖民师家里就遇到曹先擢先生，当时他还在组织编辑《新华词典》，到颖民师那里是去商量词典出版前的一些词语解释问题。读研究生的时候没见过曹先生，颖民师忙着给我介绍，之后把曹先生提出的十六个问题交给我去查验，并让我弄完后直接寄给曹先生。过了不久，我再次去前青厂，也把上次遵师嘱寄给曹先生的问题抄给颖民师汇报。不料想颖民师拿出一套王力先生主编的《古代汉语》来对我说："这是曹先擢老师寄来让我转给你的。"书里附了一封信，其中有这样几句话："《古代汉语》四册，请转王宁同志，她是跟您专攻文字训诂的研究生，学得这样好，实在难得，千万不可放弃专业转行。"我才想起上次遇到曹先生时，曾说起我转到文艺界七年的无奈和苦楚，曹先生一直惋惜，劝我尽快"归队"。那天还说起我们当研究生时，王力先生正在主编《古代汉语》，毕业时书还没有出版。我和曹先生是第一次见面，对他来说，我还是陌生人，没有想到曹先生却听进去了，他给我寄书的意思我都明白。那时候,"文革"刚刚过去,平反后我借调到文化部去清理"文革"前的电影剧本,前途未卜,对国家、社会如何发展,也没有看得很清楚。颖民师让我回归的建议和这四本《古代汉语》,就是我一生抉择的号令。

1985年,颖民师第一次招收博士研究生,曹先生介绍一位他的学生过来,是一位人品、学识都很优秀的学生,颖民师欣然接受。过了一年,因为一件工作安排的事,产生了一点误解,颖民师很不高兴,我深知其中误会,但无法说明原委。这时候,我第一个想起曹先生。那时曹先生已经调到国家语委和语用所,于是我匆匆忙忙去找他。去的时候,我心存卑微,十分忐忑。从第一次认识曹先擢先生后,我们只在会上见过面,他在主席台上的时候多,几乎没有说过话。我想请他帮助这件事,其实与他关系不大。已经快到他的办公室,我犹豫着没有马上进去。不料想曹先生听到动静却迎出来,看见我也很意外。他听我说完这件事,很快说:"我也好久没见陆先生了,这件事我问问情况,我来办。"过了几天曹先生果然到北师大来了。他说了一番话,问题也就解决了。我知道,颖民师通过编《新华词典》,与曹先生相处,对曹先生非常信任,不止一次谈到他通情达理,待人诚恳,善于学习。但这届研究生还没毕业,颖民师就过世了。我又亲自看到曹先生为这位学生安排工作。于是论文答辩的事,也就由我和曹先生一起安排了。那场博士论文答辩在语用所进行,但要由北师大组织,定下的评委名单里没有我的名字,曹先生看到名单,一定要把我加进去。我一再请他不必麻烦,我说这是陆先生未尽的事,我来完成理所当然,到时候会来料理一切并办手续，不必进答辩委员会。他一再不肯，并且说："这是原则问题，一定要办到。"后来他是怎么办到的我没有问，但我内心却是震动的。

时隔三十年，曹先生已经故去，我的处境也已经有了些变化，然而人生百难，冷暖自知，人们往往不会记住应酬场合里的几声夸赞，却会永生感念困境中的关照和微弱时的帮扶。也许正是许多类似的事情链接起来，让我从内心感到了曹先擢先生的善良、公允、仁厚。

这些别人看起来不经意的小事，不但别人会认为微不足道，恐怕连曹先生自己也未必记得。我常常想：恶念总是刻意的酷想，而善意却只是仁人的习惯，他们自己是不觉得也不会记得的。但这些事发生在我人生抉择的路口，在我举步维艰、自信不足的情境下，却深深印在我的心里。如今人虽远去，德馨犹存，希望曹先擢先生一路走好！

尹斌庸先生为什么令我尊敬

尹斌庸先生去世了。参加了他的遗体告别仪式，我感慨万端。我和尹斌庸先生是在一次很激烈的争论中认识的，认识十年来，从大观点分歧到慢慢相互了解，他渐渐成为我十分尊重的老师。

我师从中国传统语言学的重要继承人陆宗达先生，学术渊源是"章黄国学"。从20世纪30年代开始，章太炎先生就是坚决站在维护汉字、反对拉丁化的立场上的。他带头和吴稚晖的那场大辩论，把汉字与拼音文字的优劣、汉字不能废除的道理，发挥得淋漓尽致。这个学术渊源，使我们对推行拉丁化有天然的拒受心理。1991年的一次关于汉字的研讨会上，我提交了一篇《汉字的优化和简化》的论文，对简化汉字的某些方式提出了自己的看法，认为在新的时代，简化汉字应当作大约10%的修改；对"人名用字也要限定在3500常用字里"的建议，我也提出了反对意见。第二天中午，我凑巧和郑林曦先生、尹斌庸先生同桌吃饭，两位先生很直率地对我说，他们对我的意见不能完全同意。于是，休息时，我就去向两位先生请教。说是请教，换句话说，是想辩论辩论。开始时郑、林两位先生情绪非常激动，他们认为：现在大家对简化汉字提出的问题，过去

《尹斌庸语言文字论文集》，华语教学出版社，2022年

并不是没有提过，都是被否定过的，简化汉字绝对不能改动，汉字问题不能由我这样的"空头理论家"来解决。但是当我进一步坚持自己的观点后，他们却变得冷静起来，对我十分和蔼、耐心。他们用很多的历史事实，讲述自己半个世纪工作的经验，希望说服我。说真的，我的思想与他们的距离很大，很难与他们取得共识；但是，我却为他们认识的执着和对中国文化普及的渴望深深地打动了。从此，我对"文字改革是极'左'思潮的产物"的这个想法，有了一定的修正。为了证实他们的话，我开始搜集一个世纪以来关于汉字问题争论的资料。在充分了解了文字改革的历史和施行拉丁化的背景后，我对一个世纪以来的文字改革先行者产生了深深的敬意。我在《20世纪汉字问题的争论与跨世纪的汉字研究》(《中国社会科学》1997年1期)的那篇文章里阐发的思想，就全面、客观多了。我觉得，在学术界，人与人之间的相互尊重要建立在相互了解的基础上，只要彼此是真诚地坚守自己之所是，学术观点不一致不应当是造成人们隔阂的理由。

1995年以后，我对尹斌庸先生的了解更深进了一层。这是在我读了他《词频统计的新概念和新方法》一文之后。在这篇文章里，他提出了"通用度"的概念，彻底解决了我对汉字通用字表一直存在的问题。后来我又陆续读到了尹斌庸先生关于正词法和定量研究的一些论著。我感到，尹斌庸先生没有妄谈汉字改革，他是一个有理想的实干家。大家都想解决汉字繁难的问题，开的药方不同而已。后来，尹斌庸先生致力于语文生活现代化的工作，我觉得，他也在与时俱进地修正着一些看法，但他仍坚持着自己之所是——立足于爱国和科学。

90年代以来，原来对文字改革的不同意见敢说了，早期文字改革的一些不够完善的地方也渐渐显露。在大家抱着科学的态度和对中华文化的热爱探讨汉字问题时，出现了一些置历史事实于不顾、对中国社会没有一丝一毫责任感的投机家。他们把说汉字好话、攻击简化汉字以至汉语拼音方案当成一种"时髦"，有些逐潮者甚至不惜把反对文字改革当成敲门砖和赚钱的工具，制造出那么多违背常识的奇谈怪论，还自我吹捧到耸人听闻的地步。有些人对同一个主张和措施忽而吹捧忽而谩骂，把他们前后的说法拿出来对比一下，简直不敢相信是出于同一个人之口。为了一己私利，忘性这么大，实在让人替他们脸红。有时，我们不能不发出这样的感慨：当新思想发生时，在前头奔走呼号的，往往是思想的独立者；但当一种思想成为潮流后，其中就不乏随声附和者了。潮流是来得猛烈的，它伴随着创新和勇敢，但也容易引发浮躁和虚伪。冒着危险去作翻案文章、反对汹涌潮流，往往十分艰难。一旦另一个潮流兴起，又赶快扔掉原来所信奉的，去追逐新的时髦，那就不但不让人钦佩，反而给人以"闹剧"的感觉了。坚持自己之所是、留在理想中的学者，常常是具有独立思考精神的智者。他们的个性、勇气和自信以及对科学的忠诚，都是十分可贵的。中国的学术太缺乏这种独立的、宝贵的人格了。正是因为如此，我超越了具体观点的差异，对尹斌庸先生及一些不随便放弃信念的前辈产生了敬意。

　　我和尹斌庸先生并没有什么个人的深交，但我很想在纪念他的时候说一说上面那些心里话。在中国语言文字的研究和实践正需要尹斌庸先生这样的精神的时候，他去世了。他带着那一点可贵的执着，我想，也带着一点遗憾和凄凉离开了我们。我忘不了尹斌庸先生给我的教益，愿他安息！

　　　　　　写于尹斌庸先生追思会前夕，2003年4月28日修改

一贫一贱交情见

西宁市坐落在一个狭长的低谷地带，从东到西只有一条主街，上世纪50年代末这里总算有了两所大学，一所是位于紧东头曹家寨的青海民族学院，一所是位于紧西头杨家寨的青海师范学院。祥徽学长1957年从北大到东头的民族学院教书，我1958年从北师大到西头的师范学院教书。两个学校离得不能算远，当时如果有一条平平的马路和方便的公共汽车或出租车，从东到西不过三四十分钟的路程。我和祥徽兄都教现代汉语和语言学课，是近同行，又分别在西宁市里青海仅有的两所大学，如果是现在，见面的机会就会很多，但是，整整二十年，我们虽然都彼此知道，却从来没有见过面。

我是怀着满腔热情第一志愿去青海"教育支边"的，父亲在我离开北京的前一个月去世，弟弟国立高中毕业分配到沈阳，留下母亲在北京独自带着比我小十二岁的妹妹。这些我都没有考虑，一心一意要去为祖国边疆的教育献身。到了青海师范学院，教学、带班还加上护校、采矿，不管是正经事还是现在看来荒唐的事，都尽量做得非常出色。在那非常的十年，那场邪恶与善良、虚伪与真诚、权力与能力的较量中，我选择了真诚、勇敢的立场和做法，我觉得

-215-

2010年，三位老友在北京相逢，左起：王宁、范亦豪、程祥徽

自己是忠于献身边疆的誓言的。但是没有料想高原寒风凛冽，1979年前的二十年，自己是一个灾难跟着一个灾难，日子没有一天消停，工作没有一刻顺心。读书，是一页一页"抢"出来的；思绪，是剪不断理不清的一团乱麻。不夸张地说，连命也是偶尔捡回来的。青海地处高原，平均缺氧24%，气候虽然不好，但确实十分美丽——江河源头水碧绿，山崇峻，天湛蓝，地绚丽，草原辽阔，森林深沉，寺庙古奥神秘，人情朴素醇厚。可是在那个年代，如此绮丽风光，我只能怀着无奈和绝望无法领略。十年浩劫过去，我因为充分体验到自己的弱小，内心充满忧郁和惶惑。就在我不知道如何抉择今后命运的时候，我受到了亦豪、锡纯、祥徽三位难友很深的感染。

1978年以后，祥徽去青海体校代课，亦豪从祁连山调到西宁，也在体校代课。体校位居西门口，在西宁的中间略微偏西，祥徽的位置向西挪了一半。我那时在文化局文学艺术创作研究室工作，文化局位居大十字，在西宁的中心，我的位置向东挪了一半。大家往市中心一凑，离锡纯的家也近了。我们四个人有了许多机会时常在体校或者锡纯家里一起畅谈。凭着那些点滴的描述，我知道了那二十年朋友们经历的片段，大家的处境都很糟糕，却各有自己罹难的模式。那时我心里充满了悲剧的感觉，想要转变却一直不能放下；而他们三个人都应当是心理强人，带着一种幽默感直面人生，怀着一腔洒脱回忆过去，他们是不自卑也不服输的。经常和他们在一起，我不知不觉地化解了抑郁。有一件事我印象最深。祥徽说，他下乡的时候，被安置在一间破烂的草房里，自己修了一个破台子读书写字，带了一些很简陋的文具，但在偏僻农村里，有不少人看着新鲜，出于贪心或者仅仅是出于好奇，经常会登门爬窗来淘走，弄得他非常狼狈。后来他在村头上捡了两只流浪狗，一只叫小黄，给他守前门；一只叫小花，给他守后窗，从此再没有人敢来淘他的东西。于是他找了两张比较像样的纸接起来写了一张横幅贴在门上，写的是："人仗狗势"。笑过以后，我联想到自己。我在被发配到偏僻的牧区接受改造时，每十天要到公社去领一次粮食。到公社要走3.5公里，还要翻过山头穿过一片树林，大队里可以借一匹马。有一次去公社，队里借了一匹老马，走得极慢，回来晚了，刚进林子就听到狼叫，还看见了前面狼眼睛的绿光。我已经吓得六神无主，只能闭上眼等死。不料想骑着的马大声嘶叫吓走了狼。我晕晕乎乎趴在马背上，不知过了多久，听见马跺蹄子，睁眼已被那匹老马驮到家门口。但我一直心惊肉跳、唉声叹气，不知道这样的日子还要过多久。听了"人仗狗势"的笑话以后，我想，其实老马夜行这件事虽惊险却也很浪漫，怎么没有想到也写一张横幅"老马识途"呐？ 在对比中我明白了如何用乐观的态度对待生活，相信阴郁的生活终会过去。自己的忧郁来自自信的丧失，自己的惶惑来自对生活过分的理想化。是我的三位难友，激励我去克服暗藏在内心的软弱。

1979年是祥徽在青海最辉煌的时期。青海教育局破例直升他为正教授，处处可以听到对他的赞扬。但他却有了一个并不是自己求来的机会去香港定居。西宁的早春依然寒风凛冽，他顶着西北风骑车从民院往师院跑，并不完全为了和我们商量怎样赴港的签证事宜，更多的是和我们一起探讨自己的去从——他在犹豫，举棋不定。朋友们都说："优柔寡断是不属于程祥徽的性格的。"是不愿放弃二十年苦苦奋斗刚刚得到的出头之日吗？ 一个"教授"对于能创造未来的人算得了什么？ 是眷恋江河源熟悉的故土和人情吗？青海的高寒是深深侵入了我们这代人滚烫的心的，那已经足够使眷恋的情怀降温了。那时，香港对于离家在青海的人来说，应当是"天堂"吧。对他的犹豫，多数人是不理解的。

但是命运不由人，祸福两相依，1980年，他无奈地选择去香港。那一年"文革"结束，祥徽知道我要借调到文化部一两年，托我到北京后代他去见他北大的班主任唐作藩先生。从他托我口头转呈唐先生的话里，我对他当时的想法有了了解。他要我告诉唐先生，不得不去香港的理由。并且说，还没有回归的香港对于他来说，完全是一个未知的彼岸，他是否能在那里找到自己的事业，是一个未知数。他说："我在大西北高原上，遥望那个不可捉摸的东南小岛，其实是没有任何对命运的预知和把握的。"

1980年后，我大部分时间在北京，少部分时间回青海上课。整整五年时间，我们几乎断了联系。1985年，祥徽第一次回到北京，我知道了他五年的经历。1986年，也是由于他的推荐，我应香港中华文化中心的邀请，去做训诂学的讲座，也亲眼看到他极为艰苦奋斗的成绩。已过不惑之年，祥徽在香港学界几乎不认识人的情况下，终于在香港大学过了粤语和英语关，攻下了硕士学位，得到了临时的教职。那一年，澳门东亚大学建校，罗校长约他去筹备中文系，他马上就可以在自己的专业内有一个正式的教职，发挥自己的专长了。仅仅五年的时间，没有多方面的能力和自信，这一步是难以迈出的。我不禁又想起那个"人仗狗势"的故事，酸楚和欣喜交织，我为他十分庆幸！

其后十二年，港澳全部回归，他找到了自己的生活重心——全部精力都在关注港澳的社会语文生活，关注港澳的中文教育。我在遵命为他的《中文回归集》所写的序里，讲述了我对他这二十年奋斗的理解。在那篇序里，我说过："这部题名为《中文回归集》的论文集，记载着祥徽兄在20世纪的最后那些年，对澳门文化的回归、人心的回归赤诚的企盼与为此而作的不懈的努力。为了这企盼和努力，他付出了很多代价——利益上的和精神上的，但他从来没有后悔也不曾改变过。有时候，他用幽默迎接厄运；也有时候，他用坚韧对抗蛮横。他不后悔也不改变，是因为他坚信，为一种全世界人都羡慕的灿烂文化在澳门这块本来属于祖国的土地上发出光辉，不仅是中国人的一种深切愿望，而且是顺应世界进步潮流的。"我也说过："他是带着深厚的中文功底和相当纯熟的语言学教学和研究能力步入这中文教育还是一片荒芜的土地的。他参与这片荒芜土地的耕耘又是二十年了。那艰苦，比之青海高原的二十年，别有一番滋味……祥徽兄从事中文教育，一如我们当初建设贫困的西北，既不是单纯为了糊口，也不带有功利。他不但是满怀深情的，而且是充满自觉的。生活艰苦时，他在硬挺着干；衣食丰足时，他在自找苦吃地干。二十年间，他已不是只熟悉内地，而是同时认识了港澳。像'简繁由之'这样富有智慧的口号，也只有他这种有志有识又有心的人，才提得出来。中文在港澳曾受到歧视，但歧视没有磨损他的自尊，反而增长了他反抗歧视带来的固执，使他有了越来越深的中文和中文教育情结。"我还说过："祖国的语言文字在香港要想深入到教育中去，是如何的不容易。香港的局面已经打开尚且如此，澳门当然会更为艰难。主权的回归，并不等于'祖国'二字都已装进了人们的心里。经济发达、生活富裕的骄傲，在有些浅薄的人群里，远胜过文化灿烂、精神充实的自豪。利益会使人自觉地去对抗一个合理的举动，习惯则会使人不自觉地去反对一个正义的行为，对付那种无形的挫力，是需要决心和毅力才能坚持下去的。"现在，我把这些话抄录在这里，再用一句话来概括，那就是，二十年港澳的程祥徽，和二十年青海的程祥徽，没有两样，仍然是没有被折服的心理强人。

"一死一生，乃知交情，一贫一富，乃知交态；一贫一贱，交情乃见。"在青海高原上，凝结了我们和祥徽兄的交情。在我们的生活经历中，常常会遇到出卖朋友和他人也出卖自己灵魂的卑鄙小人，遇到靠一时的权势并利用别人的善良欺压弱者的恶人，遇到因胆小怕事而临阵脱逃放弃责任的懦夫。有时候，这些人也会决定好人的命运。弱者在逆境中会因此退缩、妥协，在顺境中却会附和、效法，只有强者才能充分蔑视阴暗，并以丑恶为戒，彻底地与贪婪、投机、欺诈、蛮横、虚伪、怯懦划清界限。有过这种心理历程的人是幸运的。一个人永远不要放弃这种心理历程，那么，身心的折磨、苦难和凄惨，那些九死一生的际遇，都会成为可遇不可求的精神财富，让我们变强而保护弱者，让我们努力而心怀他人。

2004年3月

附：

从依山到面海

——程祥徽《面海三十年》序

程祥徽教授《面海三十年》文集就要出版，这是他此生又一个里程碑。三十年是一世，一世比之万世虽短暂如彗星忽过，但人生又有几个一世？想起来，这三十年还是很漫长的。是长，还是短？不在如何测量时间，而在如何测量心情。人在悲愁中总感到度日如年，而在快乐中却觉得日日飞过。

读《面海三十年》很开心，那十个标题的每一个都告诉我们，这三十年，祥徽教授是在紧张、忙碌但却快乐、充实的心情里度过的。时间如白驹过隙，一晃就是一世。

祥徽教授上世纪中叶身居高原，算是依山；这三十年从香港移居澳门,转向面海。从依山到面海,地方一转,运气也一转。这一转当然首先是中国转了,但有一点也不能否认——看来澳门虽小,还是养人的。

澳门虽养人,也不是在澳门的人都很快乐,要快乐,还得自养。这三十年,濠江的双桥、氹仔的潮声、南湾的灯影、沙滩的云月,都连接着那片波涛起伏的海,成为祥徽教授又一个亲切故乡的美景。这三十年,他从东亚大学到澳门大学,走在澳门高校建设的队伍中,参与了也见证了澳门回归前后教育的转变与发展。这三十年,在澳门的最高学府,他用自己语言学的学识,开辟了为澳门"中文回归"设立的学坛,从"简繁由之"的提出,到对"澳门华语生活"的关注。这三十年,他拟文赋诗,著书立说,为世间留下了多种可念可想的精神财富。这三十年,他参政议政、组织会议、创办刊物,立足澳门,放眼全国,发表了许多犀利但不失热情的政论。这三十年,他结交新友而不忘故交,更没有忘记恩重如山的老师,他面对半岛的碧蓝大海却没有忘记赐给过自己丰富人生体验的高寒青海,心里装着的是两个"海"……那十个标题告诉我们,生活的无忧固然是快乐的基础,如果没有精神的富饶,真正的快乐也很难达到。

在《面海三十年》的文集里,我们品出了祥徽教授满足的微笑——满意于自己的付出,也满足于自己的获得。尽力就是付出的最高尺度,不贪就是获得的最好心态。看起来,这两点,祥徽教授都做到了。知足者常乐,所以他有的是快乐。说他快乐,并不是说他没有烦恼,而是说,一切烦恼最终会化为快乐。

美好的人生希望长久,作为祥徽和黄翊的老友,我衷心地祝愿他们还能再拥有三十年,并拥有再一个三十年的快乐。

琐语杂言忆晓丽

晓丽在病床上躺了十年，转到康复医院的当天就离我们而去。她在北师大对面262医院住院时，先是住进ICU病房，大家轮流去看望，一天只能进一个人，我大约三四天去看她一次。但她很快就没有了知觉，转到普通病房，我渐渐就不去探视了，因为于她已无裨益，反而添了麻烦，而我每去一次总是长时间思绪难平。她住对面医院，总感到她就在近处，心里还是踏实的；现在她彻底走了，心里忽然空了一块，觉得生活里少了点什么，一直不习惯，不习惯！

没有见到她最后一面，留下的是她有知觉时看着我最后的眼神——痛苦，哀怨，微弱的希冀，强烈的不甘。我目睹了她的苦，见证了她的拼，她的眼神，我懂。

晓丽大学本科1955年入学，低我一级，但我和她姐姐邹玲是初中时的同桌密友，有邹玲中介，我们不生疏。很快，我们又在体育校队里再见，更巧的是，同在田径队，项目同是跳高、跳远、百米和四百米接力。如果翻开1955—1957年那些年学校运动会的比赛记录，那两个女子组田赛单人项目，一直是晓丽第一我第二，每

2000年，与博士生们合影，前排左起：王宁、邹晓丽；后排左起：李宇哲、赵学清、洪映熙、王立军、郑振峰

年刷新纪录的也都是晓丽；而四百米接力，冠亚军从未离开过中文和物理两个系。晓丽身轻如燕，反应敏捷，身体素质极好，教练说，更全靠她那个管用的脑子带来的控制能力。我对体育无大追求，不过是锻炼身体。我俩一起参加北京市的大学生运动会换运动服的时候，我都会对她说："再陪你一程，当你一次绿叶儿，你好好去刷新纪录。"训练之余、比赛空隙，我和她聊的都是学习。她是北京女四中毕业，带着首都高中生的那点"优学加进步"的单纯，记性好，理解力强，又有一套学习方法，中文系大学本科那点功课对她似乎没有太大的难度。因为邹玲的缘故，我看她如同一个小妹妹，我们师大附中四部初中一起玩大的老同学，她也都叫"姐姐"。后来我

也知道，我们都在少年时家庭就有了很大的变故，这对我还是稍有影响，但她一直顺利，很多事不去深想，对成长的影响并不大。单纯和轻松成就了健康，晓丽的身体实在令人羡慕，站在运动场上，认识她的人自不必说，就是陌生人也会多看她两眼。这样的印象，深深地刻在我的脑子里。

可是到了80年代我俩重逢，田径冠军的邹晓丽已经完全不见，她类风湿侵体，骨骼都已经变形，上课时写板书五个手指一起才能抓着粉笔，去教室上课是学生用自行车推。我看到好几次，眼前浮现着她青年时代的形象，心里存着许多问号。后来终于知道，"文革"时她被牵连，关在屋子里，带有遗传性的类风湿没有及时治疗。她告诉我："痛，锥心似的……"想起那个在沙坑和跑道上如飞燕般冲杀的、让我们骄傲的邹晓丽，我忍不住哭了出来。知道她脚痛，一般的鞋不能上脚，有一次我从香港给她带了一双极软的鞋，她放在小书桌前一直不穿，我才知道，她只能穿很厚很硬鞋底的鞋，脚才能勉强着地。

我正式调回母校，和晓丽同一个教研室。我没来之前，教研室号称"三老三少"，晓丽给俞敏先生做助教。"文革"时俞先生再次落难，教研室开会常被当"靶子"，晓丽总是默默坐在他的不远处，常常偷着给他递小条，免得那些整人的事突然袭击先生毫无准备。听说有位自称领导的组长用"语言没有阶级性"来批俞先生，说这是"阶级斗争熄灭论"，俞先生翘起嘴角微笑着镇定自如，可晓丽沉不住气了，说："这话，是俞敏的话吗？好像是斯大林《马克思主义与语言学问题》里说的吧？"结果引火烧身，那位组长矛头转向她吼了一通。其实，晓丽是一个十分温柔善良的人，学生们常说她有足够的"母性"，她最怕争吵，朋友之间有一点矛盾，她总是着急地两头劝和；看见别人有难，她总是第一个想去救。但是她并不怕事，心有不平不定什么时候就冒出几句狠话，让周围人一惊。晓丽的这个脾气很难改，我到教研室后，和她一起开过两次市里和校方召开的征求意见会，一说到评职称、论业绩，晓丽发言总是"放炮"，点名道姓地批评某些大领导，了解她的朋友都劝她"缓和着点"，她说："说的是实话，不怕！"那是改革开放初期的时代，她未因此获罪，不过，也许正是这种坦率，暗中给她带来了不少的麻烦。

在留校的五九届老同学里，晓丽分到古代汉语教研室，专业能力属于很强的，俞先生教她语法和金文，都是先生拿手的学问。她记性好，聪明还用功，头脑清晰，口齿更伶俐，专业上应当是相当厉害的。可是和她同级留校的老同学多数都已经评了副教授，个别人都评了教授五六年了，她还是讲师。直到有一次，校领导发现中文系压下的人才太多了，一下子给了十二个副教授指标，她才跟那些初露头角的人一起评了副高级职称。那时我才注意到她的"拼"。一张小课桌，一盏小台灯，旁边蹲一只小猫，她写了《基础汉字形义释源》，全面用古文字来追溯《说文》部首；《解语析言说红楼》，用音韵学发掘出《红楼梦》里前人没有发现的很多人名和物名的谐音，对探讨《红楼梦》的写作意图和文学价值有很多启发；《传统音韵学实用教程》，这里有她教音韵学丰富的经验，很多实用的案例，其通俗性和可读性是一般音韵学的教材和普及书达不到的……这些成果，跟古代汉语教研室已经评为教授五六年的同事比毫不逊色。写书是要不断用笔的，晓丽上课间或写板书已经是五指抓握，拿钢笔不断写，会怎样吃力，没有看到的人是想象不出来的。她悄悄对我说："痛，只能忍。"但是，这样的努力，教研室为她申报教授，中文系像她这样年资的副教授几乎排到末尾，学术委员会通过没有多大障碍，定额报上去，居然在校级评委会上没通过，整整废了一个指标。张之强师兄调到北京市自考委后，我接了他的教研室主任工作。"文革"期间我不在师大，人事生疏，本就怯于交流，问不出原因，劝晓丽再等一年。她又在小课桌上点灯熬油出了好几个成果，第二年，系评委会又等额报上去，还是在校级评委会上被否了。系主任张俊对我说："晓丽这件事，已经废了中文系两个指标，我不好再给了。"我实在坐不住了，不知哪里来的一股气儿，一下子冲到校办找了副书记李英民，说了情况后，我十分激动地说："太不公平了！如果再这样，我只能把自己的教授职称让给邹晓丽，不然我如何面对教研室其他老师？"这件事汇报到方福康校长那里，他想了办法，让张俊又投了一个指标把晓丽报上，听说方校长了解了个中缘由，终于让晓丽的教授职称得到解决。但她受到这样的打击，加上十分疼爱的儿子早逝，那一段时间她眼圈总是黑的，笑模样没有了，类风湿影响了嗓子，除了上课，她话本来就少，闷闷地整天不发一言。恩和来找我说："晓丽不能再这么拼了，千万不要再给她报博士招生权，再加压，她会没命。"90年代一提升教授，博导是顺手就得到的，我听了恩和的建议，没有给她报。可是没有料到，她突然同意给辽宁教育出版社编一套"语文应用丛书"，拉着我和她一起干。我劝她，她不听，又不敢让她自己干，只好答应。丛书不是那么好编的，那套书她担了很多事，整天看稿子、写东西。我没有给她报博士招生权，晓丽暗示我多次，有时也跟我闹个小脾气，我知道是为这件事，心里很矛盾。后来是我们共同的朋友来很直白地跟我说："你给晓丽报博导，她可以帮你，又不会超过你。"我先是委屈、难过，觉得她不识好歹，也误会了我的善意，后来设身处地想，理解了她，又不知道怎么跟她说才不会影响她的自尊，于是让学生给她带去一封短信："晓丽：我没有给你报博导资格，主要想让你歇歇，这也是商量过的，这段时间你够累的了。学生好招不好带，很费神的。你托人来跟我说，是以为我有其他想法吗？你想多了，怪我没有直接和你商量一下，让你误解。不要为此烦恼，如果你真想带博士生，这本是不成问题的事。"过了好几天，她给我回了信。从回信的间隔时间，我知道那几行字恐怕也是反复斟酌过的："王宁：我岂能不知道你是为我好，照顾我的身体，怕我不要命。但这样对我真好吗？他们两次卡我职称，理由是'病病歪歪的，还当什么教授'。可我教学科研工作量不比他们少。我身体弱，脑子不废，能力不差。我要证明在这个岗位上，他们能干的我都能干。人一旦示弱，就没有了精神，我不愿也不会示弱。"

"不示弱"，这三个字让我心里一惊也一痛，是啊，我们都是因为不愿示弱才倒下又爬起来的。这几十年，败了多少次，都不是因为我们真的弱，不过是不公平待遇的借口。那些"他们"——轻视女性的人、嫉妒能力的人、绞杀优秀的人、恃权欺人的人……没有必要让他们得逞。晓丽说得对，我也希望她能证明自己身体再差也是胜任的、优秀的。于是，我没考虑任何人的意见，赶上下一个系学位委员会，我让晓丽填了表、招了生。

"不示弱"，是我和晓丽对人生的共同体验，我俩中年后在古代汉语教研室近距离相处几十年，老师们远去，能人们高就，同龄人就剩我们两个"弱女子"，我环境生疏，她病痛缠身。但那正是少有的文科发展机遇，传统学科难得的盛世。我俩大事小事能够一起承担，不能说没有摩擦和矛盾，但真的很少。能如此，内心的相通是一个很大的原因。1979年我去母校进修古代汉语时，因为在青海二十来年，很多课从未开过，赶上改革开放，我忽然想试着回青海师院开一次文字训诂学类的选修课。这就成了我进修的目的——想看看北师大在开什么课，追一追先进。于是我一到师大就疯狂听课。过了没几天安生日子，就出了两件事。第一件，颖民师有一次问我："听说张之强讲古汉语语法，居然说章黄只懂文字训诂，不懂句法？"我很诧异，当场拿出听之强师兄语法课的笔记。在讲完句法后，师兄引用了季刚先生《文心雕龙札记·章句》，将季刚先生关于汉语句法的阐述归纳为八条，最后得出三点结论："（一）章黄论句法，以文章学为基础，是从汉语经、史、文学书面语言事实中总结出来的。（二）章黄论句法，讲的是意义组合，和《马氏文通》比较，此法非彼法，非舶来品也。（三）章黄不用《马氏文通》，其中很多地方与《马氏文通》也有一致性。借鉴也，非抄袭也。"颖民师看完这一段说："你本科的笔记是我们用来整理讲义的，如今还是记得这么好。张之强能体会成这样，也不错。"老师的火儿，在看到笔记时，灭了。接着又发生了第二件事，这次颖民师的火冒出了头儿。他对我说："没想到晓丽居然敢用金文批《说文》，在学术上太片面了。难道没有《说文》作桥梁，金文能考证明白吗？她应当好好学习容庚、商承祚两位的书。这样无知，怎么敢去教古文字？他的金文是叔迟（俞敏先生）教的，难道叔迟也会这样说？"这次我更胸有成竹，拿出听晓丽讲课的笔记，当时用红铅笔划出三个字和一段总结。那三个字是"象""蒂"（zhī）"叒"(ruò)。晓丽以此三字为例，说明了金文和《说文》小篆的形体不一样，但是可以看出它们的演变关系，所以，金文对《说文》小篆是有维护作用的；同时，她也讲解了没有《说文》无法识别和考证甲骨、金文的道理，还特别说了，学《说文》与学古文字不可偏废。用古文字否定《说文》是缺乏历史发展观，更是不懂许学也不懂金石之学的外行话。这段话是我念给老师听的。颖民师意味深长地点点头，真心地夸了晓丽几句，后来，我把先生的话写在了给晓丽的书序里。这两件事如果单独发生，我肯定会以为是其他专业的人听不懂课误传的，但前后间隔不到一个星期，我当然会怀疑是有人存心所为，总要防一防，于是告诉了晓丽。晓丽开始时气得直用钢笔敲桌子，她说："这就是'文革'惯用的伎俩，瞪着眼睛说瞎话。你要是不来听课，或者听课没有详细记笔记的习惯，陆先生该多生气！他们想干什么呀？"我看她激动，有点后悔自己多嘴，跟她说："这件事也挺有意思，如果别的事，对陆先生不会起作用，可贬低章黄，他们知道陆先生必会发怒，这就是'君子可欺之以方'。但先生还是相信咱们的，不然不会直接告诉我。既然没有造成什么不良后果，反而让陆先生了解了你们是维护师承的,坏事变了好事,就不必追究了吧!"其实我心里知道说这些话的是谁,这位并没听师兄和晓丽课的学友,只是没脑子传了一些别有用心的话而已。晓丽点点头,却为此反过来问我:"这么些年,你挨过多少整,受过多少不白之冤,吃过多少苦,你恨那些整你的人吗?"我说:"'运动'里环境不正常,多数人是牵扯进去的,年轻人更是因为不懂事,所以我不是都恨,只恨其中的少数人,也就是那些出于一己私利不惜置人于死地的人,心坏了,不可原谅。"晓丽说:"不管怎么说,我还是觉得好人比坏人多,不想用特别坏的心思去想那些整过我们的人。"我说:"是的,有人因为自己吃了苦,就觉得全世界的人都对不起自己,变得比整自己的人还狠去整人。也有人受过冤屈吃过苦,才会爱别人,尤其是同情弱者,怕冤枉了别人,更怕看别人吃苦。我属于后者。"晓丽说:"你和我想的一样。我怕看别人受苦,比自己吃苦还难受。我愿意理解多数人,但不原谅刻意整人的坏人。"好事不过三,坏事也不过三。过了好些年,类似的事又来了一次。在教研室,俞敏先生对晓丽和我最好,但俞先生忽然对我十分恼怒,告诉我,不许再到他家里来,也不许再听他的课。我马上联想到前面的两件事,知道有人又去俞敏先生那儿说什么了。晓丽沉不住气了,她仗着俞先生对我们俩的了解,去俞先生跟前说:"我不信王宁会对您不恭敬,她不是那样的人。"结果引起俞敏先生更大的火气,连她也牵连进去了。这件事她没有告诉我,不久,俞敏先生去世,教研室悼念的花圈上竟然没有我们俩的名字,我才知道说那些话的人的用心,也才知道她去替我解释的这件事。我问她:"你知道俞先生为什么发那么大的火？"她说："并不知其详，但推测一定是不实之词，总之是陷害。"我说："俞敏先生是一位非常自尊和自信的长者，你我对先生的了解至深，敬重有加，自问不会说什么对老师不利的话，你去辟谣，我可以理解，但是你的证据呢？你别忘了，当初我是用随身带着的听课笔记来为师兄和你解释的。"她点点头说："是啊，我不愿给你添堵，没跟你商量，唐突了。"她又很严肃地问我："你还要说这件事是'君子可欺之以方'吗？俞先生发那么大的火，自然不会是学术问题，下一代学生挑拨师生关系，真是青出于蓝而胜于蓝呐！这你也要原谅，也要息事宁人吗？"我想起此人种种阴险的作为，斩钉截铁地说："此人非彼人，不原谅，他是以一己私利置人于死地的恶人。"晓丽后来常常说起那几件挑拨师生关系的事，似乎是一套"经典案例"。我想得更深一些，那两种不同的处理，是我们对善恶把握的分寸，是我们可以容忍被伤害的底线，也是我们俩处事原则的默契。俞敏先生对晓丽和我都是有大恩的，想起我们都没能好好送俞敏先生一程，我俩和之强师兄说："总会有我们纪念俞敏先生的时候。"可是到我主持开纪念俞敏先生100周年诞辰会的时候，之强师兄已经故去，晓丽没有知觉地躺在床上……

在工作上，晓丽并没有帮我做过太多的事，她的身体已然如此，不能再劳累了。人们都认为是我在护着她的安全、协助她的发展，但是并不知道她对我工作巨大的助力。晓丽在关键时刻永远是我最得力的支持者。1989年，刚好在学期结束时"清校"，很多专业的研究生都没有办正式答辩手续，按肄业处理，有的最后也没机会补；只有古汉语，之强师兄、晓丽和我送走学生后，三个人商量着做完了全部答辩毕业手续上报,后来顺利给了学位。那时办公楼已经不能进出,这件事,是在恩和和晓丽家里做完的。1992年,台湾中华文化统合研究会出钱要和我们合办一个汉字研究所,方福康校长亲自关照通过国台办接受了第一批二十万元。不料有位自己开公司的老师要把他生锈的电脑桌和配置很低的几台电脑拿来顶这笔钱,让二十万归他公司。我束手无策,晓丽不假思索地对我说:"让系主任张俊出面,他不会允许个人拿走这笔经费,你只要设计好课题就行。"我照办,张俊一把锁锁住刚刚成立的"汉字与中文信息处理研究所",任凭那人怎么闹,也没有把汉字所变成私产。2000年,教育部策划第二批人文社会科学国家重点研究基地的时候,一个学院只能报一个基地,文学院已经决定不支持我们学科申报,这时钟敬文先生找我联合申报。我虽然自己想了一套很不错的方案,因为甘拜下风的老习惯,我既怕冲击了已经准备申报的专业,又怕自己白忙活一场没有结果遭大家埋怨,也对不起钟先生,犹犹豫豫地去跟晓丽唠叨。晓丽听了我的方案毫不犹豫,她说:"你这个在汉字所基础上申报的方案,由钟敬文先生打头,还能联合启先生,文学院其他专业做不到。一定不会影响别人,会双丰收。"她当时就让我通知教研室老师到她家里开会。我虽然心里觉得她冒失,但也有些侥幸心理,没想到这件事居然就办成了。这三件学科发展的大事,都是在"病病歪歪"的晓丽支持下才能做下去的。看起来,晓丽只不过是说了几句话,但是,如果没有她关键时刻的那几句话,我本怯懦,更被许多不利的环境包围着,放弃是必然的,也就没有学科后来发展的很多条件。她能够在关键时刻说出那几句话,是因为对我极为深刻的了解。她知道我对颖民师的感激和认同，知道我选择"章黄小学"这样的师承如何苦读深思了若干年，知道我怎样在农村牧区努力学习和积累让自己充实，也知道我想把一个非常可贵的冷门学科建设得具有现代价值的初衷，更知道一支具有共同理想的学术队伍对我们的重要。我们很多次深谈，让想法融合在一起。我什么都可以对晓丽说，唯一的是从未对她诉过苦，因为我觉得，自己经受过的，和一个身体已经如此不堪重负的晓丽比，实在算不得什么。可是我没有想到，她似乎已经从言谈话语的背后和我的实际经历中归纳出了我的弱点。那两次我拿不定主意，第一次，她拍着我的肩膀说："你这个从小就柔弱的人，不要什么都忍耐呀，'文化大革命'激发出的那点反抗性，能不能再大一点？"第二次，她直接哑着嗓子对我喊："不要顾这顾那，我替你做决定了。你不行动，失去机会，想做的事再好，能做成吗？"那些时候，我觉得自己并不孤单，我和晓丽都会变得强大，互相帮扶着前行。

　　晓丽走后，我对她的想念无人能懂，那是很多小事堆积在一起的记忆，零零散散，琐琐碎碎，在心底重演，已不可再得。她和恩和的家就在正对着我书房的三楼，我总是习惯到晚上去看那里的灯光。我在寻找什么？连自己也弄不清。这些年学科的确发展了，但那些见形见影的收获，那些在领导的支持、贤者的推动和大家的努力下学术地位的提高和荣誉称号的获得，早年时并没有在我的预期之中，晓丽更是一次也没有见到。那些年，临危之时，踌躇之际，距今未远忘不掉的厄运险境让我少有安全感。在我心里，渴求理解和真诚更胜于希冀成功和获益。我时时想起的，是那些和晓丽相处的日子，我享受着并肩与信任。尽管好事多磨，心灵却常是安宁；不论成败如何，情谊却如此隽永。

附：

邹晓丽《基础汉字形义释源》序

邹晓丽《基础汉字形义释源》一书终于能跟读者见面了，这是一部很有阅读价值的好书，又是晓丽在诸多艰苦条件下奋力完成的书。晓丽是如何完成这部书的，我们的老师俞敏先生在他的序里已经说过，老师对她为人与为学的评价是真切而公允的。面对着这部书，在读过老师的序之后，我也有不可遏止的冲动，想把一些话向了解晓丽的朋友和不了解晓丽的读者说出来。

记得是三年以前，我受晓丽之托把这本书的初稿拿去给陆宗达先生看，陆先生饶有兴味地看完后对我说："晓丽的文字学水平当刮目相待。季刚先生说治文字学也当治金文甲骨，是一点也不错的。"正是这个原因，当晓丽向陆先生诉说自己修改这部稿子准备出版的想法，并请陆先生作序时，陆先生欣然应允，并且后来还时时想起此事，不止一次对我说："给晓丽这本书写序，就要谈谈治《说文》必须同时治金文甲骨的道理。"那时候，晓丽的类风湿关节炎已发展到骨骼变形，每一提及此事，陆先生总是感慨系之，希望为晓丽做点什么。晓丽的长子患病，当时在夕照寺的人大分校走读，学校附近又没有住处，陆先生四处写信要给孩子寻一个可住的地方，每封信在介绍情况时都写得十分动情,且不止一次对我说:"多照顾晓丽一点,她很聪明,让她多做点学问。"……现在,晓丽的书已经写成,而陆先生却离我们而去,不能再为她的书作序了。但我想,陆先生在九泉之下也会希望我把他曾对我说过的这些话献给晓丽这本书的。我的这篇序,不敢说是替陆先生尽责尽意,但传达这些话,却是我自己的尽责尽意吧!

我和晓丽在大学时就曾有过很深的交往,成为同行后,有了更多共同的师友,关系更为诚笃,在人情极大地轻于利害的今天,互相理解的同窗与不相轻倾的同行都是难得而又难得,何况,在文字学上,晓丽也是我的老师。我开始学金文甲骨很晚,那是因为我工作了二十多年的青海师范学院,在粉碎"四人帮"以前,有关古文字的资料比较难找到。1979年,我来北师大进修,除虔诚地跟俞敏先生学习音韵外,还一心想跟俞先生学习金文。但那时俞先生没有亲自开文字学,而是嘱咐研究生去听晓丽的课。这样,我便也去听晓丽的课,她当时讲的就是这本书的材料。晓丽开这门课虽遇到很多障碍,但却很受学生的欢迎,有的学生甚至放弃必修课偷偷来听。每次下课,讲桌前总有人围着问问题,也总有一两个人自愿而耐心地站着等,等她回答完问题后用自行车送她回去。晓丽是那样无私而尽责,甚至肯把自己分析字形的卡片整批地借给别人去抄。这些都使我深深感动。我常想,如果没有晓丽那门课垫底,我后来学习古文字,便不会那么顺利。因此,在古文字学上,我总是引她为我的老师的。

近一二年来,我亲眼看见晓丽修改、整理和抄写这部书稿。她的手变形已很严重，家里负担重，工作上又有不少让人心烦的事。但她一有空就坐在那里，哪怕是写一两行就要间断，她也不放弃那一点时间。每到她家里，看到她坐在临窗的小课桌前写书，那只富有灵性的小猫在身后体贴地静静趴着，便使我产生一种静谧的安适感，又使我体验出一种充溢的勇与力，有时甚至会催我落泪。是的，世间不论有多少不平，人生哪怕有再大的艰难，我们总要做一点事，也总能做成一点事。晓丽在做，而且能够做成；我们就更应当做，也更能够做成。

这本书是运用古文字材料来探求《说文》部首的本义并注明其今读的。《说文》是一部极有研究价值的书：它显示了小篆字系，证实了早期汉字的形义统一关系，奠定了以形索义的训诂方法，在汉字规范上给后人很多启示。它与甲骨、金文不属同一文字体制，不必要求它与甲骨、金文处处相合。但是，说到探求本义，追寻原始造字的意图，它的局限就很大了。许慎看到的文字距造字初期已经较远，许慎采撷的词义是五经词义，就汉语的发生说来，也比较晚。所以，《说文》所释的本义有一些是不妥当的。不过，对于为数较少、体系尚不成熟的古文字，又需靠《说文》作桥来辨识。本书抓住《说文》部首这个纲，用古文字来核证《说文》本义，把《说文》整体系统成熟和古文字构形意图明确这两方面的优越性结合起来，在汉字形义探源方面，确实是科学而有效的方法。

自从《说文解字》用540个部首统率了9353个汉字从而显示了小篆字系以来，它便权威地影响了后代的汉字，隶变也好，楷化也好，从总体来看，都离不了小篆字系的基本规模。《说文》部首是篆文的基础构形材料，是认识汉字形音义的纲，弄清这批字料的源流，不论对研究古汉语，古汉字还是对研究现代汉语、现代汉字，都是最基础的工作。晓丽的这本书，把汉字与汉语的很多基本理论，融会到对汉字形音义扎实的考据与浅近的阐释之中，既用基础汉字来统率汉字字群与字系，又用合体字来反证基础汉字的形音义。读过这本书后，同行们会发现它总体构思的优长；语文工作者不但会得到许多准确而方便的资料，还会得到汉字与汉语教学法方面的诸多启示；其他行业的读者，也会对自己经常使用的汉字，产生一种别有洞天的新鲜感。我相信，这部书会是雅俗共赏的。

不论是从晓丽写书的精神出发，还是从晓丽这部书的实际价值出发，我都衷心地希望，这部书能尽快印出，顺利发行，并拥有更多的读者。

1988年5月18日

我们的情谊

—— 和华筠、民筠在一起的日子

学习结下不解缘

资华筠和我们北京师范大学中文系五四级同学结缘很早，我们班闫承尧的二姐是她的好友，一年级下学期，她通过承尧来我们班学习写作和文艺理论两门课。说起闫承尧，他是全年级才子之一，写作更是翘楚。我们一入学有一门最基础的课 —— "文选及习作"，任课的李文保先生有三个助教，分别批改我们三个班的习作。十八周一共写了五次作文，每次只有闫承尧一个人得"优"。他写一笔工整娟秀的小字，这一点的确无人可及，文章也做得确实漂亮，直到下学期，才算是加到了七八个"优"，大家只能甘拜下风。承尧还是学生会文体部的部长、体育校队的队长，很有名气但很忙，分别委托几位同学帮资华筠学习。我当时也有一点小技，笔记记得好，给资华筠借笔记的事，就委托了我。我和华筠就这样认识了。

华筠学这两门课极其认真，按时借笔记、交作业、问问题，每二三周必来校一次。当时正是她舞蹈事业如日中天的时候，刚在第

与资华筠（右）、资民筠（左）在一起

三届（柏林）世界青年联欢节舞蹈比赛获了金奖，主演的飞天、孔雀、荷花无人不晓，加上承尧威信本来就高，于是全体关注，她每次来，大家热情接待，特别是承尧和我在的三班。这两门课学完，资华筠没有忘了我们，凡是有她在北京的演出，总会送几张票来，一般都有我的份儿。本科后两年一直是"运动"，大家都不得安生。1958年毕业赶上"大跃进"，全年级一百三十多人多数分配到新疆、青海、宁夏、内蒙古和黑龙江五个边疆地区，一去就是二十多年。直到1979年，我借调到文化部，跟着柯岗做恢复戏剧电影的工作，才在一次会上再次见到资华筠。说起过去到北师大听课，我问她："那时你来班上学两门课，非常认真，大家一方面热情欢迎，另一方面也有些疑问：这些功课与舞蹈并没有直接的关系，你一个已经出名的舞蹈演员花那么大功夫学它干什么？"她说："当时想得简单，没上大学总是遗憾，想多懂一点。后来却发现这两门课真的没有白学，提高了我的写作能力，还提高了我后来跳舞、评舞、编舞的品位，让我有所思，有所想。"那天我俩很晚才分手，以后也有些工作上的来往。记得那段时间，中央歌舞团要到香港去演出一场古典舞，华筠找我去团里讲过一次《诗经》，提供过周代的服饰图，她也到北师大讲过"中国民族民间舞蹈走向世界"的讲座。

我们班毕业分配的大部队在西北，又以宁夏发展最好。"文革"以后，北师大分在宁夏市县中学的校友多数都调到大学任教，后来还出了两位校长——宁夏大学的校长刘士俊和西北第二民族学院的校长李增林。老同学曾邀请我们几个去银川相聚，也邀请华筠去讲讲民族民间舞蹈。我俩从北京上火车，进了卧铺车厢，后来上来的两位，听称呼是宁夏大学的一位带着秘书的校领导。他一上车，就有人送给他一盒起士林的点心。一搭话，共同认识的人就多了。我让华筠给他递一张名片，华筠很幽默地说："不用，北师大的牌子更好用，咱们要设法吃那盒点心。"华筠与他大讲高等学校如何全面发展美育教育，领导佩服之极，果然把那盒点心拿出来请客，我俩吃了一路，剩下的还带走了。这件事后来几乎成为一个掌故，知道的人每一说起，都会笑个不停。

我们五四级三班同学在北京有过一次聚会，地点在一位老同学的家里。大家很想见见华筠，承尧幽默地通知华筠来"返校"。那时"文革"刚过，百业待兴，我知道她当时非常忙，白天黑夜连轴转。没有想到她不但准时到来，还很晚才走。她和我们在树影斑驳的院子里留影，在狭小拥挤的小书房里穷聊，她说还记得我们班下昭慈的昵称是"辫儿"、柯大课的昵称是"大克",还有好几个背后带着故事的外号。有几位跟她同在天津读过小学、中学,说起小时候的事,欢笑不断。

我知道,她很珍惜和我们一起学习的那段时光,是因为大家对她的友好与热情,也因为缺了大学这段学习的经历,一直是她的遗憾。

华筠是一个从来没有放弃学习的人,她擅长的是民族民间舞蹈,但她学习芭蕾、学习中国戏曲、学习西方艺术、学习对绘画和音乐的鉴赏。1981年,正是她恢复舞台生涯的旺季,文化部拟派她赴美作为期一年的访问学者,她在当时安全部副部长陈忠经同志的鼓励下,到陈翰生老师那里去学习英语。因为工作的缘故,访问学者虽然没有成行,但在陈翰老的悉心教导下,她的英语迅速熟练。我和她一起开过几次国际会议,知道她能用纯熟的英语介绍节目、主持会议和作学术发言。这一点,即使是我们这些一直没有离开过高等学校的人,也是难以做到的。资华筠出访过世界五十多个国家,英语口语熟练给她带来很大的方便是不待言的。

其实,在专业成熟的道路上,多种途径的滋养是在无形之中使自己的学识丰厚的,而滋养是通过学习才能被吸收的,只有懂得适时学习和肯于勤奋学习的有心人才能像海绵一样吸收。后来的种种事实表明,华筠的学习机遇与学习精神早已让她超越了学历,和我们的快乐相处,只是弥补了她缺乏的大学时代班级的集体生活和青年时代纯洁的同学情谊而已。

智者的境界和勇者的进取

　　1981年，我还没有从文化部回到青海，借着在北京的机会，去陆宗达先生家里听老师开"私学"讲《说文》。有一天，华筠托人给我送来一张请柬，是她和其他两位舞蹈演员的三人舞蹈晚会。没有想到这是一场"息演"的晚会，资华筠诚挚地宣布了她至此不再参加售票公演，为职业表演生涯画上了句号。

　　不只是我没有想通，许多朋友和观众都没有想通。作为舞人，资华筠的舞蹈生涯从参加第三届（柏林）世界青年联欢节舞蹈比赛获金奖开始，她的形体表现力是几经证明了的。即使舞蹈是属于青春的艺术，那一年她也才四十五岁，她的形体表现力明明还是游刃有余的。我站在剧场门口等她，要问个明白。见了面，她把我拉到一边匆匆说了几句话："我这三场演出是为了宣布、道别，也是为了告诉支持我的观众和朋友，不是我不能跳舞了，是不能按自己的心意跳舞，不允许自己再公演了。"她走了好久，我还扶着自行车站着，没有完全听懂。

　　1994年，华筠寄给我她的散文集。读到了那篇《永远追求不到的"情人"》，我永远忘不掉一段话："专业舞人的真正悲剧还在于，当你的形体充满青春活力——具备着最大限度的可塑性时，你不一定真正懂得戴尔波西赫拉世界的奥秘。在相当一段时间里，似乎练功本身就是一切，目标是不明确的，而当你走向成熟时，形体已开始老化，心、形、体、魄终难合一。"她说："终于有一天，我的头脑像触了电，戴尔波西赫拉输入了一条闪光的信息：喂，朋友！你应有足够的明智认清，你的舞体与舞魂正在不同的两条轨道上运行着，那相交相触的时机已经错过，永难挽回。"下面，她的文章回答了我的问题："我突然感觉到，我心中的舞蹈，恰似永远追求不到的'情人'，他完美、理想，却可望不可即，于是，我毅然结束'苦恋'的历史——退出舞坛，义无反顾，无怨无悔。"我心里泛起深沉的感伤，也终于理解了她。

资华筠在少年时代选择了舞蹈作为职业，她爱上舞蹈时并没有想到，舞蹈是用自己的身体来体现美的，舞蹈的生理年龄很短，而美感的成熟却需要很多心理的体验积累。她在"苦恋"中苦练，舞技日渐精湛，把美奉献给观众；她也在"苦恋"中体验，美感日渐成熟，却把体验留在了心中。在我看来，她宣告"息演"的舞蹈晚会上，资华筠的舞蹈水平仍让我赞叹；但作为观众的感受，与她自己的感受是有距离的。资华筠不是一个只用四肢和躯体跳舞的人，她用心去跳舞，才会知道自己之所想是否能够完全变成自己之所舞，或者说，才能感受到舞体与舞魂能否全然合一。她懂得舞蹈内在的思想，也就懂得舞技应当从属于舞思。如果不是具有这样的思想，她不会在四十五岁以前就发现了舞蹈的内涵和外形需要完美协调的道理，她是因为热爱舞蹈而退却的。中国传统所说的"春蚕到死丝方尽，蜡炬成灰泪始干"，是一种燃烧自己、成就事业的境界；但"明者因时而变，智者随事而制"也是一种境界，那是一种不断转换自己的角色、求得长远发展的境界，两种境界都属于智者。

忙忙碌碌之中，她找我一起做了两件事，这两件看似无关的小事,让我看到了她在用心地根据自己的条件和事业的需要及时转变自己的角色。

第一件事,1983年我刚刚调回北京,一个冬天的晚上她来找我,急冲冲地说:"听说你在敦煌三个月参与构思舞剧,又在青海执笔写过剧本,我想写一个关于舞蹈的电影剧本,来跟你聊聊。"我一再说明自己并非创作,不过是因为懂一点韵辙,又比别人多念了几篇文言文,从学校"逃难"去剧团蹭着学习,哪里真会写什么剧本,让她去找真正的内行帮忙!其实,我的那些可称为人生败笔的经历她都是知道的,但她说:"我不找内行,只找朋友,也是为了学习,你好赖还下过一两次水,再跟我一起闯一闯。"她的不由分说让我无法拒绝。借调到文化部的那一两年别无成绩,电影剧本的确没少看,能帮她的就是把我认为最好的剧本从图书馆借回来,和她流水作业地看。两个人都是抽空儿,前前后后磨了几个月,我和她合写的以舞蹈为题材的电影剧本《敦煌的梦幻》在《女作家》刊登出来。不久,她写了一篇《王宁教我写剧本》,收入自己的散文集。我心里暗暗叫苦:谁教谁写剧本呀?故事、人物、主题、结构都是她拿大主意,大局定后,调整段落、润色文字、加一两首歌词、补一两个小情节……这才是我的活儿。我的角色不过是"陪练",那个剧本的写作过程,是我在向她深入学习舞蹈艺术,我才是学生。落笔的时候,她不断和我聊中国民族民间舞和芭蕾及现代舞的比较,聊同一种民间舞蹈在不同地域的差别等问题,要我想办法把这些讨论放到情节里。陪了她一段,我终于心中了然,她在走下正面舞台以后,仍在寻找与舞蹈再续前缘的方式。这将近一年多的折腾,我和她同时明白了剧本这种形式不宜于表达她对舞蹈的体会和认识。我做了许多准备要向她进言：舞蹈虽是一切艺术之母，却是一个缺乏理性总结的艺术门类，她要想写一写自己的经验和体会，不如直接写评论和理论文章。这些话还没来得及说，她拿来了两本杂志，有两篇她写的评论已经刊登了。很显然，这快一年的时间，她是两件事一起做的。这以后，资华筠的舞蹈实践更为密集，她编舞、观舞、评舞，关心学校的艺术教育和社会的艺术普及，同时用笔来表现舞蹈，发表了大量有影响的舞评、舞论，出版了多部专著、文集，合计二百多万字。她在理性的思考中，为探究舞蹈的本质发展而笔耕不辍。

第二件事，1987年，资华筠作为吴晓邦先生的继任，担任了中国艺术研究院舞蹈研究所所长。就任的时候，她面对许多质疑的眼光，没有退缩。她对我说："中国艺术研究院是什么档次的艺术大师传承下来的，我很清楚；自己有几斤几两，我也很清楚。我就职演说的第一句话是：'我不是来上任而是来上学的，相信只要自己想学，任何时候都不晚。'"她也告诉我，舞蹈研究所内，以研究舞蹈史的专家成就最高，也有少数研究舞谱，但真正面向舞蹈本体研究的不多。很长时间不见她的人影，我知道她在找书看，找王克芬、孙景琛等舞蹈史的研究专家聊，向他们请教。

又是一个初冬的晚上，她突然来我家。她问我："为什么舞蹈史的内容，很多都是借鉴戏剧史的？"我没有想过这个问题，很没有底气地说："也许是开创这个课题的是戏剧家欧阳予倩的缘故吧？很多学术都有'学案'，也就是学术传承历史，与开创者的学术背景、学术特长、学术传承有关。不过，凡是历史类，都是要读历史典籍的。"我也告诉她："据我所知，舞蹈在民间是一切艺术之母，但在上古的宫廷文化里并没有独立成类，它从属音乐，是和礼制结合在一起的。"她问我："舞蹈这个词儿最早见于什么典籍？我想读一读。"舞蹈史我是绝对的"盲"，不过说到文献，我心里倒有两篇现成的觉得她或可以一试。星期六下午和晚上她不请自来，我和她一起读《毛诗序》和《礼记·乐记》。那两篇文言文对我来说算是专业，可对她来说是有难度的。她居然不畏难，听我讲过之后，又用尽各种办法去攻克。大约过了两个星期，她读下来了，还读了一些参考文章。尤其是《乐记》，里面有几个地方是描写具体礼仪动作的，她还做给我看，问是不是那样。我当然知道她是想探一探舞蹈史的水到底有多深，更知道她自会有自己的结论。她在舞蹈所很尊重研究理论和舞蹈史的专家，但也有了自己的想法，"舞蹈生态学"的课题，也就在这时提到日程上来。她，找到了另一种献身舞蹈的方式。

这两件事让我看到，华筠从智者的境界出发，走向了勇者的进取。

进入课题给我的重重惊喜

1988年，舞蹈所的高春林提出了一个"舞蹈生态学"课题，也很简略地讲到课题的涵义。所以，1990年3月手抄和出版的《舞蹈生态学导论》封面上还保留了他的名字。其实他当时还在做"定位法舞谱"，没有参加这项工作。资华筠十分敏锐地看到"舞蹈生态学"的意义，做了很多"功课"后，她来找我，想约我和她妹妹资民筠一起来做这个课题，具体地说，就是要写出一本《舞蹈生态学》的书。一开始我当然是不敢答应的，在高等学校干了那么多年，"学科"与"专业"的概念是筑牢了的，"隔行如隔山"，这么大的跨度，我怎敢轻易涉险？何况那一年，颖民师去世后，我自己的专业也面临很多难题。但华筠说，先不急着上阵，可以试试。我在青海调到省文学艺术创作研究室去后，打交道的是省京剧团和歌舞团，当时不得不硬着头皮学习，拣一点皮毛，记下一些杂记，也有很多关于两团自创节目的备忘笔记。我自知不入流，以后懒得再去翻阅。不知什么时候被华筠看到，悄悄带走，认真"审阅"，到我家里拉着我"讨论"，一段一段地分析，鼓励的地方不少，否定的地方更多，有些地方直接用"不着边际"甚至"外行话"等毫不留情的话来批评。之后，她插我时间的缝隙，带着我去参加"蓉城之秋"舞蹈节，指令我给贾作光的《鱼舞》写评论。让我解读武季梅的"定位法舞谱"，帮吴曼英的"速画舞谱"改进和推介……不论我用什么办法表达业余花费那么多时间在舞蹈上非我所愿，她还是不放弃。我也是一个喜欢用知识和见解充实自己的人，舞蹈与我的专业看似不相关，但接触多了，渐渐觉得跳舞和说话一样，都是人本能的反映，相通之处的确是有的。我的乐趣是获得新知和所思，何况也都是很有意思的事情，后来也就高高兴兴地跟她去，按她说的写点儿小文章。她曾对我说："你以前接触过文学艺术，又有理性思维，你帮我。我呢，也提高你研究舞蹈的能力，这是回报。""回报"这个词儿让我心里一热。她把能力这种精神财富当成"回报"送给我,是真地拿我当朋友。不论是当时还是现在,有几人能如此想？我答应一定认真试试。接触课题后,华筠让我大开眼界,惊喜重重。

1988年晚秋的一个星期六,华筠约我和民筠在前海西街恭王府艺术研究院见面。在华筠的办公室,我和民筠听她讲了一天,临走时她说:"下礼拜六,还是这儿。"又是一整天。她讲了自己对舞蹈各方面的认识、看法,并且说了自己对"舞蹈生态学"这个课题的理解和设想。她对各类舞蹈了解和熟悉的程度令我大开眼界,有很多认识也使我惊喜不已。我和民筠是听她讲了两天后才插话问她问题,讨论也就从第三次开始。从10月到过了春节,记不得讨论了多少次,我们定了几件事:首先是要走舞蹈科学的路子,就像音乐借助物理声学、美术借助物理光学,不要泛泛谈感想、讲经验;其次既然要解决舞蹈和环境的关系,那就是要把舞蹈当成一种文化事项,而不是研究表演和导演问题;再次,生态应当理解为生存和发展的环境,因此只能是研究中国民族民间舞蹈。我完全没有想到,这三条,我们三个人学术背景差别那么大,居然都没有异议。尤其是华筠,第一条她能完全接受,再次让我惊喜。

让我惊喜的还在后头。定下这三条后,华筠说她要好好想一想,我们有好久没有相约。我记得,那是一个星期四,华筠知道我下午、晚上都没课,电话通知我到她家里,民筠比我先到一会儿。开始后,华筠明确提出了这个课题预定的任务,讨论非常顺利。华筠让我归纳、整理一下,我整理出四条:(1)要把舞蹈动作分解开来,建立术语系,使舞蹈形态可以清楚地描写出来;(2)要把舞蹈作为一个文化事项存在和发展中的有关现象界定出来，循其本质，给予定义；（3）要在前面工作的基础上，把民族民间舞蹈的分类原则定出来，以便逐步实现分类的系统化；（4）寻求一种建立舞蹈和生态环境关系的量化方法，以便解释与证明某种环境对舞蹈产生和发展影响的强弱。这四条，"建立术语系""定称和定义"是我补充的，"分类系统化"和"采用量化方法"是民筠补充的，其余，都没有离开华筠想好并提炼出来的那几条。《舞蹈生态学》的"绪论"部分，大框架已经有了。

课题一开始，进入"舞蹈的本质与特点"，有华筠两天半的谈话记录做基础，我和民筠让她抛出一个提纲，之后使出了学院派钻图书馆的本事，分头把有关问题梳理了一下，这部分也规模初就。

我在又一次惊喜之余完全解除了顾虑。我担心自己不懂舞蹈，即使帮她出了主意，如果研究主体的舞蹈不予借鉴或无法采用，找不到彼此的交集，不能与舞蹈事实结合到一起，也就进入不了舞蹈学。没有想到她经过非常成熟的思考，加上前一阶段的讨论，已经如此胸有成竹。她出色的学习能力、理解能力和移植能力，她对舞蹈艺术深刻的理解和独特的感受，都让人惊叹。

那段时间是我最辛苦的时候，老师逝世后，古汉语两位教研室主任相继高升离开了教学岗位，我接替了学科建设和教学组织的工作。除了教学、科研外，有两个晚上还要为了生计去教自学考试的辅导班。但是，我被华筠想要做成这件事的决心所感动，也被她胸有成竹的设想和规划所吸引，重重惊喜之后，我突然增加了一种责任感，不再说"试试"，不知不觉上了她的船。不论有多忙，舞蹈生态学的讨论，我一次也没有落下，而是怀着欣喜、带着期待、心甘情愿地在华筠的指挥下工作。

与知音者畅叙无比幸福

作一个舞蹈理论的项目，主持人对目标、方法都已经想好了，连最终成果的样式都画出来了，只要跟着她往前走，那就学着干吧！

尤其是还有民筠。跟她们姐妹俩一起的种种讨论和起草，给我一种非常独特的体验，让我尝到没有任何阻碍相互理解交流的畅快。

华筠告诉我她也让妹妹来参与项目时，我只见过民筠一次，很谈得来，但还生疏。课题见面当天就出了一点小事故。我骑自行车，民筠步行，在胡同里遇见刚要打招呼，另一辆自行车从后面冲过来，民筠一把拉住我，我双脚落地，她却踉踉跄跄撞到一个洋灰墩子上。我知道她是因为患了严重的病才中途从德国被接回来的，扔下车就去扶她，自行车又差一点砸上人。那天最终有惊无险，却无形之中拉近了我和她的距离。

民筠在北大留校任教，专业是地球物理学，她发表的文章我看过标题，几乎没有一个词是熟悉的。一开始，我担心和她在专业上共同语言会很少。但是，我俩分节整理了"舞蹈的本质与特点"这一章的文字稿，写完后交换着修改，彼此改动的都不多。这当然是因为有华筠的思路和她的提纲为基础，观点是一致的，参考书也是共同的。可我很快发现，民筠的文笔相当流畅、漂亮，而且有理科生具有的逻辑性和简洁，即使在中文专业，也属一流。

到我们要解决舞蹈形态描写的问题时，我曾对华筠说过，这个问题我或许能从语言学借鉴一点内容，华筠就让我先拿一个方案。我想到，舞蹈的肢体运动与语言的唇舌运动是有相似之处的，所以可以借鉴音位学和语义学的方法试试。我想把舞蹈的基本单位称作"舞动"，它是人的躯体各部位在同一时段内运动的加和。仿照音位归纳原则，将舞动归纳为"舞畴"，并将其连接为线性的"舞畴序列"。这个方案我想的时间很长，但怎么能把这两门语言学的分支和舞蹈联系起来，我的讲述躲不开语言学术语，完全没有和其他专业交流的能力，自己都觉得讲得很生硬。开始时她们两个都静静地听，之后也提出很多问题让我回答。完全没有想到，下个星期再讨论时，民筠顺手画了两个图——国际音标的《元音舌位图》和《辅音舌位图》，说："你的'舞动'，是不是借鉴了语音学的这两个图的原理？舌头的部位不同，口腔的性状不同，发出的声音就会不同，听觉的感受不同，就是不同的'音素'。舞蹈也一样，身体活动的姿势不同，给人的视觉感受不同，就是不同的'舞素'，你改叫'舞动'？对吗？"我还能说什么，只能一个劲儿地点头，她教会了我，怎样用既平易又准确的话语介绍专业知识。她接着说："音素是物理的，因为人的听觉分辨不了很细的声音区别，所以把不影响语言意义近似的声音归纳在一起，你们叫'音位'。舞蹈的动作表达情感也不需要那么精确，因为视觉也没有那么高的分辨能力，所以也可以归纳成'舞位'，你改叫'舞畴'？对吗？"华筠接着说："发音和跳舞都是动态的，又都是表达思想感情的，完全可以类比和借鉴。特别是'舞畴'，民间舞的动作人人有差别、次次不一样，但跳起来就是同一种情绪、同一个舞，有一个'舞畴'概念太必要了。"这第一次的沟通，就被她们姐妹俩说透了。这以后，"舞动因子""舞畴序列"等概念的定称和定义，顺利定下。

之后到舞蹈的宏观分析，我提出以"舞目"为基本单位，仿照义场类聚原则，将舞目类聚为"舞目类群"；又根据形、功、源、域的综合因素，设立了"多维舞种"的概念。谁想到我刚一提出来，民筠就发话了，她说："你这个，借鉴的是语言谱系分类的办法吧？形、功、源、域这四个方面，也从方言学里引进了东西。"她居然用英文把印欧语的谱系按层次写了出来。这次我不但惊喜，还真是有些惊吓了。我把民筠画得很专业的图收了起来，两个人单独在一起的时候问她；"学过还是这次现学的语言学？"她说："你说了我就去看书，没有什么难懂的呀？没有什么超出数理逻辑的地方呀？"凡此种种，民筠对我借鉴语言学的那些想法的解释，让我吃惊的地方太多了！她的聪明特别是记忆力，我真的心服口服。

说起"生态"，现在是一个经常会遇到的名词。1992年版《中国大百科全书》的"生物学分卷"已经有了七个关于"生态"的分类集合，包含九十八个术语词条。到2002第二版"生态学"已经成为"生物卷"的独立分卷。2021年教育部修订的研究生学科目录，已经把"生态学"升级为一级学科。但在上世纪80年代，这个学科普及度还很低，高春林提出这个题目对舞蹈来说，是很超前的。可是现在是我们想借这个学科的精神一用，在课题名称上不能出问题，一定要有科学的解释。只有学习,又缺乏学习资料。查了很多种工具书,我在1987年出版的《辞海》上查到了"生态学"这个词条,定义是:"有关生物生活的科学。是动物和它的非生物环境以及生物环境之间所有的联系,即有关生物生计的科学。"由《辞海》里知道,"生态"一词来源于古希腊。1866年,德国科学家恩斯特·海克尔把两个古代希腊语拼合起来,汉语翻译为"生态学"。于是民筠也补充了很多英语材料,证实我们借用这个科学门类来研究舞蹈与环境的关系是适切的。"生态"指与动物生存、发展有关的环境;推演之,"舞蹈生态"就应当是民族民间舞蹈生存和发展的自然环境与社会环境。但是华筠仍不放心,她说:"生态这部分咱们都不熟悉,虽然咱们只是解决舞蹈和环境的关系,而且偏重环境对舞蹈的影响,更偏重社会文化环境的影响,但也要有人帮我们了解生态学的基本知识。我要去请一位这方面的顾问。"她请了中国大百科全书编辑部的全如瑊先生来当顾问,因为他有医学背景,正在筹划《中国大百科全书》的"生物学卷"。我第一次见到全如瑊先生,他对我说:"你是北师大的老师,怎么不知道全国生态学著名专家孙儒泳就在你们生物系?他是生态分卷已经定下的学术的副主编。"可是当时孙儒泳老师在广州,无法拜访他,我终于找到生物系的老师借到了孙先生1987年出版的《动物生态学原理》,读了很久,太多的地方没有懂或记不住,又找人辅导,总算确认了我们大致的理解是正确的。那时候是没有网络可以查询知识的,这反而让我们必须勤奋读书、博闻强记、深透理解,迅速把理论转为应用,把知识化为能力。

确定了舞蹈和生态的关系就是舞蹈和它产生、发展环境的关系，华筠才开始带着我们往"关系"方面讨论。民筠提出了一整套测查、计量、结果分析的方法。有图表，还有数学公式。她生怕我听不懂，一面讲一面用眼神关照我，所以讲得很慢。休息的时候我悄悄告诉她："你尽管讲你的，并不难懂。我回北师大后补了两门高中没有学过的数学课——微积分和线性代数，教材后面的习题和补充习题集全都做了，还自学了《初等数论》。"她也很惊讶，问我："你学了语言学，还是古汉语，数学还用得上？"我说："就是想练练脑子，文科里想当然的东西太多了。"那时我也跟她说，人文现象与数理不同，很多经验性和个性强的事物是不能精确计量的。华筠说得更具体："研究民间舞蹈与环境的关系要有量化，我同意；但手抬到哪儿是高还是低，脚迈到哪儿是前还是后，不能拿尺子量得那么准。哪种环境对哪种舞蹈有影响，影响多大是强、多小是弱，更是没法儿计算得那么准的。"我支持她说："跟说话一样，听起来都是同一种语言，也不能用工具去量舌头、口腔和口型。言语是给人听的，感官是有个体差异的。同样，舞蹈是凭自己的感觉跳，自娱而娱人，还有审美问题，含有很多的心理因素。"我一面说，华筠已经准备了好几个例子，她一面讲，一面舞，可惜那时候没有录像，更没有视频，我只是暗暗强记，民筠却已经想到办法了。她说："有道理，我们不用数学公式，不用精确计量，只用分类、分型、分级的办法来讲这个问题。"最后，我们将生态环境分解为"类型"，与广度有关的"生态幅"、与关系有关的"生态位"等概念，都是我们自己定的，但都做出了适合舞蹈生态的定义。后来才知道，像"生态位"这样的术语，在中文的生态学里也是有的，幸亏我们有自己的定义。有了前面的共识，这些概念的定义也就很快写出来。舞蹈和生态关系的论证方法就这样确定下来。

在这个过程中，另一个概念"生态系统"不得不设立，民筠说："只有有了系统，才能谈类型。"我附和她说："关系的普遍性和有序性是系统论的基本原理之一。"于是她不断和我们讲"系统论"的原理，我尽量以自己所知回应她，每次我准确应答了她的问题，她也总是诧异地看我一眼。过了几天，她忍不住了，问我："你读过系统论的书？"我说："读过贝塔朗菲的一般系统论，试着用它解释过我的老师教我做的'《说文》系联'。我不知道自己是不是已经读懂，但是我用这个理论证实表意汉字和以意义为中心的汉语词汇都是成系统的。"后来我曾把自己做《说文》系联和《说文》部件拆分的学习经历讲给她听。她支持我的做法并且告诉我，在德国的时候，她专门学习过信息论、系统论、控制论，她说："德国是一个重视应用更重视理论的国家，如果不是生病，我还能学到更多的东西。"

《舞蹈生态学导论》从一个项目开始，最后以资华筠为首、我们三人的专著形式出版。1990年3月手抄定稿，小改动后交出版社，1991年5月正式出版。实际上，虽然书出版了，但我们的讨论并没有终止。1991年夏末，华筠在兰州举办了第一期"舞蹈生态学学习班"，由兰州军区文工团承办。华筠主讲，我和民筠协助。我只讲"舞蹈形态分析"这部分，民筠只讲"测查、计量和结果分析的方法"这部分，余下的都是华筠自己讲，她一边讲，一边舞，我和民筠也跟着听。后面学员提问，各自回答自己那一部分问题，我和民筠那四个小部分，也由华筠补充一点实例。因为是第一次系统讲课，大纲是三个人讨论过的，举例一般也让华筠确定一下。我讲舞蹈形态的时候，"舞蹈因子分解"涉及"步伐"；讲到"全脚着地"时，我发现提纲上没有例子。猛然想起青海塔尔寺每年有一种驱鬼的仪式，称为"跳趫（qiàn）"，僧人们是全脚很重落地。我就举了这个例子，并且自己做了动作示范，提问时学员也没有提出

《舞蹈生态学导论》定稿，王宁手抄

什么疑问。到我们三个人总结时，民筠对着我说："你说的'跳趫'，是舞蹈吗？"我说："不是，是一种宗教仪式。"她说："全脚着地的舞蹈有的是，你为什么要举一个宗教仪式？"我说："讲课时发现这里没有准备例子，临时起意，我还觉得自己很机智呢，再说，中国古代舞蹈就起源于礼仪。"民筠说："我们不是讲舞蹈史，你准备不足，这个例子会使学员有误解，以后不可以这样，一定要事先准备好，不可以临时想。"我当然欣然接受。晚饭时她又对我说："其实你讲得很棒，我收获很大，可是仪式不是舞蹈，我讲的是个'理'，怕误导学员，你说对吧？"我笑着点头说："民筠，你刚才批评我那

么较真儿，是有理必究；现在又如此安抚我，是人文关怀！可你想过没有，刚刚那个例子，其实有一个重要的原理在内呢。"她想了一会儿说："你是不是说，同样是步伐，怎样才是舞蹈的步伐，需要有一个限定？"我说："走路、跑步、仪式、跳舞……都是有步伐的，也都可以用因子将它们的特征分析描写出来，可是它们表示的意义是不同的，如同说话，也是要有意义才是话语。我们在舞蹈形态这一部分里是否还缺了点什么？"当天晚上，华筠来我们房间三个人一直讨论到两点多。这才有了后来关于"舞蹈语言系统的建构"的补充。

回想那时的各种讨论、梳理、写作、修改，每一次从提出问题到解决问题，从微观事实到中观定律，经验事实变成理论原理，几乎每一个概念、每一段论证都像一场战役。一个个新信息、一次次新认定，让人无比兴奋。也许有人会把那种感觉叫作"成就感"，我的感觉并非如此，我只觉得和聪明人讨论问题内心充盈，有一种自己被成就的幸福。

相互的启发与由衷的惦念

那天晚上回到我俩一同住的房间，华筠送走一拨一拨的学员，也来我们这里聊天。三个人回想当时的情景，这三年挤出业余的时间，无数次地学习、讨论、起草、推翻、修改、定稿……循环往复，有时候一个月写不了一段，有时候又两三节一起定稿。讨论一个创新的舞蹈理论，只有华筠是舞蹈专业，我们两个参与者的专业背景与舞蹈相距甚远，彼此的距离又相当远。在没有电脑可以查到资料的情况下，还要花费那么多的精力寻根问底，泡图书馆看书，学习自己完全没有接触过的生态学。这期间遇到许许多多的问题，开始时虽有分歧，但交流竟是如此没有障碍，最后总是聚合为共识。三个人都有一种对友谊和智慧的深深怀念。民筠忽然问我："你在高校那么多年，应当知道什么是常规科学吧？"我说："大致知道，指的是经过多次证明，并对以后的发现有直接作用的基础理论。常规科学是初学者启蒙的引导，也是专业人员研究的起点。"她说："你有没有觉得，我们正是在常规科学的基础上交流？所以，常规科学的作用还可以加一条，它是不同学科相通的基础？"她的话让我有一种顿悟的感觉。我本来以为，是舞蹈学借鉴了语言学、数理科学、生态学的方法和精神，其实并不是，"舞蹈生态学"首先建立在民族民间舞蹈的大量事实和已经发掘出的部分规律上，其他学科能够提供给它的，不过是本学科最底层的常规科学那一部分。每门科学发展到一定的程度，理论日渐成熟，在研究和应用中积累日益丰厚，都会有自己独特的内容和方法，"隔行如隔山"并没有说错。我把自己的体会告诉华筠和民筠说："我现在明白为什么我们能够这样顺利地交流，又能最快地取得共识，这里有好几个层次呢。我和民筠属于文理互通，是因为我学语言学，但没有忘记基础的数学物理；民筠学物理，但她凭借数理逻辑很快理解了语言学的基本方法。我们三个人学习的生态学，也仅仅是生物与环境关系的那部分基本原则。这些能够用到舞蹈上，都是常规科学可以互通的那部分。舞蹈艺术才是舞蹈生态学研究的本体和主体。没有华筠对舞蹈多年的体验、思考、把握，我们的这些部分都是无由安置的。华筠将来好好地去应用这门科学，在应用中充实发展它。"华筠说："我找了两个聪明人，两个在自己专业上有很强的理论修养和科研能力的人，又是两个既想真心帮我又相信我的人。你们听我讲舞蹈，把那些没有整理的舞蹈事实整理清楚，从那些堆积在一起的材料里看见规律。你们知道在哪里能够帮到我，你们是我的'金不换'。"民筠说："我们做的是一个以舞蹈学为主体的交叉学科，如何从主学科出发，选择相关的科学方法，我们真的没走什么弯路。新科学的产生、多学科的交叉、已有科学的合并和分化，等等，有人归入哲学方法论，说得太太空泛了。这一部分，我认为应当叫作科学学。"

　　民筠的确是一个非常聪慧的人，我对她的看法在很短的时间里一直在升级：她能够很快理解我说的语言学，并且用平易的语言表述准确，我认为是她聪明而且善于学习，以最快的速度吃透有用的知识。当她迅速接受数理现象和人文现象的区别而提出生态系统的分类层次时，我意识到她不是一般的聪明，而是具有难得的思辨性思维，有惊人的判断力。而听她讲常规科学和科学学，我对她的认识又提高了一层，她还掌握了一种宏观的方法论，思想的穿透力实非寻常。我心里暗暗想，在科学研究上，她的前途无可限量。

　　三年的时间，尤其是书稿进入修改、定稿时期，我和民筠的友谊日深，两个人见了面总有说不完的话。我不再骑自行车，每次从艺术研究院走到护国寺，和她走一路，说一路。话不完，就不上公共汽车，接着走；还说不完，就在积水潭地铁口窗台找个地方坐下，有时干脆站着，直到我想起她身体不好闸住话头儿。我们的话题也越来越多，她读过很多19世纪的法国、英国、德国文学，更熟悉俄国古典文学和苏联文学。不论从哪里扯出一个头儿来，就各自发表自己的意见，我们的看法有相当程度的共识，也有时存在分歧。有一次，偶然说起车尔尼雪夫斯基的《怎么办？》，我告诉她，我少年时崇拜过书里的一个革命者拉赫美托夫，他为了让自己在困境中经得起考验，睡在有钉子的床上，吃生肉，喝生水。但她说："我不认为皮肉之苦要像拉赫美托夫那样去预先锻炼，人应当靠着一种精神来渡过难关，难忍的时候，我心里要有豪言壮语，甚至还有音乐。"我知道她经受过蒙冤、疾病等折磨，也想起自己曾经的苦难。我们都没有妥协过、退缩过，我知道，她是对的。

那时候，我对系统论运用到语言文字上已经有了很多想法，例如关于义素分析法、关于汉字构形模式等，我总是在舞蹈问题讨论后讲给她听，遇到一些相关问题她也会问我。记得最清楚的，她特别赞同我把语义义素分成表义素、类义素和元（核）义素，她说："元素是不同质的，你想得非常好。"我把独体字称为"零合成字"，她也很赞成，说："两个以上才有结构，一个，就是零结构，你用对了。"也因为她赞同，舞蹈形态分析才设置了"零舞动""零呼吸""零节奏"等几个术语。

我们两个人在一起的时候，好奇心和求知欲都得到满足。民筠曾对我说："你有没有那种感觉——你觉得有人能跟你一起想，而且互相能想到一起，你才想说话。很多时候，语言真的很多余。"她的话让我回想青海那些年，在很多地方我一整天都不说一句话，沉默和精神饥饿是那时的常态。

民筠是个固执而有主意的人。1988年，民筠应当评上的职称被其他人拿走。说起这件既违规又违理的事，她愤愤然，姐妹俩商量离开北大调到艺术研究院。这件事对我来说，是无法理解的。我高中比她高两级，从小数学就不是一般的好，毕业时一心要上北大数学系，也有绝对把握考上，但是组织出面要保送我到北师大，而且指定是中文系，志愿的改变成为我终身的遗憾。而她如愿去了北大物理系，学习最前沿的学科，就那么轻易放弃了？再说，已经不是很年轻，努力学习过，出国长过见识，也已经有了很好的成就，艺术离她原来的专业也太远了，岂不是浪费？将来她会不会后悔？我悄悄问过华筠，她说："你不了解我妹妹，她文学、艺术不生疏，音乐尤其有天赋，拿下一门新学科绝不成问题。她身体不好，并不适合现在的专业，而且，心情很重要。"当时我也同样遇到职称问题，连着三次该评上却评不上，我的态度是不去计较，职称非我个人之力所及，有实力不怕晚，最终还是比实力。我用自己的想法试着说服她慎重考虑，转专业不是小事，坚持就是胜利，不要任性，不要用这种方法来"抗议"。但是民筠说："不，这件事我不是为自己争，是要一个'理'、一个'公平'。转行也不是一时冲动，我本来对艺术科学就有兴趣，别替我担心，换个专业一样拿得下来。"有华筠操持，调动的事居然办成了。但我也知道了民筠的固执，定下的事难得改动。

我习惯了民筠的刚直，但也感受了她的温情。民筠是一个对日常生活特别马虎的人，日子也过得简朴。资伯母她们还住在航空胡同的时候，我去过一两次，总看见资伯母追着她提醒很多生活上的事。华筠知道她不会照顾自己，也在生活上管着她。忘了是哪个冬天，我不经意地说出自己查出心动过速，是在青海得下的老毛病，犯得不算太严重也没有在意。有一天我俩一起回家，她忽然把一个小瓶塞到我的口袋里，匆匆离开时说："你太累了，觉得没力气的时候含一片。"我到家一看，是一瓶切成片的西洋参，当时的西洋参是很贵的，这应当是资伯母或姐姐们给她预备的，她分给了我。还有一次我偶然说起在青海膝盖受过伤，天冷会痛，过了几天再相见时，民筠画了一个穴位图给我，她说："我用红色圈上的那四个地方是管膝盖的穴位。"她是自己最需要照顾而对自己的生活从不用心的人，我感叹于她为其实身体很好的我的用心。

1993年4月，我们出版了《舞蹈生态学论丛》后，我和民筠各自在学术上进行了一段新的跋涉，虽不见面，家里装了座机后仍然互通消息。我曾让民筠看过初稿的文章《系统论与汉字构形学的创建》发表后，我开始大胆招收计算机科学的理科生，想建成文理交叉学科来弘扬传统"小学"，曾经设想过的义素分析法和汉字构形模式渐渐思考成熟……所有这些，都是因为我从一点出发，认识渐渐深化，这一点就是：不论文科、理科，只要是科学，都会在常规科学的底层有所相通。这些，我都在电话里告诉了民筠。

民筠到艺术研究院以后开始写科普的书，我读了她的《真与美的长河》《走向真与美的统一——趣味科技文化》《真与美的跨世纪交响乐——趣味科技文化》以及与韩宝强合写的《音乐与自然》，等等。开始时，这些书或文章她也会在电话里和我沟通，而我在字里行间也还可以看到我接触过的资民筠。但是民筠的话越来越少，她的想法我只能推测。她讲航天器的历史是从美丽的希腊神话说起的，她的科普文章一直是有温度的，《音乐与自然》的"主编序言"一开始就引用了雨果的话："开启人类智慧的宝库有三把钥匙：一把是数学，一把是字母，一把是音符。"我隐隐约约觉得，她是否想把科学和艺术结合起来，走向真与美的统一，这个新学科也许可称作"艺术科技"或"科技文化"？有了电脑后，我查出沈长寿领衔、她居第二及其他人共同署名发表的关于"电离层和地磁效应"的文章，发表的时间是1999年，那恐怕是她关于地球物理的最后成果吧，而民筠的单位已是"中国艺术研究院"，说明，她没有回头。我想，她或许会走向以理科为主学科的文理交叉科学？也期待我们的缘分还会延续，还有机会在事业上再次相遇。

一本书和两个逝去的朋友

2011年，华筠约我帮她重修《舞蹈生态学》，我面对华筠的白血病，更经不起民筠不能参加和她中途彻底离去的沉重打击。我向华筠承诺，在这次修订中，我全部忠实地按她的意愿完成文字工作，让她放心养病，相信我。我个人的意愿只有一个，就是在"舞蹈形态分析"之后，要加上"舞蹈语言系统的建构"这个内容。从兰州学习班回京，我已经想明白：舞蹈形态是人体构成的另一种语言系统，而且舞蹈的功能是表情达意，只是这个意义要比人类的有声语言更为内在而隐含，从这一点出发，多维舞种的舞动必然是系统的。后来在郑州举办"舞蹈生态学学术研讨会"的时候，我已经这样讲了。说到系统论，华筠和我自然会想起同一些画面，赞同的时候，表情也是黯然的。

华筠开始断断续续向我讲述她的修改方案，一切我都很容易理解，只有当她说到为了减小阅读的难度，要把原稿"测查、计量、结果分析的方法"这一章所有的图表、公式删除改用语言表述时，我内心是有波动的。我其实知道，当初民筠要绘制的一些图表，大部分只是最基础的数学图式，只是因为需要给文科的读者说明科学性才绘制出来。后来经过学习班讲课，的确感到增加了阅读的难度，华筠的意见是对的。我心里的那个"坎儿"，不过是想到民筠的音容笑貌、言谈话语，一点点、一滴滴，挥之不去而已。我克服了感情用事，删去了十多个公式与图表，只有在"舞蹈和生态关系判定的数据处理"和"生态对舞蹈作用的模式"这两个地方，我征得华筠的同意保留和重新绘制了很容易看明白的图示，其他都按华筠的意见办了。

听了她的修改方案，我知道，华筠对舞蹈的研究和认识进入了一个更高的层次。她曾面对人体科学、语言文字学，面对数理科学和生物生态学。这些学科彼此的距离都很远，对于任何一个单学科的专门家来说，把这些学科交叉起来也是不容易的。而资华筠却在这些学科之间把舞蹈放在了中心，让这些学科中有用的理论和方法向舞蹈艺术辐射，于是，在舞蹈生态学里，资华筠找到了一条研究舞蹈规律、把握舞蹈共性的道路，进一步提升了她认识舞蹈、发展舞蹈的能力。

这一次的修订应当说十分顺利。比以前好了太多的是，有了电脑，不用一个字一个字地爬格子，修改也可以就地传输。我知道自己的工作在跟她的病赛跑，那段时间每周从电邮里传或多或少的稿子给她。夜深人静时，无论写到哪里，都会因为想起往事泪眼模糊。

华筠用有效的药物压住病痛，对我的每章每节的文字稿一字不漏地读，不太有把握的地方就给我复述，以验证我们的看法是否一致，改动得却很少。我最后提出舞蹈动作如果有图画会更直观，华筠亲自找人完成了这件事。交付了正文全稿后，前言、装帧、署名、出版等事宜也都由她与责编直接对接完成。

《舞蹈生态学导论》出版二十四年。论证更为详尽的《舞蹈生态学》出版十二年。这本书应当定位为对民族民间舞蹈的描写和解释的科学。它的创建使舞蹈有了科学描写的手段，也使舞蹈的存在与发展的原因有了可能解释的途径。舞蹈生态学的创建，使资华筠的舞蹈评论和研究走入更加理性的阶段。把她前后期的文集加以比较可以看出，她在2001年后的舞蹈评论有了更强的理论推论能力，有了更准确地对民族舞蹈特点的把握能力，有了把舞蹈置于社会和自然环境中的宏观思维深度。2008年，华筠出版了文论集《舞思》，这部书的出版是华筠的研究和实践走向更为理性阶段的重要标志。

她完成了舞蹈基础理论的创建后,用了二十年的时间,把理论运用于舞蹈实践,从而解读了理论。例如,她在《试论花鼓灯的"舞蹈生态幅"》一文中,提出了舞蹈传承中的舞种分化问题,并且提出了这种现象与环境变化的关系。在讨论当代亚洲舞蹈的发展时,她又提出了保护民族民间舞的"优质基因"的问题……这些涉及民族民间舞蹈的重要理论问题,既是从舞蹈生态学中生发出来的,又对舞蹈生态学有所推进。非物质遗产保护问题提出后,她把舞蹈生态学的理论运用于非物质遗产的确定和保护,提出了许多有价值的意见和建议。例如,在中国民族文化走向世界的当口,她注意到了中国文化盲目求"洋"求"新"的趋势,把这叫作"文化围城"现象,及时呼吁务必要重视中国特色遗产的保护和传衍;当很多电视比赛节目中滥用"原生态"来推荐一些技艺和唱法时,她在理论上提出了"原生态"的三个"自然"特性——自然形态、自然生态和自然传衍,分辨了原生与模仿的区别。她还关注了艺术发展的人文生态问题,论证了"争取人类精神秩序的优化"对舞蹈发展的重要作用。这些充满着智慧和观察事物的理念,都可以看出在创建舞蹈生态学之后资华筠对舞蹈、对文化、对民族遗产理性思考水准的提升。

华筠是一个成功者,从表演到研究的道路上充满了进取和创造。六十年前从艺,三十年前转型,二十年前从研从教。她没有停留在舞者的感性阶段,也没有停留在学者吸纳百家的阶段,她从一个成名的舞蹈表演者起步,最终达到了专业舞蹈理论研究者的高度。2010年,资华筠舞蹈艺术生涯六十年,是从1950年——

2010年，最后这一年她获得了"中国艺术研究院终身研究员"的称号，罗斌主编她的纪念文集题为"甲子归哺"。而且，她用舞蹈生态学理论培养了一批具有研究能力的博士，她的事业会薪火相传，发展延伸。

她和我同时拿到《舞蹈生态学》样书的那一天，也是华筠和我最后通话的那一天。她精神还好，没有病中的焦虑。她说，最了解她的人还是我，并嘱咐我，帮助她保护舞蹈生态学，传播舞蹈生态学。我也说了一些话："和你、和民筠在一起的那些日子，是我最不务正业又在自己的专业上收获极多的日子。我不会忘记在你这个'将军'指挥下和民筠一起打下的各次战役，你给我各种机会接触舞蹈艺术、学习舞蹈知识，更让我认识民筠，加深对系统科学的认识和学习最基础的生态学，这些对我都有方法论的启示。但对舞蹈，我的认知还是只够将你的想法用文字实现出来；对舞蹈生态学，我也只能解释一些术语的来源和定义，是无法应用也难以再发展它了。这门学问属于舞蹈，舞蹈并不好懂，更很少有人能像你这样全面实践和理解它。运用舞蹈生态学理论，起码也要有有关舞蹈的经历和一定的相关积累。所以，你要发动你的学生们去传承它，发展它。"

华筠的遗体告别仪式十分隆重，有很多政要参加。我和闫承尧都去了，也都很快走了。承尧介绍我们认识她是1954年，到送她离世也是整整六十年。

从2014年至今，我虽负华筠重托，只要有年轻人为这本书找到我，我会尽我所能地复述与解释，会就自己之所知帮助这本书的阅读,但舞蹈离我毕竟很远,《舞蹈生态学》对于我已经翻篇儿了。

常常想念攻克《舞蹈生态学》的那些日子,想念两个逝去的朋友,尤其想念民筠。那些短短时间的相处,许多感动,许多温暖,许多惊叹和许多遗憾,心里常有震颤。那时候,当我知道民筠的病无法逆转,她没有了意识,不能想更不能说了,我是不相信的。证实后,我欲哭无泪,伤怀至极。为什么?上天不给她其他考验,偏偏要让她失去睿智?而且是这样让她无法自主而失去?想起当时内心对她的赞许和期待,更想起她离开北大后的一些新成果。作为在高等学校困苦地坚守一个专业寸步不离的人,我出于一种保守的想法对民筠的中途转业总有很多担心,我一直在疑心那些年她过得并不如意,又因为太知道她的潜力,相信凭着她的智慧和毅力,扭转局面无需多日。未成想天不假她以年,过早夺去的是她的最宝贵的精气神。

最后看见的,是北医三院小小的告别室里她的照片。她和每次与我们同框合照一样,还是笑得那么天真而开心,像和我一起没完没了地述说着什么。多少次,不论是赞成我、夸奖我,还是反对我、批评我,她最后都会这样对我笑着,这笑容永驻我的心里。

忆栋元

——《谢栋元文集》序

栋元在与疾病顽强抗争多年,最后放下了他心仪的传统语言文字学事业离开了我们。他的妻子也是他的学生李秀坤寄来他的学术文集,希望我在书前写点什么,这引起我许许多多的回忆。

我和栋元三载同窗,中间几乎二十年音讯隔绝,再见面后没有断过联系。他和秀坤调到广东外语外贸大学后,我每去闽粤开会、出差,都会去看看他们,却在他病危之际没有见到最后一面。留在记忆里的只有电话里听到他日渐微弱的声音,间或有隐忍的痛苦呻吟。一年了,每一想起那声音,便有许多往事涌上心头,未能最后送他的遗憾也一直压在心底。

1961年,我工作三年后,考上了北师大的古代汉语研究生,跟随陆颖民(宗达)先生学习文字、声韵、训诂学。萧璋先生、俞敏先生、刘盼遂先生也给我们上课。这个研究班九个同学,除了我和王玉堂师兄是从工作岗位上考来的,其余都是北师大六一届应届毕业生留下的应届生。入学半个月,我才记住了这些同窗的名字:张凤

与陆宗达先生(中)、
谢栋元(右)合影

瑞、傅毓钤、谢栋元、黄宝生、杨逢春、余国庆、钱超尘。和我们一起上课的,还有辽宁大学来进修的张庆绵老师和已经在北师大中文系任教的沈茂勋老师。张之强老师当时是陆宗达先生的助教,做我们的班主任。刚刚接触文字、音韵、训诂学,都有很多困难,同学们各自看各自的书,有时也有交流。我和栋元渐渐熟络起来,始于学习古韵学。我们班有两位乡音未改的广东人,谢栋元和余国庆,他们从自己的方言里分得出平、入声,听得出清、浊音,还可以熟练地读"闭口韵"的字,学习音韵学他俩得天独厚。那时候我们记段玉裁的《六书音均表》,读太炎先生的《文始》,栋元和国庆常常帮我们的忙。

那是一段令人难忘的日子。对于中国传统语言文字学,大家从陌生到入门;很多古人的思想境界和学术方法,通过老师的传授和刻苦读书，渐渐从迷茫到确信。也是在那几百上千个除了读书别无他顾的日夜里，在颖民师的言传身教中，大家从点读《说文解字注》和做《说文》系联起步，在应用中熟悉了《广韵》和古韵，一字一句地推敲《左传》杜预注和孔颖达疏，分辨《毛传》的义训和声训。之后，《昭明文选》李善注和季刚先生的《文心雕龙札记》又打开了魏晋文学和文章学的大门。颖民师常常带我们去丰盛胡同政协礼堂吃饭也聊学问，乾嘉时代的文字训诂学大家，从老师的许多故事里渐渐进入我们的心中，太炎先生和季刚先生的学说更是让我们敬佩不已。在老师身边的那段时间，奠定了我们师承章黄的学术理想和信念。也许在60年代我们还有些许的朦胧，80年代初我和栋元在颖民师家里重逢时，栋元说："我们的幸运是接受了最地道的传统语言文字学的严格训练，在60年代，我们这个班恐怕是唯一的。"

我在青海师范学院教了三年现代汉语语法学、词汇学和语言学概论，1961年回母校读研究生，专业变成古代汉语，不但没有教过，本科毕业时学都没有学过。几位业师带我们完全是传统语言学的路子——文字学以《说文》为中心，训诂学和音韵学也从《说文》起步，几乎是从零开始。师兄弟们感情深厚，抱团互助。我比多数同学早毕业三年，又教过三年书，一般的语言学比他们熟一些，文言文基础应当也多少好一点。文字训诂学大家都陌生，音韵学更是完全没有学过，遇到入声、闭口韵、方言等问题，记忆实在困难。栋元是广东梅县人，我过古韵学的"关"，多亏了他的帮助——在普通话和我的吴语方言里，收 m 的闭口韵已经没有了，栋元把所有闭口韵的汉字声符及其普通话读音全部帮我抄出来，形成"上古音闭口韵谐声偏旁与现代普通话读音对照表"。入声在北方方言里派入了其他三声，难以记住，他知道我幼时背过《唐诗三百首》，把书中的入声韵全都帮我标了出来。后来老师讲《昭明文选》，他还帮我标过汉赋的去、入声字的拟音……虽然他总说自己也是学习，但这些雪中送炭的援助，费了他太多的时间，害他多开了许多夜车，而我却少走了多少弯路。

栋元对我生活上的帮助也让我难以忘记。中学时我游泳很棒，我的小妹妹比我晚生十二年，小时候也是我这方面的"粉丝"。我读研究生时小姑娘才十三岁，过几个礼拜就到学校来，缠我带她去学游泳。但我已经有伤，是被医生警告过未愈之前不能再下水的。跟小妹妹说不通，让她自己去又不放心，于是会游泳的凤瑞和栋元总是替我解围，带她去游泳池一泡就是一下午，而我却能留在宿舍读《左传》、点段注。离开母校三年，一切都已生疏，我又缺乏方位感，去上课都必须和大家一起走。研究生宿舍在西斋西楼，我只认识宿舍到图书馆这一条路，栋元时常替我去取信，连打开水凤瑞都不让我自己去。

我们这些人以后的学术生涯都和这一段研究生的生活分不开。我是在职研究生，不需分配，毕业回青海时其他同学都还去向未定，栋元约我在北海，给我送行。他说："我不知道将来分配到哪里，听说这次的分配方案没有广东、福建，看来回老家的可能没有了，只要是还在北方，你家在北京，我们再见的机会还是有的。"我说："你给我做的几张古韵学的表，给我标注的《唐诗三百首》和汉赋的去、入声韵，我会一直带着。回青海师院，这些都不一定用得上，但我一定不会忘记，相信会有用到的时候。"

没想到我回到青海就两次"下乡"，接着就"文化大革命"，和大多数熟人都失去了联系。直到1979年我借调到文化部，去看望老师，陆先生才告诉我他也记不全大家的分配结果。栋元和老师一直有联系，我才知道他分在东北，当时是在辽宁教育学院任教。陆先生说起他的分配有些感慨——他家乡在最南边的广东，工作却在最北面的辽宁！不久，栋元来了北京，先去看陆先生，后到我住的真武庙二栋来看我，说起别后种种。他看到我桌上那四本线装的大徐本《说文》里，夹着他帮我作的闭口韵和入声古韵表，每页背后都用硬纸裱糊了，惊喜地问我："这些你还留着？"我说："研究生班时用惯了，怕忘了，后来下乡总带着。"他说："《三百首》和《文选》还在吗？"我摇摇头："被抄家十一次，哪里还能找得着。"

二十年阔别，也是那时我也就知道了，栋元在辽宁取得了相当不错的成绩。尤其是上世纪80年代，他在辽宁教育学院中文系做常务副主任，担任了辽宁省语言学会会长、辽宁省语言文字工作委员会委员、辽宁省社科联委员、辽宁省客家研究会副会长、辽宁省普通高等院校高级职称评审委员会委员，还是第六届、第七届辽宁省政协委员。栋元不是一个贪图名位的人，这些头衔，不过是说明他的成功、他的威望。他在远离家乡的辽宁省，把研究班学到的传统语言学用到了教育上，用到了高校的语言学教学、研究上，也贯穿到指导大众的语言生活上。那段时间，是他学术研究的第一个高峰，不论是古代汉语还是现代语言文字规范领域，常常可以看到他的文章。

栋元是一个不忘师恩的学者。1983年我刚刚正式调进北师大中文系，身份是做颖民师的助手。原来两度求学的母校，现在忽然变得十分陌生，很多事无从着手。有两件很重要的事都是栋元给颖民师办的。第一件是《因声求义论》的发表。颖民师从前青厂搬到北师大工十楼，准备写一篇《因声求义论》，写好了标题和开头，就交给我去完成。文章写完时，栋元正好来京，住在颖民师家里，我们师生三人就这篇文章聊了一个晚上，先生要我拿到"北京师范大学学报"去发表。过了两个多月栋元又到北京来，文章还没有登出来，先生叫我到学报编辑部去问，编辑部告诉我，他们请古代汉语教研室一位老师去审稿，结论是"不刊登"，我只好把稿子拿回来。先生很生气，一定要追问缘由，栋元劝先生不必计较。他第二天就回沈阳，拿到《辽宁教育学院学报》，九天后《学报》发表，刊物寄到颖民师的家里。第二件事是季刚先生信的复印。颖民师找到了珍藏几十年的季刚先生亲笔写给他的信，想整理发表，原稿交出去不放心，那时复印还是很难得的技术，颖民师又没有复印的经费，我一筹莫展，也是栋元拿去复印了又送回来的。

1984年，栋元邀请颖民师和俞敏先生去辽宁讲学，对两位老师的学术讲座作了精心的安排，生活起居更是无微不至地照顾，吃住安排都亲力亲为，两位老师回来都对他赞不绝口。

此后在苏州开训诂学第二届年会、在武汉开纪念黄季刚先生的会，都是栋元先到北京和我们一起陪着颖民师去。每次到北京，他总是在陆先生的书房里下榻，会上也和当时还是博士生的宋永培君陪在先生左右照顾。医生嘱咐颖民师少喝酒，他俩严格限制每餐的酒量；防止老师夜里起来，他俩一个前半夜、一个后半夜，紧紧盯着。有他们陪老师，大家都万分地放心。训诂学会第三届年会在西安开，陆先生和我都没有去，俞敏先生却去了。那次天快冷了，正赶上学会换届，新旧交替有点乱。栋元来去都亲自照顾着俞先生和师母，回来时一直送到家中。俞先生说："以后没有谢栋元陪着，再也不去外地开会了。"

90年代末，栋元终于在朋友的帮助下回到了家乡，广东外语外贸大学为他成立了语言研究所，离他的老家梅县已经非常近了。在家乡，开始了他语言学研究的第二个高峰。这个高峰，是以研究客家方言为中心的。栋元从研究生时代就十分关注客家方言研究，常常举一些客家方言的例子来证实《说文》的说法。他熟读了太炎先生的《新方言》和《文始》。1988年他作《章太炎〈岭外三州语〉疏证》，这篇文章留在了杭州的"章太炎纪念馆"，2000年他发表的《〈说文解字〉与客家方言研究》，有一些就是他早年发掘的材料。章太炎先生的学术思想对他有很大的启示。到了广东，他开始运用音韵训诂的方法深入研究客家方言词汇，每一届客家方言学术年会都有文章，最后写成了《客家话与北方话对照辞典》。这是一部极有功底的方言词汇词典，语音描写准确，词义概括简要，本字推求详尽，来源考据清晰。栋元受过严格的音韵训诂基本功训练，对现代方言学的理论十分熟悉，自己就是梅县客家方言地区的人，而且青年时代就有敏锐的对语音分辨能力，听音和记音都非常准确，加上他常常回家乡去实地考察。他这样的条件研究客家方言，而且从词汇入手，与训诂紧密结合，得到了传承章黄之学的一个特殊的领域。

栋元在辽宁时，给陆先生和我的信很勤，很多事都是一起做的。我们另一位同学钱超尘在中国中医药大学研究医古文，要和我们一起写一本专门为讲解医籍的训诂学教材，大家分了章节去写，他时常有一些心得来信向陆先生汇报。《训诂方法论》出版后，《古汉语词义答问》在甘肃人民出版社出版，也是栋元推荐联系的。栋元在每次给我的信里都会谈到《说文》训释和随文释义训释中包含的语义解释现象，特别是读了我的《训诂学原理》以后，做了很多有价值的补充。比如，他注意到直训中的"移位"现象，也就是用下位词来训释上位词；他注意到形训和声训的交叉现象，也就是词源意义和字的本义的融合；他注意到训释词语的选择并不完全合乎逻辑，也有些不尽合理的随意之说。对这些问题，他都用语义学或逻辑学的规则做了解释。所以我想，这本文集，只是他公开发表的文章，反映了他跟从几位业师学习音韵训诂学的一些心得，而并非他研究的全部收获。

给我印象极深的，是栋元读书时的一个习惯。他每次到北京住在颖民师的家里，总会带太炎先生的《文始》和《说文》段注，夹在书里有很多纸条，经过先生的指导总要抽掉一部分，又有新的纸条加进去。这是我们师兄弟共同的读书习惯。研究生班时，我们常有看不懂的词句段落，颖民师不让我们问他这些。老师说："我不给你们当字典。读不懂，记下来，往后看，就懂了。要问，也得集中起来弄清问题在哪儿再提出来。"毕业几十年，我从来都是这么读书，不懂了夹小条儿，弄懂了再抽掉；同一类问题做同样的记号，合在一起想明白了记下来再一块儿抽掉。当我发现栋元一直保持如此，就会想起研究生班时一起摸爬滚打的日子。栋元是我求学中见过的具有最纯净学习动机、对师承最尊重而永不懈怠的传承者。他对音韵训诂学一直有深入的思考，都是沿着章黄的思路有所发展的。

有一次，陆先生和我们谈到《风俗通义》记载，颜回在孔子困于陈、蔡之间的时候"释菜于户外"的故事，讲到《周礼·春官·乐师》"春入学，舍采，合舞"的说法，老师说："舍采"就是"释菜"，这是一种尊师的礼节。栋元很兴奋，说："在我们家乡，一直有开学时或星期一早上上学时给老师送菜放在门口的习俗，原来以为是农家孩子的家长惦记老师生活而为，现在才知道有这么深的渊源和意义！而且，颜回释菜是在老师危难的时候，意义更加深远。"陆先生马上让我把这个意思加在《古代尊师之礼——释菜》之后，这才有了文章结尾说"至今岭南梅县地区，仍有学生将蔬菜置于老师门外以示敬意的风俗，这应该是古代'释菜'之礼的孑遗罢"的那段话，从而引发了"愿那种师权势、师富贵、师名位的势利恶俗永远绝迹，愿天下学子皆如颜回，敬师于困厄之际，'释菜'于危难之间。因术业而尊师，因科学而尊师，因真理而尊师，其礼可薄于'释菜'，其情则重于泰山"那番感慨。每当翻开《训诂学的知识与应用》这本书,看到《古代尊师之礼——释菜》这篇文章,我便会想起栋元,他深沉耿直、忠诚有信、努力勤奋而不为名利所诱惑的一生,我会牢记在心里。

他是沟通文理两支大军的桥梁
—— 张普《应用语言学论文集》序

日月如梭,在我心目中永远是少壮派的张普,也已经年近七十,不再年轻了,但是在这篇序里,我还要从他的少壮时期说起。

20世纪80年代是计算机与语言文字走向交叉的重要时期,作为理科的计算语言学和作为文科的语言文字学的两支队伍,由于信息时代的悄然到来而走在了一起。信息处理用语言文字学名词术语规范、古籍整理手段现代化、语料库建设、汉字编码和部件规范……一个一个的课题使这两个学术领域原来很少谋面的人员一次次地出现在同一个会议上,去打同一个战役。双方的知识结构不同、文理科的思维特点有异、讨论问题的习惯多样,开始时是互不理解的。那个时候,张普就是沟通这两支大军最重要的桥梁。他出身文科,在国外学习计算机科学,对信息处理不陌生,对语言文字又精通,有他在,大家都不生疏,磨合到最后,从相互埋怨到相互学习,渐渐成了朋友。我因为石定果才认识张普,认识了张普才认识了很多计算语言学和计算机科学的学者,向他们学到了很多东西，特别是他们的科学精神和量化方法、逻辑思维；不但现代化意识增强了，考虑问题的思路也发生了很大的变化，这是我此生很大的幸运。

并不是一个兼学文理的人都能起到这种沟通文理

2009年，张普

的中介作用，张普能够做到这一点，是因为他是一个对科学探求有激情又有思路的学者，每过一个时期，你就会听到他又有了一个新的想法。他沿着一个思想进程很有规律地琢磨事儿，总是很确定，又很辩证。比如，他领导平面媒体语言文字监测中心以来，提出动态语料库理论，用动态语料库测查流行语，之后又明确提出语料的"稳态"问题；他用语料库去测查汉字的常用度，接着就提出对字词关系的关注，对专科用字分布的关注等。仔细去理解他的思路你会发现，他综合了文理科思想特点的精华，有很强的发明创新能力；应用的发现推动他去思索，形成了思想他会立即提出题目、求得数据，再在应用中去验证数据和发展所想。他的思想在兴趣和探索中遨游，从不受功利的约束。出众的能力和纯净的动机使得他心无旁骛，爱与人合作，善与人合作。

他不仅是一个诚信的事业合作者，还是一个实干又不蛮干的领导者、组织者。八九十年代的任何大项目到他的手里，他都会沿着最终目标组织人力、聚合队伍、开一次会解决一个问题。有了矛盾他会从中协调，有了成绩他也不去争功。和他一起工作是紧张的，但也常常会有自由地吵和开怀地笑。处理问题的大气、大方是他的出身带来的优势，有些人是很难学到的。他身上，表现出一个文理兼通的学术带头人十分难得的素养。

张普还是一个好老师。我多次参加他的学生论文开题和答辩，很多学生的论文和很多课题的主旨是他提出的，评委的称赞属于学生，问题他却常常揽下来。他是一个思想丰富的人，所以他不吝啬，常常是怎么想就怎么说，不曲折隐晦，不吞吞吐吐，希望学生听懂，不怕别人袭用。语言明快、阐发清晰，对于他并不是技巧，而是一种品德。几次病后，他说话不如过去简练，但仍然可以听得出其中的深入思考，悟得出他言无不尽的无私胸怀。在这个论文集里，可以看到在他思路的带动下学术思想的传承和高度的凝聚力。他的弟子们已经一个个成长起来，很多已经在挑大梁、做大事。真的由衷地为他们高兴！

令人遗憾的是，对学术十分敏锐的张普，却对病痛十分迟钝。不止一次，他在身体已经产生危机的时候毫不觉察，轻易地离京甚至出国，胜利地完成任务之后，一场大病正在等着他。这种惊人之举，让家人、朋友和学生时时不安。尽管他一离开病床就开始锻炼、恢复，表现出惊人的毅力，可谁又能经得起再三地折腾！

七十岁，对于一个充满了理想、存储着资源、积累了思路的优秀学者，尤其是一个文理兼通、理论和应用并备的学者，还是最好的年龄。作为张普和石定果的老朋友，我衷心地希望张普像对待事业一样小心地爱护身体，祝愿他拥有长久的健康，高高兴兴地带领着他的那支令人羡慕的学术队伍不断前进。我相信，这个愿望也会是这本论文集的每一个作者共同的期待。让我们一起，去迎接那个比现在更美好的科学时代的到来吧！

2011年12月9日

唯有青山远送君

—— 纪念永培逝世三周年

永培在经历了两次调动未成之后,终于在2003年调进了北京。多少年来,我们的愿望是能够聚在一起,为一种学术理想共同奋斗,虽然他没有进入北师大,但是到了北京,也算是可以近距离地商量事情了。他进京后的第一件事,是为中国人民大学筹划申报汉语言文字学博士点;第二件,是帮助我筹备纪念陆宗达先生逝世二十周年的纪念文集,为这个文集写一篇他自己认为比较全面的学术评论文章。一个年逾半百的读书人中途易地,从住房到教学,想要安定下来,事情自然千头万绪。在前面两件事完成后,我们见面反而很少,都以为来日方长,振兴中国传统语言文字学和传播章黄学术的大事,可以从长计议。一千一万个没有想到,他竟然那么快就辞世而去。从他低声对我说"王老师,我觉得这一次有点钉不住了"到他不能说话,时间只有五天;从他不能说话到他去世,也才不到一个星期。一个怀着学术理想、志向未酬的活生生的人,匆匆来到我们身边,又匆匆离我们而去!

永培的离去给我的打击是无法用语言形容的,那种挫败的、失

1985年11月,陆宗达先生和他的第一届博士生宋永培在家中

望的感觉一直追随着我,有很长一段时间,我不能提起章黄和《说文》。本来准备在2008年元月出版纪念陆宗达先生逝世20周年的文集,已经跟出版社签了合同,只要一看见永培寄给我的那篇文章,我就无法打起精神来做事,这件事我只能暂时搁置下来。2008年4月,永培的学生周及徐约我到四川师大去开"中国传统语言学在当代的发展"的研讨会,那是一个无法拒绝的会议,我作好了思想准备,要平静地面对永培生活过、学习过、工作过的环境,但进入种种情境——特别是面对他的学生,我无法完全克制自己,白天应付过去,晚上彻夜失眠。半个世纪以来,经受了多少人的死亡——朝夕相处的亲人、十分景仰的老师、共过患难的朋友、不期而遇的仁人志士……重复的哀伤磨去了脆弱,磨损了痛楚,面对死亡我已经能够"想得开",但对永培的离去,我仍然久久难以平静——一是太没有思想准备,二是深深感到共同的事业还太需要他,三是感念他半生的努力竟是这样不如意地画了句号。

颖民师在黄耀先先生去世后萌生了招收博士生的念头,经过刘君惠先生的介绍认识永培，明确指示要我安排他的考试。那时我对永培还很生疏，先生对我介绍他的话，我至今记忆犹新。先生说："(与永培)谈过几次，人很踏实，能读书，有志气，可以收下他。"1985年，永培做了陆先生的博士，一同学习的还有从武汉来的石定果和从北大来的张万彬。到颖民师1988年元月辞世，我和永培相处三年。那三年，是我们讨论《说文》学最深的三年——能够和先生终年相处、近距离接触；但也是让我们经受了太多惊吓和不安的三年——那么多莫名其妙的谗言和陷阱，那么频繁的人事纠葛，作为刚刚来到一个生疏地方的弱者，我们无法防备，也无力应对，让我们无限感激的是先生的理解和信任。陆先生曾让永培传话给我说："告诉王老师，好好读她的书，写她的东西，其他的事不用她担心，我什么都明白。"那时候，因为有先生在，我们把那些是是非非都抛到脑后，一心只在学问上。我在协助陆先生教学和科研之余，正在作《说文》的第十次系联。如果说前九次我作系联都不够完整，这一次，有永培的帮助，我终于做到了先生所说的"字字都有了着落"。我蜗居斗室，书箱大半打不开，每当系联中断，在请教陆先生后，先生指示去查典籍，都是永培替我到图书馆去查。我们没有条件复印，永培工整的小字，至今存留在我的卡片柜里。

永培的论文题目是陆先生和我与他一起讨论了好多次定下来的，完成论文要作《说文》训释的系联。永培对《说文》的痴迷比我当研究生时尤甚。他的论文进展的前期，我们经常和陆先生在一起讨论问题，主要是讨论词与词、义与义的关系。那是多么庄严而宁

与永培在太炎先生墓前合影

静的时刻，专心致志，心无旁骛。上课之余，师生三人各抒己见，最后由先生定论。我和永培都做得到"笔勤"，先生经常用我们两个人的笔记在自己的小本儿上备课，讲给硕士听，其实那都是先生的意见，我们不过作了记录。我和永培也经常沿着先生的提示再加上自己的读书、查阅写成文章，那才有了1987年交给语文出版社出版的《训诂学的知识与应用》。这本书出版得很不顺利，从校对到装帧都不令人满意，陆先生也只看到了书稿，没有看到书的出版。永培去世后，为了纪念我们和先生讨论问题的那段美好的时光，我一直想把这本小书重新出版一次，也许不久可以实现我的愿望。

永培在作《说文》训释系联的时候，常常有所发现，有时很晚还跑到我家里，兴奋地告诉我他的体会。这些体会有一部分是他从系联中理解了章、黄、陆先生一些说法的感想，也有一部分是他自己的发现。我常常跟他一起兴奋，对他的说法增加例证和进一步加以诠释；但我毕竟比永培冷静一些，因为事隔二十年，接受先生的教诲已经很多，书也读得更多了，越是亲近章黄之学，越多明白其中的要义，越想刨根问底弄个明白，一旦弄明白了，就更加信服、更加珍惜自己的师承，但对前人的微观考据，已经开始用更理性的认识来分辨，所以，也常常纠正他因为"想入非非"而说得过激的地方。当天晚上，我会一边整理，一边追记这些谈话，准备第二天向先生复述。将近30年的坎坷、困窘、担惊受怕，在夹缝里抢着读书做学问，终于有了我生命中唯一的几年，有信任自己的、博学而真挚的老师做后盾，才能那样每时每刻地、忘记一切地、义无反顾地去理解中国的传统语言学，去冲击章黄那些很难读懂的书与文，去思考一个又一个的字、词、句，形、音、义，产生了那么多的想法。我和永培就是在这个时期同在老师身边共担了忧虑，也分享了快乐。

1988年元月13日，陆先生离我们而去。先生的遗体告别结束后，在休息室里，我失声痛哭，告别了恩重如山的老师，也告别了那短暂而美好的日子。

不久，永培也毕业去了四川大学。陆先生第一次住院的时候，1987年7月3日，陆先生口授我给中文系领导写了一封信，其中两段与永培留校有关。第一段说："我希望把我的博士生宋永培留在师大，已与王振稼校长说过，又让王宁找过系里，现在事情已经提到日程上了，我恳请你们务必为此给学校打个报告。"在说了先生还想招一届研究生以后，信中又说："宋永培的事我最关心，请一定研究一下。"这封信是先生把我叫到友谊医院，他说一句，我写一句。陆先生在这封信下面亲自写了一句话，并签了名。我后来对永培说起这件当时他并不知道的事，他哽咽无语，泪流满面。事隔二十多年,翻出陆先生这封信的复印件,先生当时说话的语气和神态就像还在眼前。

但永培博士论文答辩时先生已经不在,事情当然无由再办,我力主永培回四川去。我说过:"先生在的时候,我们遇到的困难、受到的委屈不管有多大,还能背靠大树做我们的学问。现在先生不在了,我不知道自己的命运将会如何。张永言老师要你去,他在我们最困难的时候帮助过我们,四川又是你的老家,还有刘君惠先生在那里。回去吧,这恐怕是你最好的选择了。"我负责古代汉语教研室工作以来,为同行的老师做成了很多事,唯独在调动永培回北师大的问题上,多次没有办成。我当然知道办不成的原因,心里也十分明白这件事的艰难,最后只有放弃了。90年代我去川大,到了永培在川大工作的小屋——一间十平米的房子,大部分地方堆着书;一张很矮的椅子,很小的书桌上堆满了线装书,我一眼就看到了熟悉的《说文》翻开着;在另一张凳子上,是太炎先生的《文始》和一套《十三经注疏》。他没有一句诉苦的话,还是那么兴奋地对我说自己读书的心得。我知道,那不称心的环境对他并没有多大影响,弘扬章黄之学的那点痴心,他仍然深藏在心里。

三十年过去了,中国传统语言文字学的特点和艰深程度,注定它不可能成为主流学科,但是,国家和民族不能没有历史,中国文化不能没有自我,那些已经被古人和前辈发掘出、被后来人认识到的精神瑰宝没有理由抛弃,我们有责任把它保留下来,流传下去。在发展中国传统语言学的道路上,我不是强者,但我尽力了,我也看到了进步。但是,20世纪初期过分追随西方和维护中华文化的那场竞斗又在重演，我不愿看到又不得不看到的是，对学术理想的背叛、明里暗里的放弃、信心的减弱和丧失都在不断发生。永培的两次调动失败后，我在给他的信里说过："这些年，我在尽力把理想和信念传递给学生们，但是是否都能看到坚守和理解？我是带着伤感在向前走，我信奉司马迁的精神，那就是'不以成败论英雄'。我们也许会失败，眼看着一些人在为了生存和晋升另寻他途；还有一些人在远离师承而弘扬自己；但我们坚守了，我们相信自己的正确，我们的失败也会是悲壮的。"永培回信说："王老师，您心里所想的事我都明白，但您不要有太多的忧虑。年轻人还很稚嫩，学生们有不同的智商和素养，他们是从大学校的制度下走到我们这里来的，入这个门有很多偶然性，和陆先生他们这些前辈学者拜到太炎先生、季刚先生门下是很不一样的。那些前辈宁肯被开除、被永远聘为助教不再升职，也要跟从自己崇敬的老师学习被贬为'落后''保守'的国学。现在呢，诱惑这么多，功利主义那样强势，他们怎么能都和我们有同样纯洁的动机和坚定的志向？这几年扩招，我们做老师的，被迫'广种'，势必只能'薄收'，陆先生和您培养了我，我也在培养一代新人，您的学生里肯定也还有不忘师承的人。我们身后应当还有长长的行列，我们尽力就是了。"他在另一封信里对我说："我相信，我们的信念不会不影响我们的学生，我们的刻苦不会不带动我们的学生，我们护卫中国学问纯洁而崇高的动机，不会完全不被我们的学生理解。"这就是相信教育、把希望寄托在教育上的永培！我经历的事毕竟比他更多，自愧没有他这样的心理素质。当我感到弘扬中国传统语言文字学并使它走向现代和未来的任务如此艰难而承受太大压力的时候，当充满了矛盾的人间世界让我产生忧患意识甚至常常想放弃进取的时候，当我用表面的坚强掩盖内心的失望甚至恐惧、在心里涌动着退却的念头的时候，我会想起永培的这些话。颖民师的超脱和潇洒治学的境界我无法学到，永培在埋头苦干中相信未来的乐观我自问也没有做到。这些年，我看了永培学生的论文，看到了章黄之学和陆先生的思想在他们书文里的体现。今年4月，我到了四川，亲自接触了永培的学生。他们对老师的怀念和尊重、对中国传统语言文字学的向往令我感动，也令我安慰。但永培就在这个时候永远不能再与我们一同前进了！

永培有着内在的聪明，那聪明最多的是表现在他读书时的感悟，但他在打基本功的时候是不用聪明而使拙劲儿的。跟从颖民师的时候，只要陆先生有一句话，他就会当作不变的法则去完成。有一次，陆先生对我说，《说文》小篆不但要记住，还要写好。那时我正在帮助陆先生辅导《文始》，为此按照太炎先生《文始》引用《说文》的顺序把《说文》小篆抄了一遍，注上了页码。过了一个月左右，永培拿来了一厚叠纸，他已经把《说文》小篆抄了十遍。永培作《说文》训释系联的时候，用的是我们从印刷厂要来的边角废料自制的卡片。有一天，我到他宿舍里去看他的工作，发现他把训释词句中的那些无关紧要的字，比如语气词"也"等都作了一张卡片。我告诉他不必如此，只要作关键词，但他说"万一有用呢"，硬是把它作完了。直到排卡片的时候证明那的确没有用，他才把那些卡片一张张抽出来，还统计出了一个数目，才把那些卡片作废,翻过来再用。这样的事有过好几件。我把他的"迂阔"跟陆先生讲,先生说:"做学问先得做傻喽,慢慢才能聪明。耍小聪明不能成大气候。"的确,永培真的是这样成长的——他试着把《说文》系联的成果做成了二十几类,又去寻找各类结合点上的词和义,之后又用原始社会洪水时代的情景来解释意义之间的全部联系,这些,都让人难以全然接受。但是,经过了这样海量语言事实的处理,他信服了先秦汉语词汇系统和词义系统的存在,不动摇了。比起那些从一开始就否定他的做法,却不去面对语言事实而对词汇和词义系统的存在永远怀疑的人,永培不是更聪明一些吗?

永培做事有时也爱使拙劲儿。他为了给陆先生买一根软的皮带,可以连着去三趟王府井。那时候,北师大的工十楼冬天的温度不够,陆先生又有早上四点起床喝茶看书的习惯,屋里总要安装煤炉,固定煤炉烟筒的铁丝买不到粗的,永培会骑着自行车四处去找。他做这些事的时候,我总是替他捏把汗。我知道,在那个环境里,一定会有思想龌龊的人诽谤他侍奉老师有不良的目的,但永培没有感觉,面对他的纯洁,我甚至不好开口去劝他。陆先生在生活上最依靠的当然是一直在他身边照顾他的唯一的孙子陆昕。几届学生中,他最信得过的是我的师弟谢栋元,其次就是永培了。每次出行,只要有栋元和永培,我们都很放心,他们既了解先生的生活习惯,又能够事事小心。不需要叮咛,也没有客套,更谈不到酬劳,老师的需要就是自己的责任。那是建立在学术传承神圣感上的一种师生之间深厚的感情啊,不是所有的人都能理解的。

永培的迂阔还表现在他对社会人际关系的处理上。他会不考虑自己的实力，也不考虑事情的效果就出手去抱打不平；他会不考虑环境、不顾及对象就去说那些别人不爱听的真话；他不会为了改善自己的处境暂时答应去做那些并不难做到的违心的事情；在抉择是非时，他不会衡量力量的对比，只会坚决选择自己之所敬、所信。当然，他也会看错人、帮错人、找错了说真话的对象，但那是悲剧，不是闹剧。这样一个人，会在他自己想不到的时候已经与社会有了冲突。永培的不如意往往是自己预料不到的，而了解他的老师、朋友会在一边替他抱屈，也替他着急。

……

万语千言，难以说尽我纪念永培的心情！永培比我小十岁，不应当由我来给他写纪念文章呀！

永培已经离我们而去！六十岁，对于学习中国传统语言文字学的学者，正是有了较为丰厚的积累、有了成败的经验教训、可以自由发挥而出大成果的年龄。永培是一位十分用功的人，学术的储备已经超过同龄人，他正在总结和反思，希望进一步理解老师指给他的那条路，而且，他在千难万难之中来到了北京，渴望与我们一起，建设一支有理想、有信念、勇于求道又善于进取的队伍。现在，他已远去，这一切都不可能了！今年4月的会议是在成都附近的海螺沟举行的，路经永培的故乡雅安；川北地震后，我去灾区时又一次经过雅安。不论是地震前还是地震后，雅安的自然风景都是那么幽雅秀丽。永培就是在这青山绿水之中长大的。在这里，我看到他纯净而不被人理解的心灵，看到他没有完成的心愿和志向。但愿真像他所说的那样，我们的身后还会有长长的行列，但那毕竟是还没有验证的事。

　　离别已经三年，想起这两句诗："贫交此别无他赠，唯有青山远送君"，唯在青山之间，远远送他而去！

2008年8月改定

自尊自强的庞月光老师

我和北京教育学院的学术来往始于上世纪80年代初。那时我刚借调到文化部，学姐邵幼珍在那里作中文系副主任，约我去担任现代汉语和古代汉语两门课，和那里渐渐熟悉。1982年，庞月光老师毕业分配到教育学院，1986年到1989年，他又到北大去听古代汉语研究生的课，教育学院中文系的现代汉语和古代汉语课也就由他来上了。90年代，我还经常去教育学院作讲座，月光老师当时已经是中文系的副主任，同行之间联系较多，遇到问题就常常交流、讨论，成为很好的学术朋友。

对庞月光老师有较深入的了解，是在他1992年到北师大来做高级访问学者的时候。那一年我除了上本科生的古代汉语外，还给硕士生开《左传》讲读，给博士生开《说文》学。他在校工作量不减，但这两门课和学术讨论从没有耽误过。课后他总会留下，把问题记在纸片儿上，来跟我讨论，为此常常耽误吃饭。

1994年，北京市教委提出通过自学考试提高小学教师的学历和水平，请顾明远先生主编一套适合小学教师达到大专水平的教材，其中一本《汉字汉语基础》的编写任务落到我的头上。我考虑到自己

2001年,庞月光老师为国家骨干班的学生们题字

对北京市小学老师的教学情况比较生疏,就请月光老师来做副主编。在这本教材的编写过程中,我看到他一丝不苟的态度和严谨的治学精神。我们的编写理念非常一致,那就是既要强调科学性和逻辑性,又要考虑到小学语文教学的实用性和小学老师的接受程度。月光老师建议召开北京市区教研员、不同年龄段的小学老师的调研会。他在教育学院工作,有方便条件,组织会议的工作都是他来做的。这就又使我了解到他的业务能力和敬业精神。之后,我和邹晓丽老师主编《汉语应用通则丛书》,邹老师看到他写的《汉字汉语基础》的稿子,力主请他和刘利老师一起撰写《语法应用通则》分册。他多次和我们讨论,非常认真地提出:"汉语语法是有现成讲稿的,但要强调'应用',又必须讲'通则',与一般的写法有什么不同?"这提醒了

我和邹老师，我们为此定出了一个具体要求。他看了要求，把讲课的讲稿改了好几遍。这些都让我们感到他作为一名教师的教育情怀和修养。

1995年，贵州人民出版社要出一套"中国历代名著全译丛书"，要我推荐撰稿人，其他经、子典籍还好找人，一部《抱朴子》，难度较大，这部书分为内外篇，分量也重。我深知《抱朴子》翻译成白话的难度，问月光是否愿意试一试，没想到他很快答应，与贵州人民出版社联系，承担了《外篇》部分，《内篇》是贵州师范大学顾久老师承担的。《抱朴子外篇》难词难句很多，参考的资料又少，月光没有拖延，按时交了稿。我在月光工作期间读过一部分手稿，也和他讨论过一些问题，知道他为了翻译的准确，多次跑过图书馆，查阅过许多历史书和工具书。那时他教学和系里的工作都很重，翻译这部书要如何点灯熬油，埋头苦干，花费多少精力，是可以想象的。

这三本书的写作时期，是月光学术发展的黄金期，我很荣幸地见证了他的发展与成就，更见证了他的刻苦与守信。

月光从小习学书法，1976年他还在当工人的时候，作品就两次入选荣宝斋书画作品展。1981年大学毕业前，在大学生书法比赛中获过二等奖。1991年在北京民族文化宫举办个人书法展，请启功先生题写展标，启先生看了他的字，欣然同意了。1993年，他的作品入选全国第五届青年书法篆刻展，并进入首届中国书画博览会，成就已经很高。他编辑了《赵孟頫书法全集》《柳公权书法全集》，写有长篇前言，显示了很高的书法鉴赏品位和眼光。这些年，我在有些场合见到一些"青年书法家"态度狂妄时，便常常想起月光。他有很高的书法艺术造诣,却从不夸口自傲。那时我知道他在教育学院开书法课,给自己的母校和工作过的教育学院题词、写字,也在看他的手稿时欣赏过那一笔纯熟、流畅的钢笔字。曾经问过他如何学习书法,他没有任何夸耀,只是说,是"无意之间喜欢上了"。他的奖项、荣誉,在他生前我只知道启功先生题写展标的那一次个展,很多是在后来从他相濡以沫的妻子李正伟那里知道的。

我常常想,月光的成长并不十分顺利。他当过工人,1977年高考成绩优秀却没能进入重点高校,凭他的水平和成就,在教育学院评教授还遇到很多障碍。他的素质堪称优秀,但在那个年代,他的努力、成就和收获是很不对等的。后来知道了他青年时代成长的道路,对他的了解也就更深一层。他的父亲庞士谦大阿訇是一位回族教育家,严守伊斯兰教清正的教义,刚正不阿,一生爱国敬业,眼界开阔,对改革教育有很多深入的想法。月光生长在这样的家庭,受到良好的家庭教育。他是"文革"前老高二的学生,就读于北京三十一中,也就是1911年建校的崇德中学,那是一所培养过邓稼先、杨振宁、梁思成、关肇直、林同炎和孙道临的名校,奠定了他在智力和志向成长时期的最佳基础。他是七七届的大学生,这一代人摆脱了长年的困境,多数勤奋、优秀,身上遗存着50年代早期教育赋予的无私和奋进,他们根柢好,求知欲强,吃苦耐劳,学习习惯也极佳,月光是很典型的这一代人。虽然月光的父亲1957年蒙冤,在那个时代背着沉重的家庭出身包袱,但正是由于经历曲折,体验过艰苦,却能自尊、自强,珍惜一切学习机会。他的性格里铸进了那个时代的优越，只因英年早逝未能达到顶峰。月光与我有十岁之差，在我的教学生涯里，遇到过很多和他年龄相当、与他阅历相仿的学生和朋友，因为受到很多条件的限制，发展的空间不足，心情也难以舒畅。眼看他们英年早逝，理想未酬，心里时常泛起一种哀伤。这不仅是他们自己和家人的遗憾，更是时代的损失。在学术队伍中，因为缺乏这一代人，继承出现断档，又深感那个摧残人才的年代留下的后果实在难以用语言表述。

"览往昔兮俊彦，哀当世兮莫知"，当我再次去北京教育学院上课时，庞月光的名字已经很少有人知道了。这篇回忆他的文章写在月光与正伟书画合展的前夕，以此追思故人，告慰今人，宣知来者。

宝芬先生和我的数学梦

—— 纪念李宝芬先生逝世三周年

李宝芬先生逝世三年了。三年中,我一直想写一点东西纪念她,但每次想起却难以下笔。我是一个在老师精心培育下成长起来又做了老师的人,除了父母,对师恩、师情的感念至深,对宝芬先生,我又有一种特别的感情。她在世时,想起做她学生的那些事情来心里是暖暖的;她去世后,想起同样的事来心里却悲苦交加。怎么说才能真确地表达我的心意? 犹犹豫豫,难以提笔,不觉已是三年。宝芬先生去世时,我写了一副挽联送她:上联"勤恳仁爱将满腔热忱育桃李",说的是她做老师;下联"安详静谧倾一生心血尽春晖",说的是她做母亲。严师慈母 —— 这就是在我眼里生前的宝芬先生。作为学生,我难以忘记她的勤恳和仁爱,更难以忘记她深藏在心底的满腔热情。

宝芬先生做我们班主任的时候,正是在我更加迷上数学的高一,她教我们班的代数和三角,是两门推理很细密的数学课。到班上没多久,宝芬先生在楼梯上碰见我,对我说:"你叫王宁吧? 听说数学不错,喜欢做题吗?"我看着她那双亮亮的大眼睛,点点头,

高中毕业四十年，与北师大附中四位班主任合影，中排左二起：钱雰、陈婉芙、李遵路、李宝芬；后排右三为王宁

她对我淡淡一笑。

过了不久，我们师生就交了一次火。我因为从小酷爱数学，小学三年级就超前学习中学数学，并且在父亲指导下做数学难题，所以对教材上的题根本不放在眼里。有时候几个人一起在同学家里做作业，凡是有数学作业，一起做题的同学一半还没做完，我已经出去跳猴皮筋儿了。对预习更是毫不在意，简单看看就过去。那一天，宝芬先生拿出一道比较难的几何证明题，是事先布置了预习的，出于对我的相信，叫我到黑板上去做。那道题我头天晚上做了一半以为懂了就停下去看屠格涅夫的《前夜》了。到了黑板前头我还信心十足，没想到做到头天晚上停下的地方，发现有一个式子怎么也接

不下去，我当时就蒙了。宝芬先生提示了我好几次，我因为头天根本没有把题做完，挂在黑板上再也下不来。宝芬先生让我下去后也没有再叫其他同学把这道题做下去，挥手让我回去想想就讲下面的课了。下了课我顾不上干别的，沉下心来一下子就明白下一半该怎么做了。我的数学朋友张亚利劝我去找宝芬先生说明一下，我不敢去，宝芬先生也不找我，那道题也没有人再做。过了两个星期，宝芬先生忽然又叫我上黑板，还是做那道题，做完后她没有丝毫评论，又接着讲底下的课。我可吓出满头的汗，从此再也不敢轻视教材上的题。又过了大概两三个星期，宝芬先生终于找我了，她第一句话就说："大大咧咧的毛病最近改了不少，以后可不能再犯了。"她接着问我："是爸爸还是妈妈教你数学？"我一愣，她又说："我看得出来，你不是光在学校学的那点东西，家里有人教对不对？"那时候父亲正因为蒙受冤狱在服刑，我不敢说是父亲，眼泪就流了下来。她像妈妈一样安慰我说："好了好了！家里有人教是好事，我又没有责怪你。"

我和亚利是做数学题的好朋友，我们俩都很喜欢上宝芬先生的课：宝芬先生做题特别严谨，不论是计算题还是证明题，她示范时总要比教材上多几步。久而久之，我们在预习时就会猜测，宝芬先生一定会在哪里增加步骤。一上课，她果然在那里增加了步骤，我们俩就会相视而笑——那是一种孩子式的得意，因为猜中了老师的心思。但宝芬先生不理解，每次看见我们相视而笑，会严肃地瞪大眼睛看我。高一上半年，宝芬先生给我的操行分数居然是"乙"，评语里也有"不守纪律"的话。在北师大附中操行得"乙"不是一件小事，对我这个从小就是"模范学生""奖学金获得者"的"好孩子"更是一件大事。想起保送高中名单公布时，父亲刚刚出事，母亲也刚刚就业，母亲写信问父亲要不要我上高中，因为第二年就是我弟弟升高中，她同时供两个孩子很困难。疼爱我的父亲回信说，一定不要因为我是女孩子耽误我的前程。这张明信片，我在邮差送来时正巧看到了。我知道自己能上学不容易，不敢把成绩册拿回去交给母亲，但又不能说谎，最终还是把成绩册给母亲看了。幸亏她工作忙，又出于对我的学习一贯放心，草草签了名，并没有注意那个操行等级和评语。开了学，我不再笑，上数学课一直低着头。过了一个星期，宝芬先生把我和亚利叫到办公室问我们："对操行分有意见吧？"我才知道亚利的操行也是"乙"。老师很坦率地说："上课为什么老笑？我讲课很好笑吗？知不知道你们在下面笑对老师有多大影响？让老师心里直发毛！"我不说话，亚利却让宝芬先生等一等，她跑回去取来数学书，给老师看我们预习时补上的演算和证明步骤——证实了的，就画上红道；没证实的，就画上蓝道。亚利委委屈屈地说："我们是为了跟老师学着一步一步推论，明白老师是要我们推理严密，因为想对了才笑的。"听了她的解释，宝芬先生眼圈就红了。她拍着我们俩的肩膀说："对不起！对不起！"放学以前，她在操场上找到我和张亚利，每人交给我们一封信，是给家长的。信里说，她因为弄错了情况，操行分给错了。后来我才知道，附中从来没有班主任给了操行分又改正的先例，所以我的成绩册并没有改。当时的操行分母亲并没有看到，这封信我也就没给母亲看,这件事就算过去了。不知为什么,我青少年时有过很多优秀成绩的记录,都没有留下,偏偏这本记分册,我一直留到现在。内心当是有一种念想,为了记住一个老师对学生的真诚与爱惜吧!

到了高二,班主任换了钱雱先生,我就很少见到宝芬先生了,她去教我们下一个女生班的数学了。但还是有两次放学的时候在校门口看到她的背影,我很想招呼她,却见她匆匆而去。一直到毕业那一年,我在一楼走廊里遇见宝芬先生。她看见我很高兴,问我:"想考哪个大学?"我告诉她要考北大数学系,明天就去三楼图书馆温课,我还被指定为理科复习组的组长。宝芬先生特别高兴,让我到她那里,给了我两本数学习题集。她说:"你就是个学数学的料,以后咱们就同行了。"

没有想到,温课的第二天,我就被动员保送北师大,而且是中文系。其实,转成中文、放弃北大,我内心是非常矛盾的。能够给我做主的父亲不在身边,"国家需要就是我的志愿"这个口号摆在我的面前,我无可选择,服从了学校的动员。事情定了,我去找宝芬先生还书。宝芬先生十分惊讶地对我说:"你放弃数学不觉得可惜吗?"那是我在宝芬先生面前第二次掉眼泪,我说:"我喜欢文学,但从来没有把它当成是一种专业。我的志愿是数学!"她说:"你怎么那么傻! 什么专业都是国家需要的,问题是你适合什么专业,喜欢什么专业,适合、喜欢,就能学得最好!"看我哭得那么伤心,她安慰我说:"好了好了,已经定了就去吧! 你很聪明,文科、理科都能学得好!"她的话我一直都记在心里，如果那时我早一点听到她的话，也许命运就不是这样安排了。

　　宝芬先生是一位很平常的老师，平常到不会引起很多人的瞩目。50年代的师大附中名师辈出，许多老师都有非常精彩的课堂教学成果在学生口里代代传颂，但宝芬先生讲课平稳持重，没有惊人之笔。在那个任何一个豪言壮语甚至普通的政治口号都会让青年人热血沸腾的年代，宝芬先生说话安详平易，最不善于说教，甚至听不到她说任何政治术语。她的安静几乎可以让你忽略她对教育和学生的满腔热情。但是，我们从十五六岁的青年长成了大人，从二十几岁走向社会，经历了曲折坎坷，渐渐成熟，消除了幻想，也不再浮躁。空洞的豪言壮语淡化了，无谓的内心战栗平息了，不切实际的梦在现实中醒来，我们自己也成了老师，也面对着自己的学生了。这时候，我们留在心上永远抹不去的，是老师们对那些向往光明、憧憬未来又年轻幼稚学生的无比真诚。每当我想起宝芬先生为了一道几何题三次让我受教却一共说了不到十句话；每当我想起宝芬先生了解到我和亚利上课发笑的原因那种懊悔不已的眼神和她给母亲的那封信；每当我想起宝芬先生在我十分惶惑时告诉我"什么专业都是国家需要的，问题是你适合什么专业，喜欢什么专业，适合、喜欢，就能学得最好"的那几句平平常常的话……我对她情之所至的真诚、不加渲染的平易、不事雕琢的自然，怀着深深的爱意和敬意。在那个时代，充满激情固然可贵，而保持真实是更为难得的。

　　1983年，我正式调进北师大文学院。知道几位在师大附中教过我的钟善吉先生、蒋铎先生、钱雺先生和李宝芬先生就住在家属区。90年代初，宝芬先生的老伴儿白尚恕先生曾要我给他的数学史研究生讲一讲《九章算术》的训诂，宝芬先生介绍我说："王宁学的是古汉语，可她从小就有数学头脑。"我的数学梦早已经醒了，但仍然为这两句平常的话激动不已，因为这是我高中的数学老师和班主任李宝芬先生的话——这两句话里包含了她的多少骄傲和我的多少遗憾呀！

宝芬先生晚年身体不好，我每次去看望她，她都安安静静地躺在家里看书。看了那么多古今中外的书，她的思想应当非常丰富，但她从不复述，更不谈论，晚年的她更让我理解年轻时她的静怡与安详。我曾跟她说起最让我难忘的那几件事。她淡淡一笑说："哪个老师都有自己教育学生的方式，也都有自己喜欢的学生，我看你们的习题就是了解你们，跟你们对话。我不愿意随便夸奖学生和批评学生，可我到现在还记得你做题步步不落的特点和那笔秀气、整齐的小字。"

宝芬先生去世三年了，每当我走过北师大的小北门，看到她曾经住过的那座楼，我会情不自禁地在楼前停一会。有一年的教师节，我为自己在师大附中时的四位班主任——陈婉芙先生、李宝芬先生、钱雺先生和李遵路先生——写过一首诗。现在，我把这首诗附在后面，就算是这篇文章的结尾吧！

教师节寄语

—— 给我年迈的启蒙老师

我不愿将您比作烛光
—— 那摇曳的、微弱的闪亮；
您点燃在蒙昧的黑夜，
为良知和智慧启航。

我不愿用春风赞您
—— 那妍媚而短暂的忽响；
您吹遍四季的荒原，
把贫瘠与枯萎涤荡。

在您奠定的人生基石上，
矗立着光荣的大厦；
那通向胜利的渡口，
是您最早架起桥梁。

谁说您已将精力耗尽？
在每个创造者的身上，
都驰放着您的能量。

谁说您已将青春埋葬?
后继者世代传递的火炬,
闪耀着您奉献的圣光。

您是母亲,
用知识的乳汁
将下一代喂养;
您是力士,
用铁的意志
铸造坚毅的脊梁。

您以无怨无悔的平静
迎接了多少狂风激浪;
您用亦喜亦悲的记忆
充实着垂暮的时光。

早已改变的
是您那乌黑油亮的秀发;
永不消逝的
是您那日渐深邃的梦想。

我把您期待的目光
和我的成长一起珍藏;

我在您走过的路上
再印上我的脚印一行行。

我要向着高山大海呼喊，
赞美您——我年迈的老师！
您有得有失的生活
写满了"平凡"；
您有得无失的事业
却镌刻着"辉——煌"。

早岁已知世事艰
—— 读良玉老师《犁妮的童年》

我因为认识何兹全先生而结识了师母郭良玉老师。后来很多年，跟良玉老师的来往比跟何老师的接触还更频繁。

何先生和郭先生是北师大老一辈学者里有名的恩爱夫妇。他们是山东同乡，何先生是菏泽人，郭先生是巨野人。他们也是同道，何先生是中国古代史的教授，主张"魏晋封建制"的代表学者；郭先生是清华附中的名师，但擅长中国古代史，独著过好几部历史读物，我读过的就有《唐太宗演义》《朱元璋外传》和《玄武门之变》，还有很多。但我见良玉老师的头一面还没等开口称呼，她就告诉我："叫我郭老师，别叫何师母。"后来我知道，这不是因为他们关系生疏，而是因为郭老师很在意女性的独立精神，她不依附，不随从，她的童年和青年时代是自立自强奋斗过来的。

我认识良玉老师的时候她已经年逾古稀，退休后在家里写书。可能因为在中学教了一辈子的书，又当辅导员，教育情结深厚，对我们几个晚辈女老师非常亲切慈爱，跟我尤其投缘，知道我是中文专业，常常拿小妹郭良蕙和自己的书给我看，追问我的读后感，让我不敢不用心读。有一次我的一位外地学生留校,妻子是老师,没有工作。良玉老师知道了,动用了她的关系,介绍到附近的小学去教数学,这位老师因为不习惯北京的教法,没多久就中途自动离职。郭老师知道了,跟我发了很大的脾气,可第二天,她又把我叫到家里,对我说:

1995年,与何兹全先生合影

"我生气不只是因为她一走让我对校长不好交代,而是恨铁不成钢,换了环境就努力适应嘛!一走了之就是逃避,只有弱者才逃避,尤其是女性,逃避惯了一事无成。"打这件事起,我对良玉老师更是敬重有加。

人们都说老年人爱"说古",和晚辈们爱摆老经验,良玉老师大我20岁,是我母亲一辈,却从未跟我说过自己的事,我感受着眼前良玉老师的亲切,也没有想过问她过去的事,直到她让我看了一本她自传体的小书。

还记得那一天,良玉老师打电话叫我过去,一位北京师范大学出版社的编辑正在她家里,桌上放着一摞书。没让座也没容我打招呼,她先说:"王宁,我出了一本小书,出版社想有人写一篇书评,我想请你帮个忙。"接着向编辑介绍说:"这是文学院的王宁老师,她给我小妹写过好几篇书评,笔下生风。"又拿起一本书递给我说:"小书不长,你看完觉得有的说再写,不要勉强。"这时何兹全先生从屋里出来了,一面招呼我和编辑,一面笑着对良玉老师说:"不要那么着急,容别人喘口气嘛。"良玉老师不好意思地说:"唉,知道她忙,我不是怕耽误她时间嘛!"这时我才来得及看那本书的书名——《犁妮的童年》。

当天晚上,我翻开这本小书,看了目录,知道是一个小女孩童年的故事,故事发生在山东的农村。我年幼时也在山东生活过三四年,但一直在海边的城市青岛,对乡村的生活是完全陌生的。一面读,我一面想:这应当是良玉老师自己的经历吧?过了几十年,她为什么忽然想起来要对现在的人们诉说?人的记忆像个筛子,每过一段,总要记住一些新的东西,又忘掉一些旧的东西。人到老年,不知道过了多少筛子,大半个世纪以前还是毛丫头的事,还能留在筛子上头,又十分强烈地想说出来,这应当是一些不可磨灭的印象吧!

第二天一大早我就去了何家,问起良玉老师的往事。这才知道,她因家贫,又是女孩,苦于生计,家里希望她辍学。她愤然离家出走,独自在外打工求学,种种往事,难以忘怀。于是在我眼前出现了另一个良玉老师:她的童年艰难困苦,在奋斗中铸就瑰丽的梦——向往中国的富强、人民的安泰,为此选择过道路,时时渴望着奉献。在她所经历过的不同的时代里,她有过向往,也有过失落,但有一点是不变的,那就是这位当了几十年孩子王的老师,因为自己求学的艰难，产生了深厚的教育情怀，用兼有慈母与严师的心态来对待孩子们，关怀身边的人，特别是女性。《犁妮的童年》就是她向孩子们娓娓道来的一个个小故事，是她打心窝里掏出来的那些往事。

《犁妮的童年》的小标题充满了家常的情趣："买馍""下地""卖鸡""磨面""牛病了"……这是从遥迢的童年生活中拾掇起的一束记忆的浪花。孩子的语言，孩子的心气儿。每篇小文的字里行间，都让我读到了两个非常沉重的字——贫穷。

对于一个孩子来说，贫穷的感觉首先来自饥饿。婶子大娘拌的疙瘩汤，能照见月亮和星星；从制钱儿上涮下一点油星儿来，这锅汤，还要二十二口人喝。饿——那是一种十分强烈的感觉。痴呆呆盯着疙瘩下锅的一双小眼睛，小三妮"我饿饿"的哀号，饿得受不了想出来稚气的"坏主意"……像刀刻一样留在她的心上。一个白面蒸馍、一块杂面窝头，都能使久饿的小心灵产生震撼的喜悦和满足。也许，多少山珍海味都从记忆的筛子里漏了下去，留在筛子上永不能忘却的，正是那长期饥饿之后的一次暂时的半饱。

对于一个孩子来说，贫穷的感觉也来自寂寞。看大娘纺花，看老牛用尾巴赶虻蝇，用两根草棒编个大雁，都强似缩在小黑屋里发呆。那是一个被愁苦和操劳挤得满满的狭窄世界，混在求生抗死的大人伙儿里，孩子的心也被紧紧地锁住。于是，几十年后，当那些富丽的娱乐场和名演员的名剧也渐渐从记忆的筛子里被筛掉后，逮蚂蚱和捉蛐子这种连玩带吃的嬉戏，还有那些想引起人注意的大声嚷嚷……所有填充着无趣生活的不知愁的欢乐，便一点细节也不遗漏地都留在筛子上了。

　　死亡对孩子说来是一种陌生的感觉。孩子对"死"的认识是不含功利的。一个幼小的心灵不会懂得，为什么牛病了，有人喂药，牛死了，有人恸哭，可那么乖、那么可爱的小三妮，连饿带病地抓着母亲的衣襟悄悄地去了，却只有母亲和七八岁的姐姐守着荧荧如豆的小灯哭到天明？那样强烈的心理反差，无论如何是不会从记忆的筛子里漏下去的。

　　那是一个中国农村破产的时代，大人和孩子都在生死线上挣扎。贫穷早已不是什么稀罕事。家是贫穷的，走出家门，亲戚家、邻居家，到处都是破败的墙和口袋底子都铺不满的粮食口袋。可叹的是人们早已习惯了贫穷，也忘记了流泪。只有把记忆准确地保留到今天、有过对比也有过思索的人，才能在几十年后找回那种受穷的感觉。她的家恐怕还不是中国农村最贫穷的家，但在她笔下写出来的那种感觉，却是带有震撼人心的强度的。

　　贫穷带给七八岁的孩子许多压抑，但也带给穷孩子特有的聪颖与倔强。在她掇拾起的这束记忆里，有她用心灵的秤杆衡量出来的世态和人情。勤劳忠厚的莲姐，没有笑模样却充满了手足之情的大爷，善良的大娘和三婶，自尊自重又倔强的姥爷，都在她幼小的心里注入了崇敬的温暖。默默忍受着黑暗坐在门槛上的小瞎和病饿交加嗷嗷待哺的小三妮，激起她无限的怜爱和同情。只有对那尖刻又势利的嫂子，她才狠狠地瞪她，或回敬几句孩子自认为"很解恨"的话。穷人的世界里是不会有丰盛宴请与厚礼馈赠的，但却绝不乏"幼吾幼，以及人之幼"的淳朴古风。她把一包治眼的土药、一句慰安的话语、一个慈爱的眼神儿,都牢牢地留在记忆里,作为后来把慈祥和仁爱回报给孩子的动力。

要是在今天,七八岁、十来岁正是做梦的年龄。有不满足,就有向往,每个向往都会编织五彩的梦。但穷孩子却很难有梦,她们太容易满足了,对生活不存奢望,也很少抱怨——看看周围,四处都是贫乏的物质世界和沉寂的精神天地,反而会把微不足道的获得看成无比的幸运。一旦困境到来,看不下去、忍不下去的时候,孩子的主动性又是非常顽强:爬上桌子去"偷"一个小小的窝头,用假铜板扔在黑影里去"买"一个蒸馍,把鸡蛋藏在袖筒里换个包子喂给病弱的小妹妹垫垫饥……这些似乎连一点"追求"都谈不到的幼稚的抗争,却充满了责任感带来的智慧和勇气,要比向往高水平生活而编织的梦更令人怦然心动。人在成年以后自强不息的进取精神,常常在童年的琐事里就已蕴藏,那无意之中印在心里几十年都不消褪的自己的身影,或许正是因为它太像自己,便越发难以忘却。

我说不清,良玉老师絮絮叨叨诉说的这些往事,是为了说给今天孩子们的,还是想要向成年的朋友求得共鸣。我只是觉得,今天的孩子听了这些饶有趣味的故事,肯定会感到新鲜,但它们是太遥远了,生活在蜜糖中的娇子们未必以为它是真实的。只有经历过困苦生活的成年人,才会真正懂得包含在里面的酸甜苦辣。我深深地知道,正是那无梦的童年,铸就了许多人国泰民安、国强民富的梦,也铸就了许多人正直、善良的心和倔强、坚定的意志。凝视那苍白的鬓发中融进的苦涩与欢欣,面对那深沉目光中射出的失望与希望，我明白了这一束记忆的浪花是怎样在老一辈人的心里栽种浇灌至今。

我心里装着一件很难忘记的琐事。那些年因为课多，到何先生家里商量事常常是晚饭时候，不止一次看见老两口坐在院子里端着碗吃饭，只有主食，没有菜。走近一看，碗里盛着的是煮好的大片儿红薯、萝卜和老玉米，两位都吃得津津有味。良玉老师也请我吃过一次，她说："最好的美食，晚上吃绝对健康。"我偶然吃，无油无盐，完全是白水煮的，的确清爽可口。后来我听他们的侄女何鲁丽说，只要去看望老两口，赶上了，也跟着吃他们的"特餐"。有一次在北大见何芳川，他开玩笑说，尽量不赶晚饭去，怕爸妈的"圣餐"定量供应不够吃。每想到这件事，我的眼眶都会湿润——两位老师不愿遗忘，也没有遗忘，他们也因此而长寿。

我衷心地祝愿，在这个理应消灭贫穷的新时代，这束记忆的浪花，会激起不同年龄的人不同的遐想，成为又一代人产生消灭贫穷的强大动力。

谁为含愁独不见

—— 郭良蕙和她笔下的女性人生

到2023年6月,台湾女作家郭良蕙去世十年了。她年轻时独自一人去了台湾,中年时心念家人,却难以回来了。在两岸可以自由往来的那个年代,我通过她的哥哥姐姐认识她,通过她的作品了解她,说来已经是二十多年前的事了。对中国女性共同的理解和怜惜,让我们彼此有了知己的感觉。

郭良蕙的小说最早介绍到大陆来的是《台北的女人》。这本1980年出版的短篇小说集,使大陆的读者看到了台湾的经济发展、人们的生活水平不断提高,台北已经成为一个发达的大城市。但是,台北人,起码是台北的女性并不快乐。城市的发达造成的喧嚣与人们的忙碌产生的人情淡漠,给各阶层的妇女带来种种幽怨和寂寞,使她们因为有资产或无资产都掌握不了自己的命运。从这本书里,我们已经看到了郭良蕙作品的深度。她把眼光从城市的大背景延伸到一个个家庭中,在万家灯火的辉煌里看到了百叶窗内跳动着的一颗颗真实的心。

郭良蕙对女性有深刻的理解与认识,对女性的婚恋及被其影响的命运有着自然而然的关注，这就形成了她对台北、对人生的一个特殊的观察角度。她的作品显示出锐敏的时代感觉，拿她的《台北1960》和《台北的女人》相比，其间相差二十年，已经可以看出两种不同的生活状态——妇女们从封闭的家庭到打开房门走向社会，从为温饱寻找出路到为精神寻找归宿。经济发达了，社会的不合理反而更加凸显。生活的现代化与传统道德习俗不协调地并存着，给人们的心理带来种种矛盾，并且深刻地影响着各阶层妇女的命运与心态。于是，形形色色的妇女形象，诞生在郭良蕙的笔下：有的因追求事业的成功而牺牲了爱情和家庭，造成了终身的寂寞；有的又为了爱情和亲情抛弃了事业和舒适的生活，忍受着迷茫与失落；有的被封闭在富贵家庭的高墙里，由于对社会知之甚少而终遭欺骗；也有的在开放的花花世界里醉生梦死，以致失落了自己的前程与清白。贫穷固然带来人生的许多遗憾，豪富也会成为不幸的根源。不懂得把握自己命运的女性自然难免失败，执着地追求既定目标的"女强人"却也时常暗自以泪洗面。懦弱者遭到一次打击便永远倒下，抗争者虽顽强拼搏，最终也会无助地倒在途中……郭良蕙以女性的细腻和柔情，把她的主人公安置在一个个真真切切的环境里，娓娓动听地讲述她们那些真实可信的故事，通过她们的不同命运，展现了半个世纪以来的台北生活。

郭良蕙的心里有许多的愁与怨，因为她体验过社会，也反观过自身，她的作品是批判的，但她只用自己独特的方式来进行批判。她的作品在歌颂道德、歌颂纯情、歌颂关怀与宽容、歌颂求实与奋斗的同时，也在暴露自私、低俗、残忍与欺诈。她并不直接袒露社会表面的、外在的恶,而是通过主人公与外在恶的冲突,去总结人生的经验和教训。她用自己的清醒去触碰人间的不幸,满怀同情地写下那些盲目的欲望冲动、盲目的一厢情愿、盲目的舍近求远和盲目的亲恶远善所酿成的悲剧。她在讲故事,绝不用议论与说教,连借着人物的口来教训读者也极为稀少。她的作品在可读性上很像言情小说,但就观察社会和反映现实的深度而言,又绝非那些编织故事取悦读者的才子佳人小说所能相比。她让人物沿着自己发展的必然逻辑去做自己必然要做的事,从而引出这些做法必然产生的结局,让这些有着浓烈悲剧色彩的结局,去唤起人们的理智,唤起人与人之间的真正理解。读她的故事,你会产生一系列的问号,想明白了,你会得出许多富有人生哲理的结论。

郭良蕙的作品是富于体验的。她对自己人物在不同环境、不同处境下的心态,把握得十分准确细致,她善于表现利己和利他的内心冲突,善于抒发情感与理智的矛盾,善于捕捉人产生一念之差的根由,善于写出人在明知不可为而又不得不为的处境下的痛苦与绝望,更善于描写非常态的婚恋中相聚的欢乐与忐忑、离别的缱绻与惆怅、求的执着与无望、弃的眷恋与失落——种种复杂的心情,在她的笔下轻描重写、忽起忽伏、有放有收,使得有过同样生活体验的读者先是出乎意料,后又正在意中。郭良蕙观察社会细致入微,体验生活独具慧心,她虽把作品的背景设在台北,所反映的却是传统的中华民族特别是女性——既努力追赶着20世纪的现代文明,又背负着几千年古老的道德意识的中国女性。这就是她的作品使大陆的读者感到亲切和真实的原因。

郭良蕙的大姐郭良玉,是北师大历史学家何兹全先生的夫人,何先生主张"魏晋封建制",是这个观点的代表人物。我在北师大求教的历史老师有好几位,何先生也是对我有影响的古代史老师。良玉老师是清华附中的名师,退休后写过几部历史小说和童年的回忆录,她对我们几个晚辈一直很好,我也因她的介绍才读郭良蕙的书,受她的委托才给郭良蕙的小说写评论。郭良蕙的哥哥郭良夫先生是语言学家、商务印书馆的资深编辑,更是我的同行老师。我们在学术会议上经常能够见面,良夫先生跟我不谈汉语研究,却不断说起在台湾的妹妹郭良蕙。因为他们对小妹的怀念,慷慨地介绍她的书给我,我从1990年开始读她的小说。但我对郭良蕙小说的关注虽从他们二位开始,却并非因此而深入,而是真的被那些小说深深吸引。

1992年12月3日,在郭良蕙作品研讨会上发言

1992年12月,郭良蕙从香港来北京,12月3日,我被邀请参加中国文联出版社举办的郭良蕙作品研讨会,并在会上作主题发言。那是我和郭良蕙的第一次见面,会后,她约我聊天,跟我说了两件事。一件是,要我应允把所写的两篇她作品的评论《迷

茫中的智识，悲怆后的光明》和《缠绕一生》在香港的《港岛日报》上发表。另一件事，她委托我帮忙留意，再出她的书时，不要把书名改成言情小说的名字。她说："我在大陆出书，委托我的大姐代理，她助我心切，出版社的要求一律应允，好几本书改了书名。"这时我才想起，郭良蕙的小说《团圆》，曾改名为《情恨》；《墙里墙外》，曾改名为《墙里佳人》……她笑着说："我如果只写写言情小说、才子佳人，对你这个评论的人也不好呀！总要维护好我们两人的形象才是。"我答应着。看到我的发言稿放在桌上，里面有一段话已经被她圈了出来。那段话是："不过，郭良蕙的作品介绍到大陆来的速度却比较缓慢。当琼瑶的小说在中国大陆产生轰动效应的时候，郭良蕙的名字在大陆上还鲜为人知。甚至在大陆的港台文学研究者写的当代港台文学综述和评论的论著里，还很少被提到。深究其中的原因，恐怕与以下两点有关。其一，是郭良蕙选择了悲剧作为自己作品的基调。她不愿去编织大团圆的结局取悦喜好轻松的读者，而是把客观世界的不合理与主观世界的盲目性所带来的种种无可奈何和盘托出，造成浓烈的悲剧效应，来激发人们去认识生活、增长智慧。大团圆的结局是千篇一律的，而悲剧的人生却各具特色。郭良蕙的作品是丰富的、生动可读的，但因为时常给人们带来沉重感而无法进入娱乐圈。其二，是郭良蕙作品深入的人生体验，必须经历过、观察过、思考过的成年人，才能引起共鸣，少男少女们是难以真正理解的。所以，郭良蕙虽把现代台北的女性的内在心理描写得那样淋漓尽致，却一时难以获得大团圆小说那么广的读者。"她循着我的目光，也看着这段话对我笑笑，没有再说什么。

1993年，我应台湾训诂学会的邀请，去台北参加台湾训诂学会成立大会及第一届年会，那时她正在台北。散会的那天晚上，台湾师大的同行们请我吃饭，郭良蕙约我饭后去聊天。汽车堵在路上，到她约定的地点已经快十点了，没想到她还耐心地等着，自己独酌已经喝了小半瓶葡萄酒，因此有点兴奋，她告诉我自己的经历，从自己在台湾"红"起来，到创作的巅峰时期，涉及性爱的《心锁》被禁，她便几乎停笔。她说："我只是因为观察社会，发现这些生活的角落里也含有值得触发的思想，想不到让有些人那样费心费力地讨伐。那就好，我再写一本来回应他们。"我知道，她指的是1978年出版的最后一部小说《第三性》。

1995年，我参加世界妇女大会NGO论坛的筹备工作，并且组织"女教授和女大学生"论坛，多日住在怀柔。她刚好回北京省亲，我从怀柔回来的那个晚上，她来家里看我。对我说："我推迟了去香港的航班，就是为了见你一面。在《星岛日报》上看到你对我的《线团》那四篇小小说的短评，我知道你读懂我的书，是因为你也关注女性问题，但更想知道你个人的经历。你会满足我的好奇心吗？"她用恳切的目光看着我，时间已经很晚，我只能简略地告诉她我这三十多年经历的一些最要紧的事。她拉住我的手说："你阅历丰富，而且关注女性问题，所以你能理解我。可惜我已经不再写小说了，我想到处走一走，欣赏自然风光和没有温度的玉器。"我说："您不要放弃，您是一位写实的、批判的严肃作家。中国文联出版社的这套书就要出齐了，希望你的作品读者慢慢减少，却有更多的知音。

有心的读者会在您的作品里获得一个真实的郭良蕙。"

郭良蕙最后一次回大陆来为大姐郭良玉老师奔丧，这是我们最后一次见面了。她十分伤感地说，她已经写无可写，但不愿意停下来，还在做事。她对我说："你因为自己的观察与阅历理解了我的故事，我也因为自己的遭遇理解了你的理解，不知可否也算你的一个知己。中国的女性不论做什么都是不容易的，大姐走后，我不会再回大陆了。我们都好好活着吧！"

听到她去世的消息，我没有说什么和做什么。以前好几次听她的大姐和兄长说起她学生时代的事，知道她的聪慧和努力，也知道她的反抗与不羁，但她总归是在传统的家庭里长大的。何兹全先生在一次郭良蕙作品座谈会后曾当着我的面对她说："文学应当反映大时代的大主题，小妹文笔那么好，写点大事怎么样？"她只是笑笑，没有回答。我在为她的作品所写的最后一篇评论里，替她回答了这个问题："有时候，一个普普通通人的文化心态所造成的心理悲剧，恰恰是波澜壮阔历史的一个活生生的侧面。读郭良蕙的一部小说，很难说它反映了历史；而读郭良蕙的全部小说，却能真真实实地从家庭的视角，窥到组成社会的人群心态感情的变化；在那里，你还会发现许许多多被中国的社会和历史操纵着的人的命运，那不正是历史的一个侧面吗？"其实我知道，从女性生活题材的小说，到旅游和风土人情，再到冰冷的玉器，她随性而为不停地努力，虽不甘心，但不祈求，已经躲到小的、更小的社会圈子里蛰伏。曾有喧嚣、热闹，终是冷清、寂寞，如此度过她作为中国女作家的一生。我只能默默地在离她很远的地方，送她远行。

启璪同志的微笑

2000年1月8日，我到了为黄启璪同志遗体送别的礼堂门口，但我没有进去，徘徊之后就离去了。启璪同志活着的时候，留给我的内刚外柔的形象实在太美好，我愿意把那个活生生的美好的启璪的音容，连同那些难忘的回忆一起，永远存留在心里。

认识启璪同志是在1995年世界妇女大会的前夕，我代表首都女教授联谊会去参加NGO论坛筹委会。启璪同志主持会议时，提出了组织论坛的各种注意事项，讲得非常全面。可能是一种职业的敏感吧，我当时觉得，她还应当强调一下语言问题。一个国际性的群众论坛，中国又是东道主，语言媒质是取得一切效果的前提。在那种群众性的国际交流场合，一般的参与者不可能都带翻译，如果没有国际通行的英语保证交谈，简直就没法达到"让中国了解世界，也让世界了解中国"的目的。想到这里，我准备发言，但即刻忍住了。我曾经因为"有什么说什么"吃过苦头，尤其是在会场上，这种属于"边边角角"的意见，不说也罢！于是我沉默着，直到终会。过了几天，在另外一个会上，我又见到了启璪同志，而且正坐在她不远的旁边。启璪同志主动跟我打招呼说："是王宁老师吧！我看了你写的

1995年，世界妇女大会NGO论坛筹备委员会全体合影，中排左四为吕启璪、左五为联合国秘书长蒙盖拉夫人，后排右四为王宁

'女教授与女大学生'的论坛设计提纲，很有深度，很有新意。妇女工作需要你们这些有知识的教授参加，希望你们多发挥作用。"我心里微微震动了一下：我注意到，她称我"老师"——这不是官腔；我还注意到她说的"深度"和"新意"。用"深"和"新"来评论一个提纲，在学术界是经常听到的，而在这种政治场合，使我感到一点意外。我向她望去，看到的是她真诚的微笑，那微笑中漾出的温柔和亲切，使我永难忘怀。我终于把那个"边边角角"的意见说了出来。我说，我很担心到了那个大论坛上，语言不通，内容与国际不接轨，东道主应有的作用和收获都会降低。启璪同志连连点头，立刻记了下来。就在这个会上，她用非常简洁的几句话，强调了NGO论坛的语言要求，也强调了内容要考虑到不同制度各国妇女的感受。

世妇会筹备的过程中，我不断见到启璪同志，每一次都是她主动招呼我，虽是三言两语，却总有新的内容。

她问过我:"北师大的幼儿园有没有研究生在实习?"

她告诉我,NGO论坛的代表中也有连英语都不懂的,可能要增加一部分志愿的多语种翻译人员。

有一次,开会之前她来得早了一点,细细地问我的经历和专业后,她说:"怪不得你那么重视语言问题,语言学是属于领先科学的吧?"我又是一惊,"语言学是领先科学",这个命题在大学中文系、文学专业的老师都不一定说得出,她从哪里得到这样的知识?

NGO论坛快要举行的前半个月,我们的"女教授与女大学生"专题给组织到教育专题里,似乎变成了一个子课题,有些文件里没有单独列出我们的题目。老师们要我去反映一下,希望这个专题能够独立设题。反映了多次,没有结果。那时,会议已经临近,各种工作千头万绪,我只得给启璪同志写了一封简短的信,信中特别说,只请她顺便问一问,千万不要专为这件事花费时间。没有想到,第三天,我接到启璪同志亲自打来的电话,她说,已经告诉办公室,每个专题的题目都要直接上目录,论坛的总数定在四十四个,不是四十个。果然,此后的一切文件,中国的NGO论坛都按四十四个列出。

世妇会召开的那一天,启璪同志代表中国接过火炬的那一刹那,我心里响起一声赞叹,顷刻,我便在人群里听到一片带着强烈赞叹的欢呼。我觉得,那欢呼中的赞叹,应当是属于启璪同志的端庄、美丽、富有古国气息和现代风度的美好形象的。

在NGO论坛的总结会上,我没有准备发言。"女教授与女大学生"论坛应当说非常成功,报道也已经很多,我们也写了专门的总结,我觉得不用再说了。可是,休息的时候,启璪同志叫我过去,要我一定讲一讲,她提醒我,"你要替那些女教授发言"。令我又一次震动的是，她居然知道我们论坛中有"星期日广播英语"的主持人蔡文美教授，还有好几个外语专业的老师。

想起NGO论坛那穿着纷纭、肤色不一的济济人群，想起那短短数天成百上千的无巨无细的烦心事，启璪同志的才能和她的微笑一起，化作一片隽永的浮雕，在我的心里凝固了。

世妇会以后，启璪同志告诉我，她已经把首都女教授联谊会列入了全国妇联的团体会员，她要我们"带着自己的知识为中国的妇女运动做更大的贡献"。1997年，我们出版女教授的散文集《繁花絮语》，要请启璪同志写一篇序，她的序里，讲述了她认识我们、了解我们的经过。这篇序成为启璪同志和首都女教授友谊的见证，留在了我们心中的博物馆里。

从担任北师大女教职工委员会主任到现在，我业余进入妇女工作领域已经八年，在教学、科研超负荷运转的同时，妇女工作占去了我许多的时间，占有了我相当多的思绪与情感。在这八年里，我脑海中常常浮现的，是我二十四年在青海农村、牧区结识的阿奶、阿孃、大妈、大嫂，她们在食不饱、居不安的日子里经常保存着爽朗的笑声，她们在烧灰、拔草、担水、扬场的繁重劳动中总是透露出无比的轻松，她们蔑视十年浩劫编造的所谓"阶级敌人"的神话，非常自信地用自己的眼光去分辨好坏人。是那段回忆伴随着我，去了解奋斗在高等学校的女教授们。两种文化差距极大的妇女群，同使我感受到中国妇女的纯净与坚韧、正直与智慧，使我对妇女工作从不情愿到难以推托，从勉强投入到无怨无悔。在这八年里，我接触了许许多多妇女工作者，她们面对着占中国人口一半的妇女，执着地带领那个勤劳、正直、努力、聪慧、为中国的革命和建设作出过巨大贡献、付出过巨大牺牲的优秀群体，争平等，争发展，争权益。他们代表着母亲、儿童——社会发展实际的主体，工作却常常处于边缘，即使是在世妇会那样的国际论坛机遇中，她们的辛劳也不一定能进入全局工作的主流。也许因为她们的才能和美德都展现在普通群众的面前，难以为上级领导觉察；也许因为她们的工作既普通又有特殊的专业性，一旦熟悉了就难以顶替；也许因为"女子无才便是德"的历史性偏见，妨碍人们洞察她们的才能……总之，她们被提拔到其他岗位的机会非常少，所以，她们很难有机会把自己在无数经验中拾掇起的先进的性别意识，带进那些性别意识荒芜的领域。但是，她们似乎"传染"上了中国妇女的"只问耕耘，不问收获"的惯性，高高兴兴地在自己的园地里播种、浇灌、刨锄，为姐妹们的成功感到极大的快意。她们是我遇到的最不具有官僚气、最具有平常心和人民性的"领导"。每每想起她们、看到她们，我总能想起启璪同志的那种微笑——那种让我一想起来就感动不已的微笑，那种毫无矫饰、亲切坦荡、如同一片无云的蓝天的令人永难忘怀的微笑。启璪同志在我心目中，就是那些无限美好形象的代表。

启璪同志带着她的微笑已经走了整整两个月，从她的生平里，我看到她一步一个脚印地走完短暂的一生。她逝世于2000年12月28日6时32分，如果按照"2001年到达新世纪"的说法，她的生命仅仅差了两天多的时间，却永远留在了上一个世纪。除了妇女工作，她还是全国人大环境与资源保护委员会的副主任委员，这个职务使她的生命染上了浓郁的绿色。她的微笑将属于变幻莫测20世纪的中国妇女，也将属于这个抚爱了母亲、养育了孩子的绿色大地。

2001年"三八"妇女节

知命之年的轻盈起飞

—— 写在胡筠若《瞧！我不怕晚》书前

我和胡筠若认识的时间不长，交往也很少，我们是因为有共同的同学而间接认识的。奇怪的是，我对她总有一种一见如故的感觉，开始时我不知道这种感觉是从哪里来的，等到看了她的书，我忽然明白了：在20世纪的50年代——那个让热血青年毫不犹豫地把自己奉献给祖国、人民和社会的时代，我们曾有过共同的追求，虽然得到的回报不尽然相同，真诚付出的初衷却如此相像。那个时代留下的烙印印在我们的心上，足以让我们一报简单的履历就产生感应和默契。所以，当她希望我在她的书前写几句话的时候，我没有觉得突然，也没有想到推辞。

她的这部书是用最朴实的语言写下来的自述，讲述自己五十岁以后的生活。五十岁已是人的成熟期，吸引人的花季已经过去，而立之年创业的辉煌或悲壮即使有也已经属于往事，五十岁——一个已经没有多少亮点的年龄，用现代通行的话说，一个"半老太太"的开端，胡筠若偏偏选择了这里作为书的起点！刚一翻开书稿，这一点最叫我不解，但是读下去，我从她的书里找到了答案，理解了

《瞧！我不怕晚》，作家出版社，2005年

她的选择。

50年代初渴望追随时代的北京学生，对自己最高的要求是政治的进步和学业的优秀，胡筠若都达到了，但她不幸的是身染重病，没有完全享受到以一个优秀学生的身份留校任教的欢快和荣耀。我们这一代人是免谈"而立之年"的，创业的激情一次次被遏止，不可能有成功的辉煌，也只有极少数人才能拥有失败的悲壮，有的只是把自己当成螺丝钉铆在大机器上的心甘情愿。四十岁被称作不惑之年，却是我们最迷惑的时期，反常的生活、工作环境使人的思维完全失去了常态，就是再有智慧的人，也难以预测自己的未来。一直到了五十岁，才盼来了令多少知识分子夜不能寐的1976—1979年，这三年，把那些抱着永不褪色理想的中年人的人生，划分成色彩完全不同的两半儿。环境——真正宽松起来的环境，机会——各种忽然摆在眼前的机会，不断涌到具有不同遭遇、怀抱不同向往的中年知识分子生活中。锐敏的胡筠若以自己清醒的头脑和自强的精神，很快攀住了希望的藤，融进了新的环境，把握了属于自己的机会。五十岁，对她来说，这是一个不得已的迟到的起点，

也是一个主动进取的最佳起点。从这个起点开始,在她十六年的历程中,居然撒下了一路的亮点。

仔细想来,胡筠若并没有做什么轰轰烈烈的大事,她的书里写到的几件事,和那些堪称传奇的人生、建造伟业的人生、塑成英雄的人生、名扬海内外的人生比较起来,似乎算不得什么。但是,读她的书的时候,我常常发出钦佩的赞叹,不断扪心自问:从五十岁开始,胡筠若该做又能做的事,她都意识到了,做到了,我们能否像她这样穷尽地把握了自己应当付出和可能拥有的一切?

比如,五十岁通过自学考试得到文凭。自学考试的难度在于业余,没有学校的督促、没有老师的指点,成败完全靠自己,而它比起正规的大学教育来说,最大的便利是每门课允许不及格的次数和全部通过的时间可以不受限制。胡筠若100%地克服了自考的难度,而对自考便利的使用率却是0%。她硬是利用业余时间,在一年半的最短期间,门门一次通过,按照自己设计的进程拿到了文凭。再比如,她感到在教育实践第一线已经不容易发展了,想利用自己多年实践经验的优势投入教育研究。那时候,由基础教育系统调到研究机构,本来是完全不可能办到的,但她硬是调动了一切助力,排除了一切阻力,弄了个"偷渡"成功;可到了该退的时候,她又能毫不恋栈,一天之内收拾干净,来了个突然撤离。这一进一退的决心和效率,缺乏果毅精神的人也是做不到的。又比如,一个几十年在教育系统摸爬滚打的文科教学研究人员,一旦认识到健康教育的重要,体会了艾滋病防治的紧迫,不论这个领域和自己原来的知识结构相距多远,钻研学习之后,立即能编课本、搞调查、作报告,一直到领衔主持世界性的福特基金项目，不但打开了局面，而且成了这个领域的重要人物……够了！她的经历说明了，一个人的身上只要聚合了智力、能力加毅力，干什么也不愁干不好。

胡筠若的书告诉我们，她不是仅仅在埋头苦干，而且在细细咂摸生活的味道，她无时无刻不在体验之中，认真处理着亲情、友情和爱情，从是非、得失、爱憎中寻求一种了然。比如，五十岁，当一些被极"左"压抑了个性的中年人还在进一步退两步地踌躇着裹足不前的时候，她已经明白了独立展翅的意义，具有了寻找自我的胆量，她要按照新时代的要求换一个活法儿，她准备起飞了。之后，当她已经驾驭了生活，而且有了一定驾驭他人能力的时候，她又迈过"己所不欲，勿施于人"的古训，达到了"己所欲，无施于人"的现时代更高境界，禁止自己去强求他人。还有，有了宽松的环境，初步摆脱了贫困之后，在知识分子堆里常见的有两种人：有的人拼命学习和工作，渴求用出色的成就弥补青年时代丧失的时光；也有的人尽情吃喝玩乐，希望用浓缩的享受切换艰苦岁月生活的苍白，但胡筠若的格言却是，"事业生活两全其美"。想一想她几十年如一日盘点时间的"账单"，你会觉得，胡筠若在热情对待生活的同时，绝不缺乏自觉、冷静和理智，在她行为的背后，是她无处不用的、深入准确的思考。

胡筠若的生活是平常的，她既不掌握炙手可热的权力，也不拥有金玉满堂的钱财，但她还是愿意认真地把自己的生活写出来。她说"小狗不怕嗓子细"，我把它换成一句唐代骆宾王的话："不汲汲于荣名，不戚戚于卑位。"——这里有她的自尊与自信，她的价值观。这种价值观提高了她的书的品位，使她平凡的人生因充实而美丽。

我真诚地希望那些热衷于成功和卓越而倾心伟人和名人传记的中青年读者也来读一读胡筠若的书。读了这种书，你会体味到一种人生的哲理：在任何社会里，平凡的人都是多数，但平凡而优秀的人却要经过自我的锤炼。人不必汲汲于摆脱平凡，却应当奋力去使自己优秀。一个优秀的人不会出卖自己的灵魂去摆脱平凡，她只有增加自己的优秀而等待机遇，但是，一个平凡的人谁都可以经过自我锤炼使自己同时是一个优秀的人，那是不必等待外在的境遇而全靠自己的努力的。读了这种书，你会洗涤虚浮，以一个平常人的心态去对待生活；你会变得更自觉、更踏实；你会懂得我们现在天天讲的"素质"确切的内涵；你会在自尊、自信的同时，懂得尊重别人，并对祖国和世界的未来，充满信心——这是我读完胡筠若的书的收获，我愿把它献给平凡又向往优秀的人们。

锁 儿

从未有过那么大的雨，我被雨截在中央民族大学门口的廊上，不一会儿，许多人向廊上跑来，好像被水冲过来的。走廊很快就成了一列超员的火车。我站着，不住望着柱一样落下的雨，也望着路——离下午上课的时间还有半个小时，如果能有一个熟人撑着伞过来，我便有救了，可以提前离开这列超员的火车，叫一辆出租车回去上研究生的课。我隐隐约约觉得那列车有一点噪动，似乎有什么人要挤出一条路来，但我没有在意——因为没有意识到这噪动跟我有什么关系。过了一会儿，那噪动停止了，却有一个细细的声音在我耳边招呼："王……"我侧过脸，一个身穿黑色小花衬衣的中年女同志正兴奋地看着我。我的第一个意念是听过我讲课的学生，因而没有太强烈的反应，教了将近半个世纪的书，不认识的学生随处都会遇到。我心不在焉地礼貌性回答："你也在躲雨？""您不认识我了？孃孃！"我一愣，那一声"孃孃"似乎把我从遥远的记忆中唤醒，我从拥挤的人群中转过身，仔细看她的脸，那一双秀丽的大眼睛，特别是那一条束得很紧的长辫子……一个担着水的乡村女孩子的身影，落到我心上。"锁儿？"她跳起来，抱住我，

那个山村,那条小路

不顾超员列车似的走廊上无数双眼睛的注目,高声地喊:"您认出我来了!"趁着雨小了,她拉着我跑到传达室,又冒雨跑出去,不一会儿就截来一辆车,把我推进车里,她才问:"孃孃,去哪儿?"车把我直接送到教2楼课堂上,她塞给我一张小条儿,转身乘车回去。

一

我到晚上才从还有点湿的衣袋里掏出那张纸条,一笔娟秀的小字:"农科院果树研究中心马江梅"。三十年前的事,浮上我的心头。

我和江梅第一次见面也是在雨中。1968年,我被"发配"到青海省贵德县的尕让大队去，省三支办公室根据造反派的名单组成"工作组"，名义上是去"协助农村工作"，实际上带着受监督的介绍信去接受改造。半年前，我分到一个每年每人只有一百八十斤原粮的山沟里，现在调换到公社所在地的尕让大队，我已经觉得升了级。汽车在盘山公路上跑了十一个小时，晚上六点来钟才到了尕让。刚过了"十一"国庆节，高原黑天晚，远远儿看见大队部院里坐着、蹲着十来个老乡。一个年轻人手里拿一张纸，见我们都下了车，行李也扔下来了，就按纸上写的名字分配住处，让各家房东来领人。轮到我了，年轻人喊叫着："马成龙，马成龙！你家里女眷多、人口少，你把这女同志安顿下。"又转过脸对我说："马成龙喂着公社的牲口，晚间只有他婆娘和一个小女子，你就住他家吧。"马成龙二话没说，把我的行李捆在他牵来的马上，闷闷地往外走。

我不认路，只能跟着他。两个人都心存戒备，谁也不说话。马成龙的腿好像有点残疾，一瘸一拐，走得很慢。平路走了一里多地，到拉积山口，就拐上山了。路又窄又陡，马成龙这才说了第一句话："拉住马鞍，将就省些力气哩！"我看他一眼，说："不怕，山路也走惯了。"他闷闷地回看我一眼，再没有说话。

天擦黑了，进了一道沟，看见稀稀落落的庄廓了，马成龙指着最前边一座庄廓，说了第二句话："再下去就到家哩。"

没想到刚看见家门的时候，天一下子黑了个透，暴雨倾盆落下——这是黄河边上秋天常有的现象，我和马成龙都没怎么吃惊，马成龙牵着牲口小跑了几步，隔着墙大声吆喝："锁儿，快开门！"霎时，院门大开，一个小姑娘顶着麻袋飞跑出来，从马背上解下我的行李就往屋檐下跑，不一会儿又跑了回来，把麻袋的一头递给我挡雨，拉着我跑进堂屋里。马成龙的女人马秀英赶忙递给我一条干毛巾，爽快地说："看看、看看，老头子将就走快一步，也把雨躲过了。"母女俩这才忙起来，先是把我的行李搬到边上的柴房里，柴房里一边堆着柴，一边有一铺炕，伸手一摸，炕热着。锁儿说："夜里冷着哩，阿妈早上刚煨着！"于是端饭——带着皮的洋芋片煮的青稞糊糊，这在下面是最上等的饭了。马成龙拴好马，也进到堂屋，上炕端起碗就喝。炕桌上放一个油碟，里面一个灯芯，昏昏暗暗，我看不清母女俩的脸。吃罢饭，锁儿举着油碟领我进了柴房，帮我解开行李，铺上被子，就把油碟端走了。我坐在一片黑暗里，感觉雨已经停了，屋檐还滴着水，心里空落落的，我忽然觉得浑身一点儿力气都没有了，渐渐也就睡着了。

早上天亮得晚，可我还是老习惯，一睁眼就是五点半，伸手去摸墙上的电灯开关，触到的却是码得怪整齐的干柴。我下意识地把手伸到枕头里，又缩了回来。一片漆黑，能干什么呢？迷迷糊糊，我又睡着了。

正睡着，我被人推醒，再一睁眼，天已经大亮。锁儿站在炕边上，这时我才看见，那是一个梳着一条辫子的八九岁的女孩，清秀的脸，一双水汪汪的眼睛盯着我看。我"哎哟"了一声，赶忙下炕。

二

于是，我在马家住下了。每天一早去大队集中，先政治学习，十点来钟下地劳动。尕让只有一小条地在黄河边上，其他能耕的地都在山上，给我们的任务是跟重劳力上山学大寨修梯田，再就是担水浇树。坡上已经种上了洋芋，还准备在山上栽几百棵桃树。黄河水上不去，一担一担水担上去，舍不得漫灌，就浇在根根上。路又远，一天也就担个七八趟。晚上回家天也黑了，炕上已经焐上被子，腰腿都是僵的，让热炕一烤真是舒坦。每天吃罢饭，都是锁儿拿一个油碟放在我的小炕桌上，里面一个灯芯。我看马家三口都睡下了，才就着油灯，从枕头的夹层里掏出线装的《说文解字》，悄悄看我的书。十天过去了，我和马家三口人都很少说话，每天给我开门的总是锁儿，她从不称呼我，也不笑，只是好奇地对我看着。

工作队规定十天休息一次，可以洗洗衣服，睡个懒觉，但我睡不着，一大早就醒了，看锁儿挑两个小桶去打水。水缸旁边还有一副大桶，我担起那副大桶说："锁儿，我跟你一块去吧！"马秀英正要下地，也不拦着，只是说："走山路要好生着点！"马成龙的庄廓坐落在山沟里，到黄河边担水，来回都是先上坡，后下坡，比起修梯田那边，路不算长，就是陡一些。没想到，这一担水打开了锁儿的话匣子，她先是说："同志，你担水咋不打晃？年时个一个男同志，担起水打晃，一路泼，到家只剩个水根根儿哩！"我说："我当时也是那样，走多了练出来了。"她又说："你夜里个看的是啥书？我阿妈说是皇历。阿爸说不像，工作队不许搞封建迷信！那是啥书？"我告诉她是认字的书，上面写的都是古时候的字。进了家门，我俩倒完水，坐在厨房门槛儿上喘口气，我说："锁儿，你不要再去了，我再担一担缸就满了，路我也认下了。"她不肯，说："我也

-338-

去，路上跟你就伴儿。"于是我俩又说着话担了一次水，锁儿跟我说："你看我把阿妈像着没有？"我说："看不出，你比阿妈漂亮。"她笑了，说："我不是阿妈生下的闺女，是捡的。我阿妈待我好着哩，她亲口告诉我，捡下的和养下的一样亲！"我也笑了，说："怪不得你阿爸阿妈这么老了，你才这般大。"她说："他俩修渠时都让石头砸伤过，看着老，也才傍四十岁，我九岁了！"回了家，我和锁儿把家收拾了，全家的衣服洗了，庄廓里的草割净了，正洗手呢。马秀英回来了。她说："哈，这家变了个样儿嘛，好能干的同志！"晚上睡下，我听锁儿说："阿妈，这女同志担水比我都担得好，她还有认古字的书哩！"马成龙叹气说："锁儿也该认几个字了，可学校咋进得去呢？"

又过了几天，一件事情再次拉近了我和马家的距离。那天晚半晌，我们刚开完会要往回走，马秀英和邻居大嫂抱着一个娃娃跑到队部，叫开卫生院的门，除了一个看门的老汉，卫生员一个也没有。我赶去一看，娃娃烧得滚烫，浑身抽搐，一试温度，39.6℃，大嫂急得直抹泪儿。我抢进卫生院，拿起听筒，判断只是感冒，卫生院只有两盒针剂，青霉素和庆大霉素，又没有皮试的针管，好不容易找到一盒柴胡，我当机立断。两支柴胡打下去，孩子不抽搐了，农村的孩子缺医少药，两支柴胡居然见了效。大嫂笑了，马秀英话也多了："这是我们家住的同志，人家学问大着哩！"四个小时后，我和赤脚医生又去大嫂家打了两支柴胡。第二天早上，孩子居然退烧了。大嫂抱着孩子到马家来看我。一口一个"她孃孃"："要不是你，大娃就完了！"从此，锁儿不再叫我"同志"，见我就叫"孃孃"，马成龙两口也改叫"她孃孃"。又过了几天,我发现炕上的油碟里多了两根灯芯,炕头上又多了一小瓶废油——那是马成龙夜里给马加草料时专门领的。这种油是辣杆油,不能吃,可也只有马棚里才领得着,那小瓶油,不知得攒多少天才能攒出来。我的眼睛不止一次湿润了。到青海多少年,许多温暖时时涌来,又被更多的冷漠冲刷,我想不到,理解我、支持我读书的,竟是大字不识的马成龙夫妇和九岁还没进过学校的小姑娘锁儿!顿时,"读书无用论"的疑虑,"学问越多越反动"的委屈,"修正主义苗子"的感伤,都好像被风吹走了。

又过了一个休息日,马秀英对我说:"她孃孃,我在你窗格上搭了个毡子,晚上你要看书就看吧!"锁儿开始晚上不和阿妈一块睡了,搬到我炕上来,要我教她认字、写字,认完了、写完了,她还不睡,眼睁睁地看着我把《说文》小篆抄到一个本子上。

卫生院的赤脚医生兼着小学校一年级的老师,我终于把锁儿送进了小学校!那天早上,马秀英给锁儿梳了三回毛辫儿。我带着她,给她交了两个学期的学费,锁儿成了小学生。她还是跟我睡,晚上在我炕桌上抄书,拿方格本上的红圈圈给我看。她说:大队长——马成龙的叔伯兄弟去学校了,对老师讲:"不要信那读书无用,咱的娃娃也多少认识几个字嘛,强似我哥不认字受人骗哩!"我问她:"他哥就是你阿爸?"锁儿说:"是啊!那年公社的马得了病,让我阿爸去兽医院抓个草药方子。一个人在门上坐着,给了一个方儿,他看不懂。到里屋拿方子换了一包草药。回来一看,是一把乱草,那方子乱写的都是瞎账。花了五块钱,是队里账上凑出来的。干部们要斗争他,老队长说,算了算了,谁叫咱不认字哩!"

锁儿升到二年级,我的任务也完了,要回西宁去。临走前我把带的钱全给锁儿交了学费,够她读到四年级。五六年级队里民办的老师就教不成了,要到公社的小学去。马秀英知道这事儿晚上翻来覆去睡不着,头天晚上,她焐一锅洋芋端上饭桌,还没下筷子,就眼泪汪汪:"她孃孃,你可把咱锁儿闪下了。日后她写字谁给看?她一肚子的话跟谁说呢?"马成龙说:"看你,咋这么着,让她孃孃吃上再说嘛!"没说完,他也抹开泪了,锁儿干脆放声大哭,一盘子洋芋,谁也没吃下。

当天晚上,锁儿搂住我脖子趴在我耳边说:"孃孃,我跟你要个东西,你能给不?"我说:"那支笔,我给你留下了。""不,我要你一张见天写的字哩,那字好看呢,不像我写的字是直的,那鱼,活像一条鱼哩!"我从笔记本上挑出写"鱼"的那一张,小心地撕下来给了她。锁儿把它夹到方格本里才睡了。

回到青海师大,我又挨过一次斗,被关到学生宿舍里,信都让曾经是我学生的红卫兵给扣了,但我常常想起锁儿,她该上三年级了,她爹妈虽疼她,可两人都有残疾,也就靠喂马挣点工分,还能让她上学吗? 我和锁儿在村头上栽下一棵松树,是让大车碾死了,还是长成大树了? 给邻家女娃儿和锁儿一人织了一件花背心,收着呢,还是已经磨破了? 但我再也没有机会去尕让。和锁儿一别竟是三十年!

三

  这一夜我翻来覆去，被无数回忆折磨。可光凭一个农科院，怎么能找到锁儿？第二天一大早，我就想起农科院的院长是原来青海的省委副书记杨岩，我有点明白锁儿能到农科院进修的原因了。那一年，京剧现代戏《草原银河》要到北京调演，文化部的通知上规定，剧本执笔人和导演必须随剧组到北京，先汇报创作思想。局里和京剧团已经把我和导演杨涌泉报上去了，可是不知道谁把青海师院的造反派鼓动起来，到省委门前去贴大字报。一百多张打击我的大字报，他们一路贴，我一路看，什么侮辱人格的话都有。是杨书记用最智慧的办法很快平息了这件事，第二天，一百多张大字报全部刷光，我也就跟着剧组到了北京。那天以后我就没见过杨书记，他调走了。我猜到是这位好心又能干的杨书记帮了锁儿，又想起他搭救我的事，很冲动地想见他，一早就冒着雨去了。杨书记听我问起马江梅，就深深叹了一口气说："这孩子来这儿进修果树，是贵德找到我特准的。她考上武威农学院，只读了一年半就辍学了，坚决要回乡参加劳动，刚谈的男朋友也分手了，四十出头还没结婚。从学历上她是不够到农科院来进修的，可对一个把村里的果树和蔬菜都救活了的人，我是不能拒绝的。她这次是来学嫁接的，还有不到一个月就该回去了。但我不能违背制度收她，只能在四季青农民那里给她找了一个住处，让一位好心的老技术员私下帮她。还算好，她勤快，把各种别人不愿做的事全包了，省了好几个临时工，又肯学习,还写了一笔好字,大家都很喜欢她,真心带她。不过她的实验室在香山那边,你坐333路才能到。"

我找到江梅时,她正在试验室里,见到我兴奋得直抹泪,悄悄对我说:"孃孃,我有许多话要跟你说,我们出去吧!"我俩往植物园那里走,找一个偏僻的长椅坐下。沉默了很久,我才问她:"阿妈和阿爸好吗?"江梅半晌不语,眼泪流了下来,忽然抱住我大哭。我已经猜到了一大半,默默地等她说话。

"孃孃,你走后的第二年,阿爸腰上石头砸伤的地方就长了疮,先是烂了一小块,都没当事。你知道,他上半夜睡在炕上,下半夜给马添料后就睡在马圈的草铺上,伤口不久就化了脓。大队卫生室上了药,又过了一阵,没有管用,就疼得直不起腰来了。我得贵叔当着大队长,说是队里就这么两匹好牲口,他养不好怕坏了牲口,就把他从马圈换了下来,不让养马了,工分也就减了下来。阿妈去求得贵叔,说自己可以和阿爸一起管马,绝不会亏待了牲口。得贵叔说:'队里多少人盯着这差事,因为你们有工伤,这差事才让你们干,也有十来年了。让他歇一歇,着手带他去县医院看看病吧!'到了县医院,医生说是恶性肿瘤,要做手术,先交一百元押金,这一百元哪里去找……没过阴历年,阿爸就走了。赶上我四年级读完转高小要交学费,阿妈拿攒下的鸡蛋去合作社换,哪里够,坐在屋里抹眼泪。我说:'阿妈,麻烦,家里困难,我不上学了,字也认下不少了,我自己能看书了,在家学吧!'我阿妈说:'不能,要有你孃孃在,她也不能同意。'正好刘柱婶子来家听说了。婶子说:'锁儿还是她孃孃出钱送去学校的,书念得那么好,都会替大伙写信、帮队里算账了，咋能不让她上学？'她硬是挨家挨户一毛一毛把不足的钱凑足，把我送进尕让小学……"

她哽咽说不下去，我这才想起来，在尕让的后半年，"孃孃"就成了我的专称。她说的刘柱大婶，就是抱着孩子找我打针的大嫂。尕让不算是贵德最穷的大队，农民的生活还是那么苦，孩子们上学的机会还是那么少。我心里一阵惭愧，比起他们对我的念念不忘，我为他们做的事太少太少了。我说："江梅，你这书读到现在，阿妈也太不容易了！"她哭得更凶，好半天才说："我上初中要去县上，阿妈腰伤比阿爸还严重，可为了给我交学费，也上山跟着去挣工分，原想她有工伤，乡里乡亲的，大家关照着，勉强凑合着收入多一点。她还揽了编筐的活儿，见天晚上干到下半夜。我初中跳了一级，上到高中，离家远了，只能住在学校。交了学费，没了饭钱，我星期天回家背四五天的干粮，匀着吃六天，周日回家帮阿妈干活，再背下一星期的干粮。有一次周五就放了假，我提前回家，正赶上阿奶和大婶们往我家送吃的，我才知道，每周背的干粮和咸菜都是大伙凑的。我抱着阿妈大哭，说不去上学了。阿妈说：'锁儿，咱队里只有你考上县里中学，得贵叔来家说："咱队里男娃要劳动，各家都舍不得放出去上学，锁儿将来就是大伙的希望，让她好好念书，家里的困难大伙管上。"你咋能说不上就不上了，对不起人呐！'我觉着身上担子千斤重啊！上到高中二年级，阿妈已经下不了床。我心里明白，她见天上山修田，夜里编筐，弯腰坐着，好点的吃食都留给了我，胃上常常出血，舍不得治，脸上蜡黄，瘦得衣裳也架不起来。可我回家她装作精神,我光想带她看病她说啥都不去。见天晌午,邻里们送了拌汤来,有时还打了鸡蛋在里头,她也只能勉强吃个几口。八月中秋晚上,月亮亮着哩,阿妈不让我点灯,说省点油。我想给她烧些水喝,刚抱了柴禾,她喊叫起来,我还没到跟前,她趴在炕沿上吐了一地,我忙点上一根柴棒,才看见满地都是鲜红的血。阿妈倒在我怀里说:'锁儿,阿妈陪不了你了,你再难也要把书念下来,我和你阿爸还有乡亲们才不枉费了心思!可惜咱不知道你嬢嬢的地址,不然找她帮帮你。'她说不出话,我喊叫:'阿妈,你别吓我呀……'她头压在我胳膊上,再没搭我话……"

我和锁儿都泣不成声,那么干散、利索、能说会道的马秀英,她让锁儿在我油碟里加两个灯芯,她让马成龙偷着在我炕头上放一小瓶辣杆油,她拿毡子挡住我的窗户,她送我回西宁时熥下滚烫的洋芋,她哭着把我送到拉积山口……临终时,她还念着我想让我帮帮锁儿,可我竟然在她们那么困难的时候什么都不知道啊!尽管我那时的日子也不好过,但县中的学费还不是很贵,帮她交两年学费,总是可以的!也许就能挽留住马秀英的生命……

江梅趴在我胸前,我眼泪滴在她头发上。天渐渐黑了,我想知道她后来的遭遇,但自己已经不能支撑,三年的癔病没有断根儿,我忽然恶心、晕眩,说不出话。

江梅搀着我跟跟跄跄回到她的宿舍,躺下休息了一会儿,我觉得缓过来了。让她拦了一辆车,我不要她送,知道她回来坐公交车要转好几处车。她把我搀上车,说下星期去院部有事,再打电话约我。

四

当天晚上我睡不着,但晕眩迷糊不能想事儿。得瘪病的那些年,也常常这样。到北京后,这病基本上控制住了,最初两三年犯过一两次,症状也很轻微。母亲在世时带我去看过几次,备了一点控制症状的药,为了第二天能正常工作,那天晚上我不得不用了。第二天就开始忙,一直没有时间和江梅见面。

这件事在我脑子里盘桓,猛地想起去找当年的工作笔记。这才查看到,尕让大队只分有黄河边上的平地二百一十亩,山地无丈量,其中阴坡林区九十亩。平地边上有一千二百棵桃树,曾想将桃树移栽到山地,"大跃进"时修过渠,生活困难时停下了,我明白了马成龙两口的工伤是怎么造成的,也才明白江梅为什么去进修果树。我心里忽然阵阵不安,写了一封短信给江梅,过了两三天,她果然打来电话,说她正在写总结,就要回去了,想跟我再见一面。我俩约到植物园,还是那条长椅上。我才知道,她高中最后一年让大队开了证明,申请了助学金,高中毕业成绩是全校第一。锁儿是个知轻重的孩子,不想再上大学了,可老师都说太可惜,要她报名试一试,结果她第一志愿考上了武威农学院。

江梅说:"那天,是得贵叔先收到录取通知书。他到家里来通知我,沿路上见一人说一人,还没等他到我家,庄廓门前就来了好些个大爷、大婶、阿爷、阿奶,传着看我的通知书。刘柱婶子对着阿妈的照片说:'秀英啊,孩子给你争气了,你放心走吧!''你苦没白吃,见着成龙俩人一块堆儿乐吧!'那一屋子人是悲还是喜,连我也闹不清了。孃孃呀,那通知书不是我的,是乡亲们一分钱一分钱、一口饭一口饭挣下的,是阿爸阿妈掏干了血汗换来的!那些期望的眼睛让我不能不去上学呀!"

我心里也悲喜交加,问她为什么只上了一年学就不坚持了。她说:"1981年以后公社改乡,大队改村,想把桃树移上山,腾出平地多种粮食和能卖出价钱的细菜。结果是蔬菜和桃树都出了问题。刚当上村长的有亮大哥让得贵叔到武威来找我。我虽然已经申请了学校的扶贫助学金,学费不成问题了,但我不能看着村里的事不管。我回去看了情况,连着查书、请教老师、找原因,村里人从不知道大学有学期,有年限,他们天天到地里等着我,也不说让我回去,这一上手,就回不去了。"

我问她为什么一直不结婚,她半晌不语,对我笑笑说:"孃孃,哪个读书的男儿愿意跟我回青海农村?尕让哪个男儿会愿意娶一个傍四十的大姐?只要乡亲们生活好,那些都不要紧!"

我猜得出她的婚姻有一段辛酸史,不好再问下去。想想江梅的求学经历,我对教育事业忽然有一种沉沉的感觉——许多心连着心的情谊,许多顾念和怜惜的情怀,萦绕在我心里,重重地压在我肩上。我对她说:"锁儿,我常常在这些年我带的学生里找寻动机纯净、不含功利的年轻人,有时候我觉得寂寞,没有人懂得我们为什么读书,为什么心向教育。你是尕让村的乡亲们感化、教育出来的孩子,你懂得自己读书为什么,学历、婚姻和多少委屈,都不是你最看重的,你看重的是一村人生活的好坏和那些永远不能忘记的恩情。锁儿，不能上学不要紧，但不要放弃学习，我告诉你，在这个世界上，只有受教育能使善良的弱者变得强大一点。"她紧紧抱住我的胳膊说："孃孃，我知道，我懂，我们想的是一样的。"

江梅说她有东西要给我，我们一起回到她的宿舍。她吃力地从床下拉出一个纸箱子，回头对我很严肃地说："我没有上完大学，但没有放弃学习。您是我第一个老师，这一箱子笔记是我读书的见证，希望我没有让您失望！"她从箱子里拿出一个纸袋，塞在我的怀里，就去替我拦出租车了。

到家打开纸袋，我看见：一张有"鱼"字的小篆抄本，贴在纸壳上，装在塑料袋里；一张锁儿站在山口全身照的相片，她的身后倚着一棵拉积山最常见的水松，树干已经像一个柱子，照片的背后写着一行字——"我和小树一起长大"；一条花手绢包着的，是一件三股白棉线织的齐子花格的背心——新的，显然一次也没有穿过。

五

一年以后，江梅的信越来越少，后来就不再来信了。1995年，我终于能有机会回到青海，青海师院我教过的学生回来看我，很多校长、教育厅长、银行经理、名记者、大学老师……我在兴奋之余，让他们帮我找一辆车，想去下面那些我吃过苦的地方看看，他们说路上很辛苦，只让我选一个地方去。于是我到了尕让。

尕让村政府变化很大，三面大瓦房，院子里绿树成荫，那年马成龙把我接到家里时又破又土的模样已经没有了踪迹,但其他地方没有太大变化。我打听村里的熟人,知道刘柱婶子、得贵叔都没了,问马江梅的住址,村长不回答,让一个年轻人把我带到前任大队长马有亮家。有亮认出了我,但却说:"孃孃,我带你去个地方吧!"我心里有不祥的感觉,越发不敢询问,一路上说的都是言不及义的话。他带我钻进树丛,我看见马成龙和马秀英的墓边多出一个矮些的墓,是全村人给马江梅建的。有亮抹着泪说:"前年干旱,黄河水浅,水压不足,泵不上拉积山。四月里刚种下几百棵树苗渐渐发干,江梅姐领着大家又恢复了担水浇树。那天中午她没来地头吃饭,我和大娃下去叫,见她倒在半坡上,两桶水洒了一地。连忙用队里的拖拉机送到县医院,才查出她有先天心脏病,她自己不知道,大家也都不知道。医生抱怨我们让她颠了一路,她,没有熬过当天晚上。"

我没有机会再去尕让,但我常常想起尕让。这么多年,每当我面临教育的繁杂、艰辛、劳累、无效产生厌烦心理的时候,尕让的期盼和锁儿对亲人的回报总是能让我重新振奋起来。那是一个苦难民族的期盼,我们怎能不给予回答!

后　记

　　这本书的写作时间，大约从我1983年调入北师大起，到防疫前的2021年。这些文章都是我在这近四十年里为师友写的书评、书序和专门的纪念文章。这些文章散落在我电脑里不同的文件夹中，电脑又几经换过，搜寻花了很长时间。选文时，我将内容限定为纪念已经故去的学界师友，文体上也尽量选择随笔式的散文，不要太学术化了。

　　从入文者跟我的关系角度，我把这些文章分成了五部分。第一部分是章黄之学直接的传承者，他们是我的老师、太老师和前辈学者，我的学术发展里有他们的基因，我的学术方向的择定有他们直接的指引。第二部分是在北师大为我授过课、解过惑的业师，我和他们近距离相处过很长的时间，那些言传身教让我终生难忘。第三部分是我的同专业前辈师长，他们与我在学术道路上相逢，对我学术的成长有过很多指点，不论是为学还是为人，都是我的榜样。第四部分是我的同窗学友和同辈朋友，他们有的在艰苦的年代与我共过患难，有的在奋进的环境里和我一起打拼，还有一些是曾长期在一起相互学习和进行过多次合作的亲密朋友，他们中的一些人年龄比我还小，但却不幸早逝，永别后，珍惜与遗憾让我记下与他们相处的点点滴滴。第五部分是我专业之外的师友，他们对我在某一方面的影响至深或印象突出，其中更有我对女性问题特殊的关注。各部分的排序，大致按入文者的年龄。

其实，在我的学术生涯里，能够被纪念的师友何止本书所写的这些人？每当晨昏独坐、片刻闲暇，一朝见物思人、触景生情，往事中许多身影复现，内心是很充溢的。但这次只是搜寻旧文，之前又没有有意识地积累这类文章的计划或习惯，因此，应当还有很多想要追忆的人和事，甚至更重要的人和事，没有在这本书里出现。要让那些记忆更多地再现纸上，怕是要以待来日了。

文中都是我亲身经历或直接聆听到的往事，几十年的事情，记忆难免有所偏差，我尽量通过各种资料做了复查核对，希望准确反映真实的历史。即使如此，在人、地、时、事等方面也会有些记不清的地方，有待今后补充、订正。文章写于不同的时间和不同的背景，有时会有一些重复，虽做了处理，仍会有些存留。这些都要请读者谅解。

这本书能够出版，要感谢两位年轻的朋友。一位是本书的责编杜广学。杜老师与我并不相识，只是读了我近年发表的几篇文章，建议我把这些怀念先师故友的文章集中在一起，和读者分享学术传承的艰辛与快乐，也让读者了解在高校从事教学科研工作的几代学者生活的某些侧面。一位是我的忘年小友张洁宇。洁宇是我看着长大的新一代学者，她做现当代文学，更接近社会；她常常帮我投稿，对有些文章也凭着初读的印象给我建议。如果没有他们两位的鼓励和帮助，从我自己生活圈子的狭小和思想的封闭而言，这件事是不可能做成的。这本书开辟了我著文的一个新的领域，我是非常感谢他们的。

文中如有不妥，请读者和方家指正。

2024年2月22日